백석,
자기 구원의
시혼

지은이 이세기(李世起, Lee, Se Ki)_ 시인. 1963년 인천 출생. 1998년『실천문학』신인상으로 등단했으며, 인하대학교 대학원에서 한국문학을 전공하고「백석 연구」로 박사학위를 받았다. 현재 인하대학교에서 강의 중이다. 시집으로『먹염바다』(2005),『언 손』(2010)이 있고, 산문집으로『이주, 그 먼 길』(2012),『흔들리는 생명의 땅, 섬』(2015) 등이 있다.

백석, 자기 구원의 시혼

초판 인쇄 2016년 1월 30일 **초판 발행** 2016년 2월 15일

지은이 이세기 **펴낸이** 박성모 **펴낸곳** 소명출판 **출판등록** 제13-522호 **주소** 서울시 서초구 서초중앙로6길 15, 1층
전화 02-585-7840 **팩스** 02-585-7848 **전자우편** somyungbooks@daum.net **홈페이지** www.somyong.co.kr

값 17,000원 ⓒ2016, 이세기
ISBN 979-11-5905-034-3 93810

도판 1_ 靑山學院 전경(1932)

1

도판 2_ 靑山學院 정문(1932)

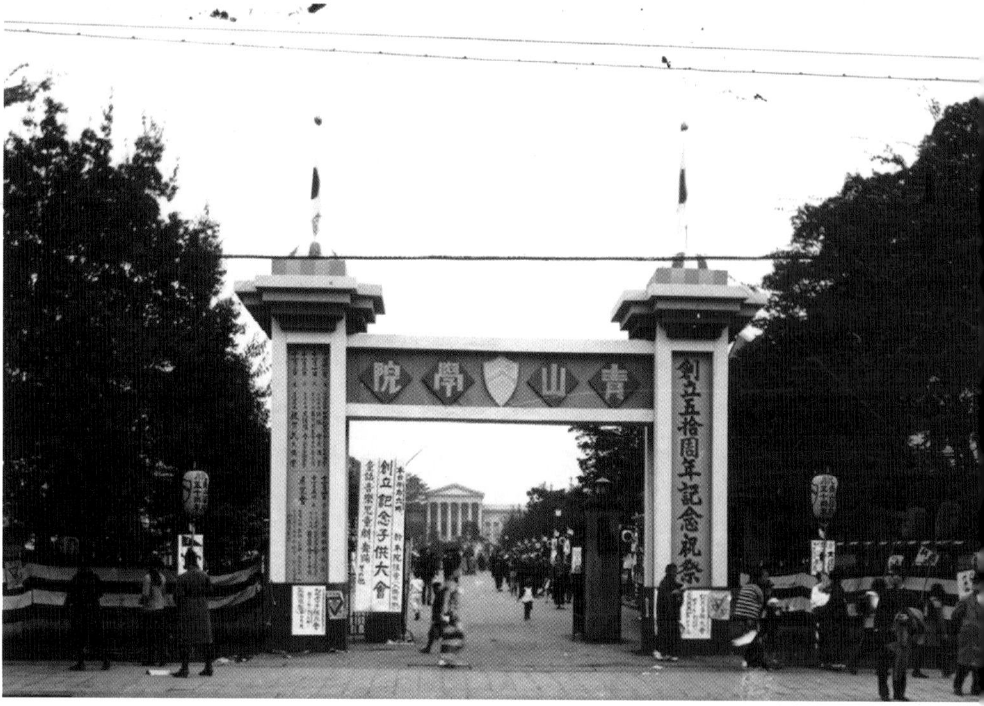

도판 3_ 靑山學院 창립50주년 기념 아치(1932)

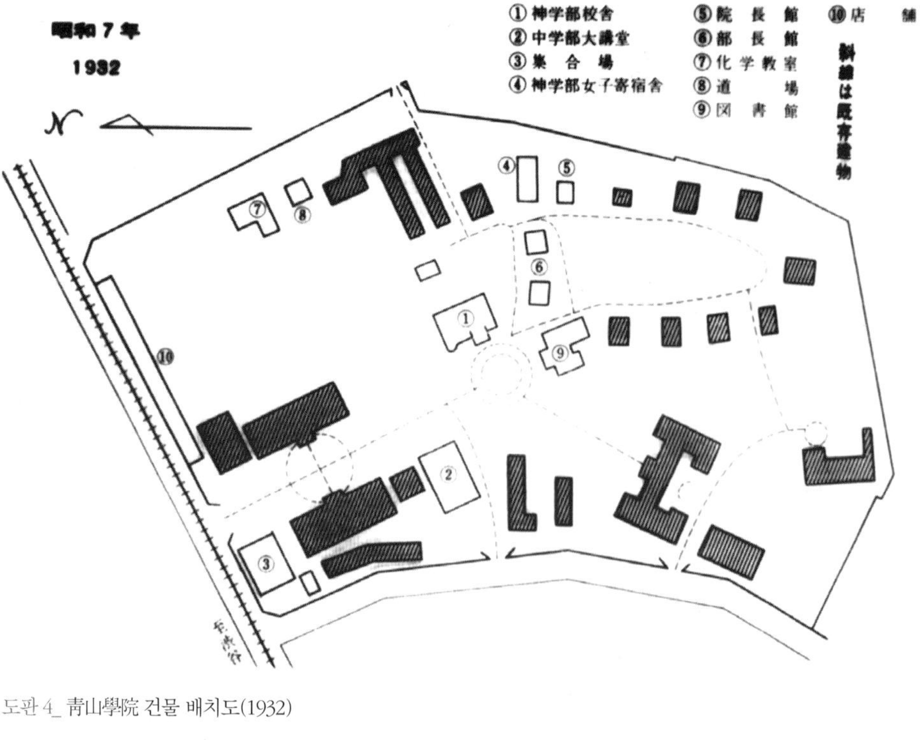

도판 4_ 靑山學院 건물 배치도(1932)

도판 5_
『靑山學院 高等部 師範科會會員名簿』
표지(1932.5)

도판 6_『靑山學報』제51회 靑山學院 졸업 장면(1934.3.28)

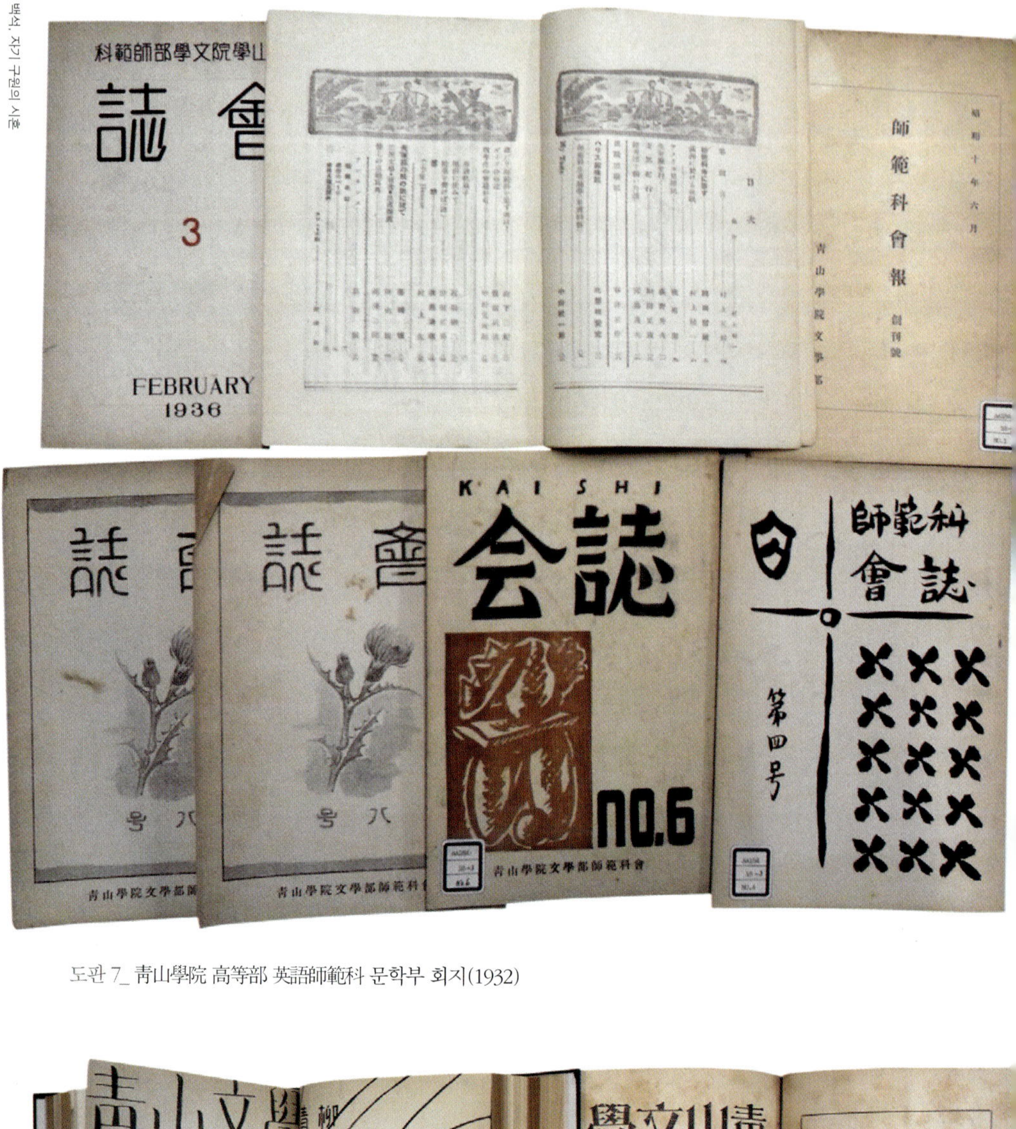

도판 7_ 靑山學院 高等部 英語師範科 문학부 회지(1932)

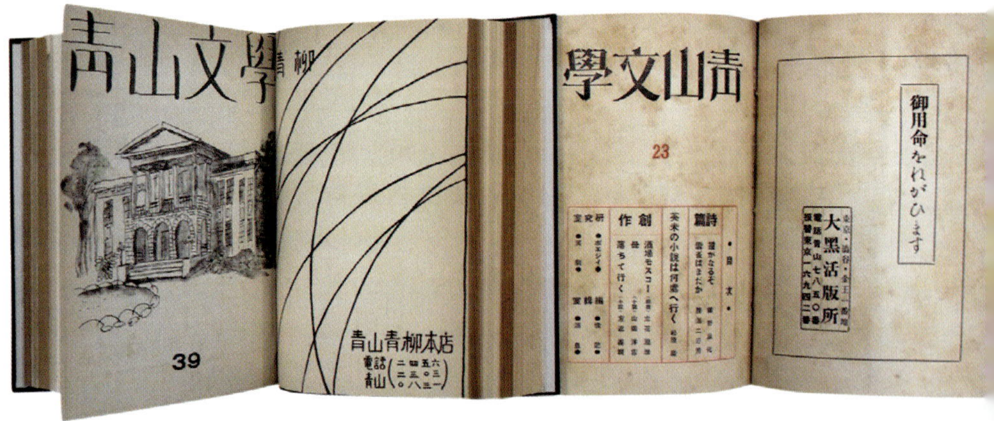

도판 8_ 『靑山文學』(1930~1934)

도판 9_ 靑山學院 교회 발간 자료(1931)

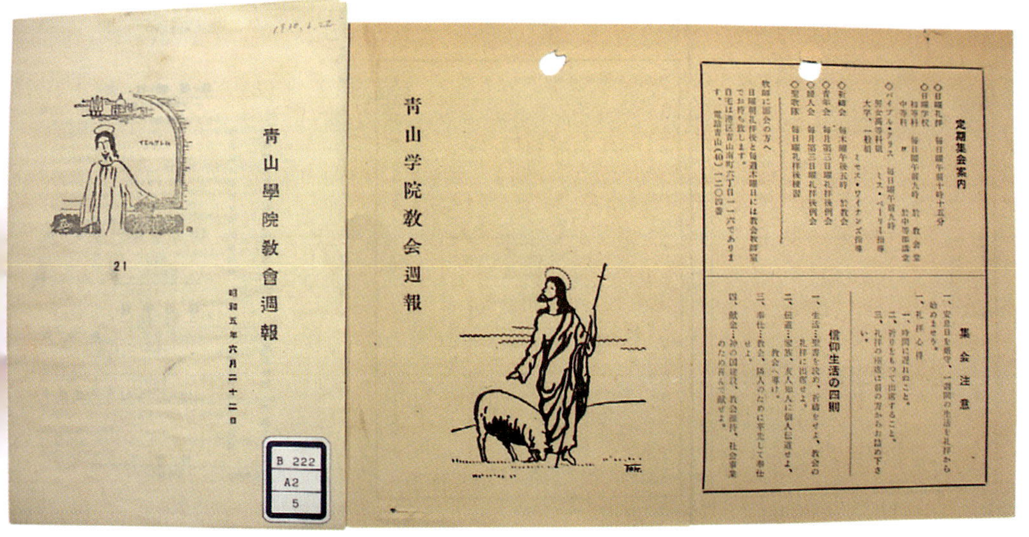

도판 10_ 靑山學院 교회 주보(1930)

도판 11_ 靑山學院 예배 장면(1931)

도판 12_ 靑山學院 예배당(1931)

도판 13_ 靑山學院 英語師範 교수법 실습(1932)

도판 14_ 靑山學院 축구부 부원(1932)

백서, 자기 구원의 서훈

도판 15_ 銀座 야경(1932)

도판 16_ Moon 선생(1931)

도판 17_ 靑山學院 교련 실습 사진(英語師範, 1932)

도판 18_ 靑山學院 야외 교련 실습(1934)

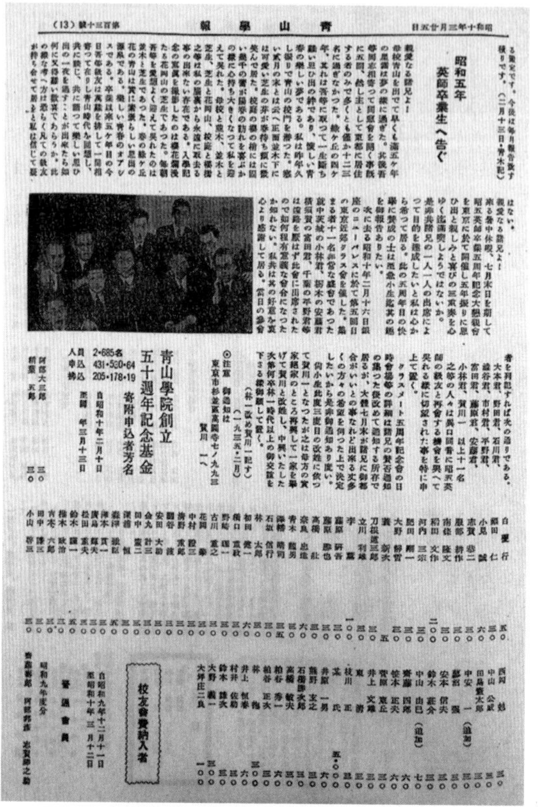

昭和十年三月廿五日 青山學報 第百三十號 (13)

昭和五年 英師卒業生へ告ぐ

青山學院創立五十週年記念基金寄附申込者芳名

校友會費納入者

도판 19_ 青山學院 창립50주년기념기금 기부자 명단(『青山學報』, 1935.3.25)

도판 20_ 青山學院 제51회 졸업증서 수여식 집행 순서(1934.3.6)

10

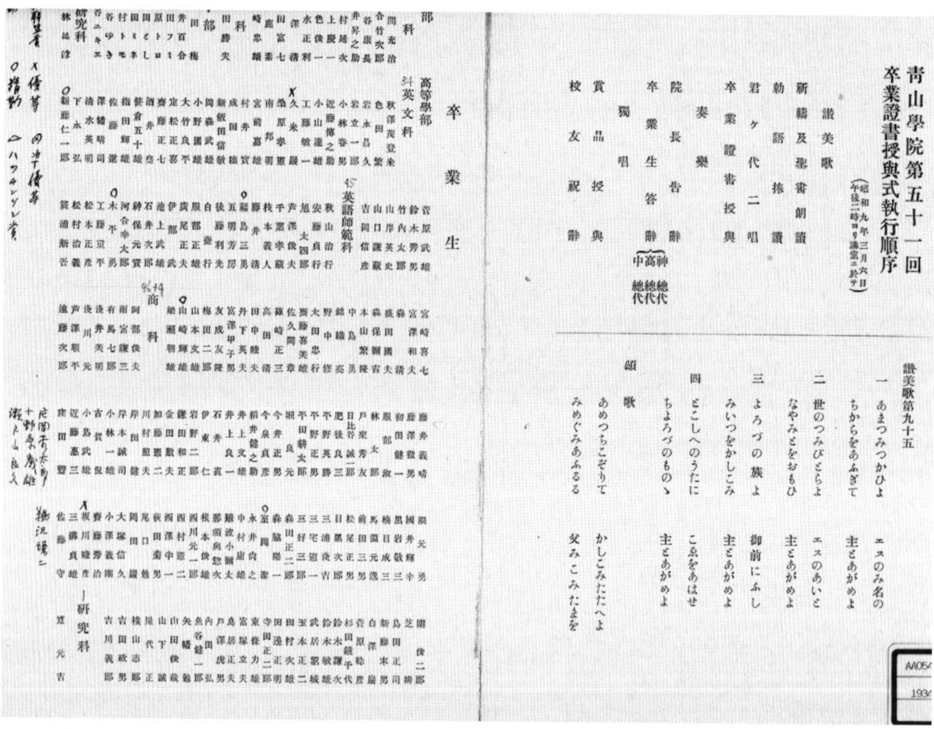
卒業生

高等學部 英文科

英語師範科

商科

研究科

青山學院第五十一回
卒業證書授與式執行順序
（昭和九年三月六日午後二時ヨリ講堂ニ於テ）

讃美歌
新約及聖書朗讀
勅語捧讀
君ヶ代二唱
卒業證書授與
奏樂
院長告辭
卒業生答辭 {神總代 高總代 中總代}
獨唱
賞品授與
校友祝辭

讃美歌第九十五

一 あまつみつかひよ　エスのみ名の
ちからをあふぎて　主とあがめよ

二 世のつみびとらよ　エスのあいと
なやみとをおもひ　主とあがめよ

三 よろづの族よ　御前にふし
みいつをかしこみ　主とあがめよ

四 どこしへのうたに　こゑをあはせ
ちよろづのものゝ　主とあがめよ

頌歌
あめつちこぞりて　かしこみたたへよ
みめぐみあふるる　父みこみたまを

도판 21_ 靑山學院 高等部 英語師範科 수업 장면(1932)

도판 22_ 靑山學院 高等部 英語師範科 영문학 수업 장면(1932)

도판 23_ 青山學院 高等部 건물 사진(1931)

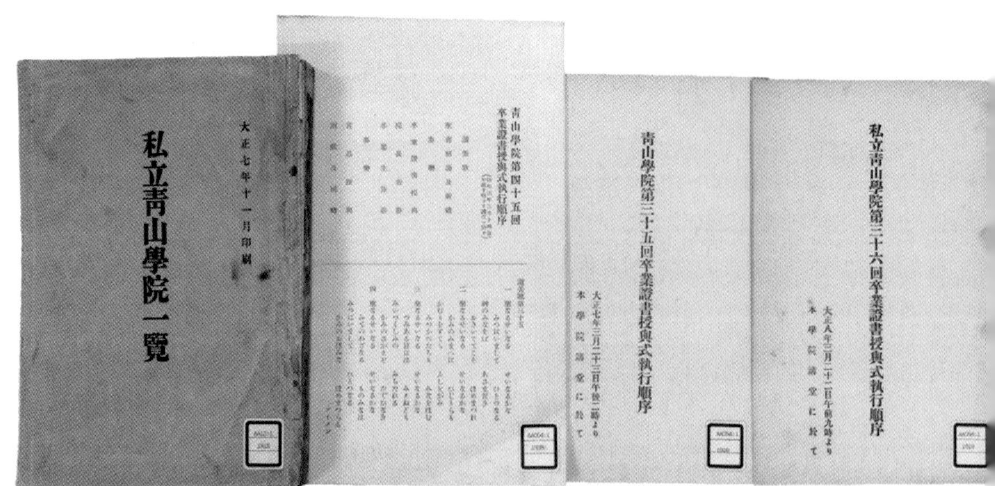

도판 24_ 青山學院 졸업자 일람(방인근, 주요섭, 전영택, 오천석, 김재준 등)

백석,
자기 구원의
시혼

이세기

Baek seok, Spirit as a self-salvation

소명출판

자기 구원에 이르는 시혼

1. 백석의 길

백석(白石, 1912~1996)을 만나기 위해 일본 아오야마가쿠인대학[靑山學院大學]으로 간 것은 봄이 오기 시작할 무렵이었다. 마침 일본 도쿄는 후쿠시마 원전 사고로 피폐해진 상처를 어루만지듯 봄빛이 오고 있었다. 우에노[上野]의 벚꽃은 아직 봉오리를 맺기 전이었으나 따뜻한 햇살을 머금고 있는 거리 곳곳 양지 바른 공원에는 벚꽃이 서둘러 개화하기 시작했다. 은은한 납매(臘梅) 향이 공원마다 그윽했다. 보기만 해도 시원한 도쿄의 쪽빛 하늘은 까마귀 울음소리로 가득했다. 거리에는 동백꽃이 활짝 피어 있었지만, 쌀쌀한 찬 기운이 아직 남아 있었다.

후쿠시마 원전으로 고통을 받으면서도 헌법 9조를 위협하는 아베 신조[安倍晋三]의 정치공세는 봄이 오는 도쿄의 거리를 물들였다. 거리는 아베와 피겨스케이터 아사다 마오[淺田眞央]의 광고로 도배되어 있었다. 텔레비전에서는 연일 북한 핵실험의 위험을 알리는 뉴스가 화면을 장식했다.

일본에 도착한 나는 곧바로 아오야마가쿠인대학으로 향했다. 도쿄에 있는 아오야마학원 자료센터[靑山學院資料センター]에서 백석이 1학년 때 발간된 학교 내 교회 주보(週報)를 발견했다. 그 한 귀퉁이에서 문(Moon)이라는 이름을 찾았다. 문 선생은 아오야마학원에서 영어 성경 모임을 이끌던 여교수였다. 영어 성경모임은 매주 학교 내 강당에서 있었는데, 이를 지도하던 교수가 문이었다. 문 교수는 미모를 갖춘 올드미스로 백석과 친교를 맺은 것으로 알려져 있다. 백석의 영어사범 동기생인 아사히 시로[旭太四郎]는 문 교수가 지도하는 주일 영어 성경 모임에 백석이 참여했다고 증언한 바 있다. 이 증언을 확인이라도 해주듯, 문 교수가 주도한 영어 성경모임이 1930년 아오야마학원에서 발간된 교회 주보에 실려 있었다. 최초로 백석의 체온이 생생하게 느껴지던 순간이었다. 이를 계기로 백석 관련 자료를 본격적으로 탐문하기 위해 도쿄 외곽인 사가미하라[相模原] 캠퍼스로 임시 거처를 옮긴 아오야마학원 자료센터에 자리를 얻어 백석의 행적을 탐구하기 시작했다.

일본 아오야마가쿠인대학으로 떠나기 전 나는 백석의 행적을 여러 모로 살폈다. 평안도(平安道) 정주(定州)에서 시작하여 동경(東京), 경성(京城), 신경(新京), 안동(安東) 등으로 떠돌던 백석의 행적을 찾아갈수록 그의 삶과 문학에서 보여주는 동아시아적 월경이 새삼 주목되었다. 더욱이 1940년 이후 만주국에서의 이주의 삶은 그의 시세계에 드라마틱한 계기로 작용하고 있었다. 이주자로서의 삶은 비애로 가득 찼고, 자기 성찰과 자기 구원의 갈망이 시 속에 나타났다. 나는 자문자답했다. 만주 이주 시기에 나타나는 그의 자기 성찰과 구원의 '고갱이'가 어디에서 연유하는가?

　때마침 백석 탄생 100주년(2012)이 지난 직후였다. 우선 나는 이주라는 키워드로 백석의 삶과 문학세계를 동아시아로 넓혀 접근하고자 했다. 디아스포라(diaspora)라는 정치적 맥락이 없지 않았지만, 굳이 내가 이주적 시각을 갖게 된 것은 당시의 정치적 상황을 떠나서 생활사적 관점에서 보더라도 광범위하게 이주와 월경이 가능했던 시대라는 데 있었다.

　백석만큼 이주의 삶을 산 시인도 드물다. 그가 일본 유학을 마치고 귀국하기 전에 들렀던 이즈반도[伊豆半島] 기행은 그에게 문인으로서의 향방을 가다듬었던 여행이었다. 귀국 후 문단에 첫선을 보인 시인 백석의 처녀작이 「정주성(定州城)」인 것은 우연이 아니다. 고향을 떠나 불귀(不歸)의 몸이 되어 버린 백석의 정신세계를 사로잡았던 '장소의 혼'이 바로 정주성이었던 것이다. 그는 조선일보 신문기자 생활을 하면서 기행시를 창작하다가 신문기자직을 내놓고 홀연 함흥(咸興)으로 떠났다. 본격적인 그의 방랑이 시작된 것이다. 함흥 생활에서 자야(子夜) 여사와의 사랑도 있었지만, 그가 만난 사람 중에는 러시아 여성도 있었다. 증언에 의하면 백석의 러시아어 공부는 이때부터였다고 한다. 함흥에서의 생활을 정리하고 잠시 경성에서 머물며 『여성(女性)』지 등을 편집하다가 만주국으로 떠난 것은 1940년 무렵이었다. 만주국은 청조의 마지막 황제 푸이[溥儀]를 내세워 다문화주의를 표방한 국가였지만 실체는 일제가 세운 위만주국(僞滿洲國)이었다. 만주국으로 간 백석의 삶은 단순히 여행자의 삶이 아닌 이주자였다. 따라서 그의 삶에서 만주국 생활은 이주자로서 위치 지을 때 비로소 올바른 평가가 가능하다.

2. 모더니티와 전통주의자

백석을 어떻게 볼 것인가? 그것은 식민지 시대를 산 지식인 시인들을 보는 시각과 연관되어 있다. 이른바 근대성의 이면을 해부하기 위해서 탈식민주의론도 하나의 방법론이겠지만, 그것만으로 한 인간의 영혼에 뿌리 내린 정신세계를 규명하기에는 역부족이다. 대개 일본으로 유학체험을 한 문인인 경우 과잉된 모방과 엑조티즘(exoticism)에 노출되기 십상이다. 나는 이러한 문제의식을 갖고 백석의 시세계에 접근했다. 어딘지 모르게 그의 이국 취향에서 식민지인으로서의 과잉이 엿보였기 때문이었다. 이는 곧 제국과 식민지의 관계에서 자유롭지 못한 한국문학의 기원에서 비롯된 운명과도 같은 것이기도 하다.

이러한 관점에서 나는 제국과 식민지 사이에서 '탈식민'과 '식민지인 되기'의 과정이 어떻게 가능한가라는 질문을 품게 되었다. '백석을 다시 보자'는 질문은 여기에서 연유했다. 그런데 문제는 의외로 백석의 일본 행적이 제대로 연구된 바가 없었다는 점이다. 백석이 유학한 일본 아오야마가쿠인대학에 직접 찾아간 것도 이와 무관하지 않았다. 현장 탐문만큼 실증적인 것은 없기에 백석이 수학했던 모교에서 백석 관련 자료와 행적을 찾기 시작했다.

백석이 다녔던 도쿄 시부야에 있는 아오야마에 대한 첫 느낌은 교문에서 시작되었다. 십자가가 철탑처럼 서 있었고, 한편에는 감리교 창시자인 존 웨슬리(John Wesley) 동상이 서 있었다. 백석이 거닐었을 교문에서 본관까지 걸어가는 내내 아오야마는 일본 근대 기독문화의 박물관으로 손색이 없다는 생각을 했다. 곳곳에 선교사들의 좌상과 기념비가 세워져 있었고, 오래된 대리석 석조 건물은 그 자체가 기독교 기념관이었다. 고색 찬연한 르네상스식 건물은 학문의 전통을 말해주고 있었다.

아오야마학원 시절의 백석 관련 자료를 보기 위해서는 도쿄 아오야마 캠퍼스에 있는 자료실을 개보수하기 위해 임시로 거처를 옮긴 사가미하라 캠퍼스에 있는 아오야마가쿠인대학 자료센터로 가야만 했다. 도쿄 시부야의 오오쿠보(大久保)에서 사기현까지 전철로 1시간 30분쯤 걸렸다. 자료센터에서 자리를 마련해 주어 백석 관련 자료를 검색하기 시작했다. 그중 가장 큰 수확은 백석이 대학 3학년 때 살던 도쿄 주소를 발굴한 일이었다. 그 순간 나는 손끝이 찌릿찌릿했다. 1931년에 찍은 학교 안 예배당 사진에서는 당시의 아우라가 그대로 전해졌다. 그 다음 백석의 재학시절에 발간된『청산학보(靑山學報)』와『청산문학(靑山文學)』을 검색하기 시작했다.『청산문학』문예란에는 당시 재학생들이 쓴 시, 소설, 번역글 등이 실려 있었다. 백석이 재학시절에 이 책을 읽었을 것이라고 생각하니 더욱 친근하게 느껴졌다. 그의 편집자적 감각도 이 무렵에 만들어졌을 것이라는 생각을 했다.

사가미하라의 자료센터에 갈 수 없는 주말에는 신주쿠(新宿)와 시부야(澁谷) 근방을 탐방했다. 신주쿠역에서 가까운 곳에 백석이 거주한 센다가야(千駄ヶ谷) 주택가가 있다. 일본의 주택가가 다 그러하듯 고풍스럽고 고즈넉했다. 주택가를 배회하다가 꽤 오래된 건물이 나타나면 나는 발길을 멈춘 채 물끄러미 쳐다보곤 했다. 나는 어렸을 때부터 그곳에 살았다는 고로(高老)들에게 백석의 옛 주소를 내밀었으나, 모두 그 주소지의 위치를 정확하게 모른다고 답했다. 격세지감이라고 센다가야 곳곳에는 옛 주택가의 흔적이 사라지고 빌딩이 들어서 있었다.

백석의 흔적을 찾아 탐문, 탐방을 하면 할수록 느끼는 소감은 '일본적인 것의 전통'이었다. 주택지 곳곳에 있는 오랜 신사와 공원 등은 1930년대 백석이 걸었던 길과 크게 다르지 않았다. 주택가인 센다가야는 양쪽에 요요기공원[代々木公園]과 메이지신궁[明治神宮]이 있고, 가까이 하라주쿠역[原宿驛]이 있었다. 헌책방 거리인 진보초[神保町]로 가는 철도편이 있어서 아오야마 학생들은 자주 긴자[銀座], 진보초 등을 다닐 수 있었고, 벚꽃으로 유명한 우에노공원까지 갈 수 있었다. 빌딩 숲으로 둘러싸인 긴자의 불야성과 고풍스러움을 그대로 간직한 일본적인 풍경은 '전통을 품은 모더니스트'로서의 백석이 자의식을 갖기에 충분한 지적·문화적 풍토였다.

3. 이즈반도의 순례자

아오야마대학 자료센터에서 일정을 마치고 나는 이즈반도에 다녀왔다. 그의 행적을 찾아가고 싶었다. 백석은 일본체험을 바탕으로 시 「柿崎의 바다」, 「伊豆國湊街道」와 산문 「해빈수첩(海濱手帖)」을 창작했다. 이 두 편의 시와 산문은 이즈반도를 배경으로 창작되었다. 이즈반도는 도쿄 남쪽에 위치해 있어 봄이 일찍 찾아와 온천욕과 상춘(賞春) 여행지로 유명하다. 나쓰메 소세키[夏目漱石], 카와바타 야스나리[川端康成] 등 일본의 유명한 문인들이 순례한 곳으로도 유명한 이즈반도는 해안을 끼고 드넓은 태평양이 펼쳐져 있어 시원한 바다를 관망할 수 있는 곳이다. 기차에는 상춘객(賞春客)들로 넘쳤고, 차창 밖으로 스치는 길 옆 귤나무에는 황금빛 귤들이 달려 있었다. 벚꽃나무에는 이제 막 봄을 알리는 벚꽃이 피기 시작했다. 아마도 백석 역시 상춘객으로 이즈반도를 여행했을 것이다. 백석이 귀국 전에 이심회(以心會)에 기고한 글에서 보여주듯, 예나 지금이나 아이들이 모래밭에서 뛰어노는 장면이 펼쳐졌다. 나 역시 이즈반도의 해변을 서성거리며 자유롭게 노는 아이들의 모습을 눈에 담았다. 날이 저물어 여관에 들어가서 주인에게 가키사키 바다에 대해 물어봤으나 가키사키 바다는 따로 없고 이토(伊東)에서 이즈반도 남단인 시모다(下田)까지 이르는 지역을 지칭한다고 답해주었다. 나는 하룻밤을 여관에 묵으면서 백석을 생각했다. 졸업을 앞둔 백석은 귀국에 앞서 모처럼 자유로운 기분으로 여행을 했을 것이다. 백석이 문인으로서의 길을 가고자 다짐했던 것도 이 여행에서 비롯된 것은 아니었을까? 숙연해지면서 동병상련이 느껴졌다.

백석이 일본에서 유학한 시기는 쇼와(昭和) 초기였다. 이 시기에 일본은 제국주의로 치달으면서 '일본적인 것'으로의 귀환이 이루어졌다. 고전으로의 회귀라고 할 만큼 '일본적인 것'에 대한 자부가 남달랐다. 문학에서도 이러한 경향이 반영된 쇼와문학이 성립되었다. 모더니즘의 실험장이자 고전주의로의 회귀가 균형을 이루던 시기가 바로 이 시기였다. 백석 또한 쇼와문화에 영향을 받았을 거라는 것은 두말할 나위가 없다. 쇼와문화는 그대로 백석에게 수용되고 어떤 방식으로든 영향을 미쳤을 것이다. 백석 시에 나타나는 하이쿠(俳句)적인 비애미를 나는 '백석풍의 서정'이라고 보고 있거니와, 이러한 서정의 밑바닥에는 일본의 쇼와문화에서 형성된 정서가 그대로 내재화된 것으로 본다. 프란츠 파농(Frantz Fanon)이 『검은 피부 하얀 가면』에서 말한 식민지인의 귀환에서 벌어지는 제국 주체 행태 모방하기가 백석에게도 내면화된 것으로 보았기 때문이다. 그의 작품 곳곳에 일본적인 문화적 특성이 반영되어 있다는 것이 마음에 걸렸다.

백석 역시 식민지 지식인이 거쳐야만 했던 분열적인 강박이 잠재되어 있다고 볼 수 있다. 이는 곧 식민지라는 괴물을 낳은 시대상황에서 지식인의 처신과 태도의 어려움으로 이해되기도 했다. 식민지라는 시대와 삶을 이해할수록 씁쓸했다.

이 점은 백석의 행적을 뒤쫓아 갈수록 더해졌다. 마츠오 바쇼(松尾芭蕉, 1644~1694)를 닮은 듯한 나그네 혹은 유랑 정서로 나타나는 그의 하이쿠적 감성과 기행시에서 나타나는 비애미는 어딘지 모르게 백석적인 것이면서도 백석적인 것이 아니었다. 그의 태도나 연애감정을 탓할 수는 없다. 부운(浮雲) 같은 인생에는 그럴만한 이유가 있기 때문이다. 그래서인지 그의 시적 태도에는 전통으로의 회귀가 강하다. 그것이 백석다운 식민지 초극이었는지는 모르겠지만, 그의 전통 회귀에는 어딘지 모르게 일본적인 것을 조선적인 것으로 전유하려고 했던 것으로 보인다. 이 지점에서 떠오르는 것은 식민지 지식인의 분열의식이었다. 식민지는 그만큼 인간에게 억압적인 조건을 강요하였고 불완전한 인간으로 만들기에 필요충분조건을 갖추었던 것이다.

4. 자기 구원을 갈구한 시혼

일본에 다녀온 후 나는 백석 시를 다시 열독했다. 그의 시에서 자주 반복적으로 나타나는 '사랑', '한울', '가난', '굳센', '정한' 등의 어휘는 그가 성장하면서 접한 종교적 영향과 직간접적으로 관련이 깊다는 확신을 갖게 했다. 그것은 곧 백석의 성장과정에서 영향을 미친 동학과 야소회(耶蘇會), 오산학교의 무교회주의, 아오야마학원의 종교적 세례와 무관하지 않을 것이다. 또한 그의 삶에서 새로운 전기(轉機)가 되었던 1940년 만주국 이주 이후, 그가 겪은 이주자로서의 '사케르(sacer)'적인 벌거벗은 자의 모습은 그로 하여금 은폐된 자아를 성찰하게 되는 계기로 작용했을 것으로 보인다. 이는 이주자에게서 나타나는 고립과 차별에서 형성된 정신세계와도 깊은 관련이 있다고 할 수 있다.

이주자 백석을 '감각'하는 동안 나는 만주국 이주 시기에 나타나는 종교성에 주목했다. 그가 태어난 정주는 종교의 집산지라고 할 정도로 불교, 유교, 동학(이후 천도교 개명), 개신교(당시 야소회) 등이 지방민과 밀접하게 결합되어 있었던 지방이었다. 여기서부터 형성된 종교적 영향은 줄곧 그의 삶과 불가분의 관계를 맺었다. 오산고보를 비롯하여 아오야마학원, 그리고 그가 만주국 이주 전까지 다녔던 원산의 영생고보가 다 개신교와 연관되어 있다는 것은 잘 알려진 사실이다. 그렇기 때문에 백석에게 종교성을 발견할 수 있는 것은 하나의 가설이었지만, 이를 입증하는 것 역시 그의 삶과 문학을 해명하는데 중요한 과제라고 생각했던 것이다.

백석의 시에는 구원을 열망하는 '영성'이 있다. 무교회주의자이었던 그의 오산고보 스승인 유영모(柳永模)와 함석헌(咸錫憲) 등이 교차된다. 만주국 이주 이후 그의 시에서는 고요하고 성찰적이며 영적인 호흡이 느껴진다. 그의 시를 읽다보면 쓸쓸한 비애미와 정갈함이 강하게 나타나는데, 이러한 정서는 그의 일본 유학 시기에 형성된 것이 아닌가 여겨진다. 또한 만주국 이주 이후 이주자로서의 실존적 상황은 그의 정신세계에 종교성이 강하게 자리 잡게 된 계기가 되지 않았나 생각된다. 그것이 지나온 삶에 대한 회환이었는지, 아니면 당대의 현재적 삶에 대한 회의였는지는 알 수 없다. 그의 최후의 절창이라고 알려진 「남신의주 유동 박시봉방(南新義州柳洞朴時逢方)」에는 그간의 삶에 대한 회오와 벌거벗은 생명인 누추한 자신과 마주한다. 그가 잠시 머물렀던 남신의주 어느 목수 집에서 한편의 신앙고백처럼 읊은 그의 시세계는 구원과 열망으로 가득 차 있다. 이른바 '자기 구원의 시혼'이 백석이 해방을 전후해서 도달한 시정신이었던 것이다.

해방 이후 재북기 백석의 행적에 대해서는 여러모로 확인되지만, 그의 삶과 시세계를 총체적으로 규정하기에는 여전히 어려움이 많다. 사회주의 창작원리와 그의 삶의 행적 사이에 어떠한 삶이 그를 이끌었는지는 추후 과제라 할 수 있다.

백석 연구를 진행하면서 느꼈던 부끄러운 고백을 해야겠다. 곳곳에 치밀한 논증이 부족함에도 부끄럽게 이 책을 서둘러 낸다. 논문의 초고를 거의 수정 없이 싣고자 했던 것은 게으른 탓도 크지만 집필할 당시 초심을 그대로 전하고 싶어서이다. 민낯이 때로는 부끄러움을 숨기지 않아서 좋다. 그러나 그렇다고 이 연구가 성과적이라고 말할 수는 없다. 더더욱 백석의 전모를 밝혔다고는 감히 말할 수 없다. 다만 이 연구를 진행하는 과정에서 깨달은 것은 연구자의 가장 큰 덕목은 작가와 작품에 대한 '사랑'과 '겸손'이다. 이점이 전제되어야 하는데, 나는 부끄럽게도 이에 미치지 못했음을 자책한다. 박학(薄學)한 내 탓이다. 학문의 즐거움이 있다면 '자강불식(自强不息)'이다. 세상에 대한 질문 없이 어떻게 이 험난한 세상의 길을 함께 걸을 수 있겠는가. 이 보잘것없는 원고를 책으로 만들어준 편집부를 기억하고 싶다.

인천에서,

이세기

 동아시아를 떠돌던 시혼

1. 백석을 다시 보자

백석(白石, 1912~1996) 탄생 100주년이 지났다. '민족시인', '시인이 가장 좋아하는 시인', '한국 시사에서 폭넓은 사랑을 받고 있는 최고의 시인' 등 칭호에 걸맞게 백석을 기념하고 재조명하기 위한 심포지엄과 각종 기념 문학제가 성황리에 끝났다. 이처럼 한국문학에서 짧은 기간 안에 백석만큼 '연구열'을 일으킨 시인도 드물다. 해방 이전 왕성한 활동에도 불구하고 분단 이후 돌연 한국문학사에서 족적을 감춘 백석에 대한 관심은 재북(在北)·월북(越北) 문인에 대한 해금(1988.7) 조치와 함께 부활하여 '백석열'이라고 해도 과언이 아닐 정도로 뜨거웠던 것이다. 도대체 그 무엇이 백석을 주목하게 했는가?

그의 시와 삶은 가혹한 시대와 긴밀하게 연동(連動)된다. 일제강점기 조선-일본-만주국-북한 등 동아시아를 떠돌던 한 시인의 전 생애가 식민지-해방-분단체제에 걸쳐 있는 것은 신산(辛酸)한 일이 아닐 수 없다. 찢긴 삶을 강요하는 식민지 시대로부터 분단체제에 이르는 연속선에 놓여 있기 때문이다. 백석 시가 주목받는 이유는 이러한 시대상과도 관계가 있지만 이보다는 1930년대 중반 문단에 진입한 시인 중 유독 토속적인 방언과 민속 등 지방색을 드러내는 기행적인 시세계 때문일 것이다. 그의 풍토론에 기반한 시세계는 민족 공동체의 회복이라는 평가로 귀결되어왔다. 하지만 제국과 식민지라는 위계에서 보자면 그의 조선적인 것의 재현에는 오리엔탈리즘이 동시에 작동된다. 그만큼 그의 문학과 삶은 문제적이다.

이 글은 백석 탄생 100주년을 맞이하여 '백석을 다시 보자'는 발심(發心)에서 시작되었다. 그동안 백석 신드롬이라고 불릴 만한 연구열에도 불구하고 시인의 실체에 육박하는 평가는 아직 요원하다는 것이 필자의 견해이다. 기존 연구를 세밀하게 살펴보면 원전 비평을 통한 원본 확정은 물론이고 어석(語釋)조차 일치하지 않고 있다. 실증적인 자료조차 출처가 불분명하고, 심지어 선행 연구의 잘못된 오류가 반복되어 재생산되고 있다. 가장 큰 문제는 백석 시의 최종 심급에 위치한 정신적 고갱이가 빠져 있다는 점이다.

여기에 백석에 대한 과대평가는 객관적인 실체에 대한 접근을 가로막는 가장 큰 장애가 아닐 수 없다. 식민지 근대와 연계하여 민족의 정신사적 관점으로 볼 때 시인에 대한 평가는 '상실된 공동체의 회복', '민족시인'으로 귀결되기 십상이다. 이와 함께 백석에 대한 규정에 토속적 시어와 음식 등 민속·박물적 차원의 접근은 백석 시의 특징을 보여주지만 지나치게 내재적 의미에 고정되어 있다. 그러다보니 식민지 근대와 시인의 상동 관계를 규명하는 데 소홀할 수밖에 없게 된다. 여기에는 식민주의에 의해 굴절된 근대체제가 '제국-식민지'와의 상호관계 속에서 어떻게 자신의 모습을 투사·투영하는지 파악하는 데 어려움이 가로놓여 있다.

최근에도 백석에 대한 연구는 활발하게 이루어지고 있다.[1] 이를 입증하듯 그동안 백석 연구의 한 획을 긋는 '전집' 등이 새롭게 출간되었다.[2] 또한 외국 번역시를 비롯하여 『테스』, 『고요한 돈강』, 평론, 아동시 등이 새롭게 발굴되면서 식민지 이전은 물론이고 분단 이후 재북기(1945~1996)에도 활발한 문학 활동을 했다는 것이 속속 확인되고 있다. 시인이자, 동시인, 번역가로서의 진면목이 밝혀지고 있다. 이러한 새로운 발굴과 연구 성과는 백석 연구의 지평을 넓혀주면서도 새로운 과제를 제공해준다.

그러나 백석론에는 기이하게도 결락(缺落)이 많다. 그중 하나가 백석 시에 나타나는 종교성이다. 그가 태어나고 성장한 정주(定州) 지방은

1　백석에 대한 연구 현황을 '백석 시'라는 키워드로 '한국교육학술정보원(RiSS)'를 통해 검색해보면, 현재(2013.9) 학위논문 367건, 국내 학술지 논문 326건으로 나타나고 있다. 여기에서 알 수 있듯이 600여 건이 넘는 작가론, 작품론을 비롯하여 주제론, 비교 연구에 이르기까지 백석에 대한 연구가 폭넓게 이루어지고 있다는 것을 알 수 있다.

2　2012년 백석 탄생 100주년을 기점으로 출간된 전집은 6종에 이른다. 이동순·김문주·최동호 편, 『백석문학전집』 1(시), 서정시학, 2012; 김문주·이상숙·최동호 편, 『백석문학전집』 2(산문), 서정시학, 2012; 송준 편, 『백석 시 전집』, 흰당나귀, 2012; 송준, 『시인 백석』 1·2·3, 흰당나귀, 2012; 정선태 편, 『백석 번역시선집』, 소명출판, 2012; 송준 편, 『백석 번역시 전집』 1, 흰당나귀, 2013.

전통적으로 기독교와 동학이 활발하게 지방민과 결합되어 있었다. 이러한 지방적 전통은 그의 정신사 및 시세계에 영향을 미쳤으리라 가설을 세울 수 있다. 그가 학창 시절을 보낸 오산고보(五山高普)와 일본 도쿄의 아오야마학원[靑山學院],3 그리고 영어 교사로 일했던 함흥 영생고보(永生高普)는 기독교 미션학교라는 공통점이 있다. 이 같은 사실로 미루어볼 때 종교 체험을 했을 것으로 추론할 수 있다. 즉 백석의 시세계와 종교성이 연관되어 있다는 가설을 제기할 수 있다.

요컨대 정주 출신으로 백석의 동향 선배 문인인 이광수(李光洙)의 삶과 문학이 기독교, 동학, 불교, 톨스토이주의 등으로 설명되는 종교적인 태도와 관련이 깊다는 것은 익히 알려져 있는 사실이다.4 정주 문인의 전통으로 보더라도 춘원(春園)과 안서(岸曙), 안서와 소월(素月) 등은 사제지간으로 정신적 유대에 영향을 미쳤다. 서북 지방에서 청년운동이 활발했던 정주 로컬리티(locality)의 자장에서 태어나 성장기를 보낸 백석도 이와 무관하지 않다. 그럼에도 불구하고 지금까지의 연구 성과를 보면 백석의 종교 체험과 관련된 연구는 찾아보기 어렵다.5 여기에

---

3   이하 '오산고보(五山高普)'의 경우 '오산학교'나 '오산고보'로, '아오야마학원[靑山學院]'은 '아오야마학원'과 '아오야마'로 문맥에 따라서 통칭한다.

4   정주아, 「'殉敎者'像의 形成과 受容─春園과 五山의 유대 관계에 대한 고찰」, 『어문연구』 38권 3호, 한국어문교육연구회, 2010, 376면.

5   김응교는 아오야마학원 시절 백석의 기독교 영향에 대해서 언급하고 있지만 작품과 관련해서 해명하고 있지 않다. 그는 백석이 "서구적이며 기독교적 범주를 연상시키는 상상력을 철저하게 배제"했다고 하면서 "오히려 반서구적이며, 반근대적, 반기독교적 샤머니즘의 세계를 만난다"고 평가한다. 송준 역시 아오야마 시절에 백석이 세례를 받았다고 언급할 뿐 기독교와의 관련성에 대해서는 논의하고 있지 않다. 여태천은 백석의 시에서 기독교 이미지가 전혀 나타나지 않는다고 단언하기도 한다. 김응교, 「백석·일본·아일랜드 : 백석 시 연구(3)」, 『민족문학사연구』 44호, 민족문학사학회, 2010, 107면; 송준, 『시인 백석』 1, 흰당나귀, 2012, 90면; 여태천, 「방언과 무속의 언어로 기록된 민족지

백석의 아오야마학원 시기의 일본 체험에 대한 실증적인 연구 역시 매우 미흡하다는 것이 선행 연구를 검토하면서 드는 문제의식이었다.

백석이 소설로 등단한 이후 일본으로 유학한 시기(1930~1934)는 쇼와[昭和] 초기로 일본제국주의가 자국 및 식민지에 천황제 국가주의를 강요하고 내면화하던 때이다. 재학 중이던 아오야마학원 역시 천황(天皇)에 충성하는 제국의 신민(臣民)이 되기 위해 노력하라는 취지의 교육 칙어(勅語)가 주요 행사 때마다 낭독되었으며, 학생들을 전시체제로 동원하기 위하여 재학생을 대상으로 교련 등 군사훈련을 실시했다. 기독교 미션학교라는 특성에도 불구하고 황국(皇國)의 국민으로 개인의 희생을 강요하던 시기였던 것이다. 또한 당시 문단은 신감각을 표방하는 쇼와 문학 초기로 모더니즘을 내세운 『시와 시론[詩と詩論]』과 전통 서정을 추구한 『사계(四季)』 등의 시 잡지들이 출간되었던 시기이다. 이 시기에 백석은 일본에서 대학 생활을 했는데 이러한 상황이 그의 시세계 형성 과정에 어떠한 영향을 미쳤는지 살펴보는 것도 의미가 있을 것이다.

지금까지 백석의 아오야마 3학년 재학 시절 일본 주소가 도쿄 길상사(吉祥寺) 1875번지로 알려지면서 모든 연구자의 작가 연보가 같은 내용으로 답습되고 있다.[6] 그러나 필자가 발굴한 1932년 아오야마학원 '영어사범회회원명부(英語師範會會員名簿)'에 의하면 백석의 주소가 도쿄부[東京府] 센다가야정[千駄ヶ谷町] 167, 조일옥(朝日屋)으로 기록되어 있었

(ethnography)」, 『批評文學』 47호, 한국비평문학회, 2013, 146면.

6   송준은 백석의 거주를 동경 길상사(吉祥寺) 1875번지로 밝히고 있는데 출처가 분명하지 않다. 백석 연보에서 밝힌 1933년 5월은 백석이 아오야마학원 영어사범과 3학년이 아닌 4학년에 재학 중일 때이다. 송준, 『시인 백석 1—가난한 내가, 사슴을 안고』, 흰당나귀, 2012, 90면; 송준, 『시인 백석』 3, 흰당나귀, 2012, 531면.

다.[7] 이러한 오류는 주소에만 그치는 것이 아니라, 실증적인 사실조차 기존의 잘못된 오류를 그대로 따르는 예가 많았다. 이는 연구 대상의 전기적 사실을 왜곡하는 것이며 새로운 연구의 갱신은 물론이고 연구자들의 노고에도 신뢰성을 떨어뜨린다. 또한 백석의 시 창작이 주로 그가 경험한 장소 체험과 밀접한 연관을 맺고 있다는 사실을 고려할 때 시가 산출된 장소(topos) 답사는 중요한 의미를 갖는다. 현장답사만으로도 시를 해석할 수 있는 다양한 가능성이 열려 있는데도 실증적인 현장답사를 통한 문학 연구가 제대로 이루어지고 있지 않아 아쉬움이 컸다.

아오야마에서 귀국한 백석이 활발하게 시를 창작한 시기는 1935~1940년대까지이다. 이 시기에 백석의 시세계의 변모 과정과 그가 도달한 시정신을 탐구하는 것이 이 글의 목적이다. 이를 위해 그가 태어난 정주의 장소성과 역사성이 그의 정신세계에 어떠한 영향을 미쳤는지 살펴볼 것이다. 더 나아가 아오야마 유학 당시 경험한 쇼와 체험도 그의 문학에 많은 영향을 주었을 것이다. 백석의 일본 체험에 대한 연구는 그 중요성에 비해 아직까지 연구 성과가 매우 미흡한 실정으로 이에 대한 연구를 진행하는 것은 의미 있는 일이다. '모더니티를 품은 전통주의자'로서 백석이 자기 면모를 갖추게 된 것은 이 시기에 받은 영향과 무관하지 않다는 것이 필자의 판단이다. 이를 전제로 그의 작품 세

---

7 백석의 도쿄 주소는 1932년 5월 발간된 『青山學院 高等部 師範科會會員名簿』에 수록되어 있다. 이 주소는 아오야마학원 자료센터[青山學院資料センター]에서 제공 받은 자료를 통해 필자가 새로 발굴한 것이다. 이외에도 백석의 아오야마 재학 시절 학교 관련 사진, 영어사범 회보, 영어사범 모집 요강, 『青山學報』와 『青山文學』 등 신문 및 잡지와, 교회 주보 등을 제공해준 아오야마학원 자료센터의 사무장(事務長)인 덴노 가즈코[傳農和子] 씨께 고마움을 표한다.

계를 분석함으로써 새로운 해석을 시도했다. 이와 같은 맥락에서 백석의 시세계의 특징인 장소애(topophilia)와 시대가 어떻게 상호 길항하는지 살펴보고자 했다. 정주-일본-만주국에 이르는 장소 체험과 종교 체험이 그의 시세계에 어떻게 투영되었는지 연구하는 것은 백석 시세계의 형성 동인(動因)을 밝히는 과정이 될 것이다.

이 글은 이러한 문제의식에서 백석이 시대와 삶의 궤적을 통해 도달한 정신세계를 규명하고자 한다. 따라서 이 글은 정주라는 지방적 전통에서 발원(發源)하여, 아오야마 재학 시절에 쇼와 문화를 접한 백석이 귀국 후 기행을 통하여 조선미의 로컬리티를 추구한 이유에 주목했다. 또한 만주국(滿洲國, 1932~1945)으로 이주하여 생활하다가 해방을 맞아 귀환해 분단체제가 형성되기 이전까지의 시기, 그의 시적 변모를 규명하고자 했다. 특히 만주국 이주 이후 백석의 시적 변모의 두드러진 특징이 다름 아닌 '종교적 구원'의 세계라는 것이 필자의 견해이다. 이를 토대로 만주 이주 시기와 해방 정국에서 백석이 도달한 자기비판과 자기 구원으로서의 시정신의 결정(結晶)이 다름 아닌 종교적 구원이었다는 것을 밝히고자 했다.

백석이 본격적인 창작 활동을 한 시기는 1935~1948년까지로 분단체제가 형성되기 이전이다. 이후 재북기(1948~1996)는 사회주의 창작 방법론에 입각하여 창작된 세계라는 점에서 이 글에서는 다루지 않았다. 따라서 이 글은 그동안 연구 성과를 기반으로 한 백석 연구의 재고(再考)이자, 그가 정주에서 태어나 성장하여 기행적인 삶을 살다가 '다시 환고향(還故鄉)'한 1912~1948년까지 그의 삶과 시세계가 도달한 '자기 구원으로서의 시혼(詩魂)'에 대한 고찰이라 할 수 있다.

2. 백석 연구의 흐름

이 글의 연구사 검토는 크게 백석이 활동했던 일제강점기 당시 문단에서의 평가와 함께 1988년 해금 이후의 주요 연구 현황, 그리고 최근 백석 탄생 100주년에 맞춰 발간된 송준, 이동순·김문주·최동호 등이 편찬한 '백석 전집'을 중심으로 검토할 것이다.

일제강점기 문단에서 백석에 대한 평은 김기림(金起林, 1908~?)·박용철(朴龍喆, 1904~1938)·오장환(吳章煥, 1918~1951)·임화(林和, 1908~1953)·최재서(崔載瑞, 1908~1964) 등에 의해 이루어졌다. 백석의 첫 시집 『사슴』(1936)이 간행되자 문단에서 이에 대한 반응을 내놓았는데 백석 시의 특징과 의의를 향토주의, 지방주의, 방언주의, 모더니스트 등으로 평했다.[8] 단평에 그쳤지만 동시대 활동한 문인의 평이라는 점에서 의미가 있다. 가장 주목을 끄는 평가로는 김기림·박용철·임화의 평을 들 수 있다.

김기림은 "『사슴』은 그 外觀의 徹底한 鄉土趣味에도 不拘하고 주착없는 一連의 鄉土主義와는 明瞭하게 區別되는 '모더니티'를 품고" 있다고 평하면서 백석의 시를 향토주의에 가둬놓지 않고 모더니즘의 차원에서 평가하고 있다.[9] 박용철의 경우에는 "修整없는 方言에 依하야 表

---

8 해방 이전 백석에 대한 평가로는 金起林(「『사슴』을 안고」, 『朝鮮日報』, 1936. 1. 29), 朴龍喆(「白石 詩集 『사슴』 評」, 『朝光』, 1936. 4, 327~330면), 吳章煥(「白石論」, 『風林』 통권5호, 1937. 4, 16~19면), 林和(「文學上의 '地方主義' 問題」, 『朝光』, 1936. 10, 174~176면), 崔載瑞(「二月詩短評 ― 소감 이것저것」, 『人文評論』, 1940. 3, 62~63면) 등의 논의가 주목을 끈다.

出된 鄕土生活의 詩篇들을 琢磨를 經한 寶石類의 藝術에 屬하는 것이 아니라 서슬이선 돌 生命의 本源과 接近해있는 藝術"로 "그것의 힘은 鄕土趣味 程道의 微溫한 作爲가 아니고 鄕土의 生活이 제스사로의 强烈에 依하야 必然의 表現의 衣裳을 입었다는데있다"[10]라고 평을 한다. 그는 가공되지 않은 방언의 생명력에 주목함으로써 백석이 향토 생활과 밀착한 표현을 얻었다고 보고 있다. 반면에 카프계의 이론가로서 1930년대 활발하게 문예비평을 수행한 임화는 백석의 시를 "생생한 생활의 노래"가 없는 "과거의 비가", "난잡한 방언"의 세계라고 비판한다.[11] 임화는 문학의 세계주의라는 측면에서 백석의 방언주의가 가지고 있는 퇴영성을 비판함으로써 지방주의와 세계주의가 양립할 수 없다는 입장을 취했다. 1930년 중반 계급문학론에 기댄 맑스주의자다운 면모를 보이고 있다.

해방 이후에는 문학사나 비평사를 기술하면서 백석에 대한 언급을 많이 했는데, 그 대표적인 연구자로는 백철・유종호・김현・정한숙・김용직・조동일 등을 꼽을 수 있다.[12]

서북 지방 동향인 백철(白鐵)은 백석 시에 대해서 "訥樸한 民俗譚을 듣고 素朴한 시골 風景畵를 보고 구수한 흙냄새를 맡을수가 있다"[13]라

---

9 金起林, 「『사슴』을 안고」, 『朝鮮日報』, 1936.1.29.

10 박용철, 「白石詩集『사슴』評」, 『朝光』, 1936.4, 329면.

11 林和, 「文學上의 '地方主義' 問題」, 『朝光』, 1936.10, 174면.

12 白鐵, 『朝鮮新文學思潮史 現代篇』, 백양당, 1949, 291~293면; 柳宗鎬, 「韓國의 페시미즘」, 『現代文學』 통권 81호, 1961.9, 191면; 金允植・김현, 『韓國文學史』, 민음사, 1973, 217~220면; 鄭漢淑, 『現代韓國文學史』, 高麗大學校出版部, 1982, 195면; 김용직, 『한국현대시사 2』, 한국문연, 1996, 337~391면; 조동일, 『한국문학통사』 5, 지식산업사, 2005, 512~513면.

고 하면서, "民俗的이고 鄕土的인 것이 평안북도 사투리 그대로의 표현과 순박하게 조화"[14]되었다고 평했다. 유종호는 「南新義州柳洞朴時逢方」을 한국 현대시에 있어서 '페시미즘의 절창'으로 평가하고 이후 지속된 백석론에서 「흰 바람벽이 있어」를 "20세기 한국시가 거둔 최상의 시편"[15]이라는 찬사로 백석 시를 고평하고 있다. 김현은 "샤머니즘이 지배적인 그 산골마을의 風景描寫를 통해 白石은 독자들을 民譚의 세계로 인도"하고 있다면서 「南新義州柳洞朴時逢方」을 "한국시가 낳은 가장 아름다운 시 중의 하나"[16]라고 평하면서 문학사적 의미를 부여했다. 이와 같은 평가는 비록 단편적이지만 백석 시가 지니고 있는 특징을 밝히고 시사적 위치를 자리매김하기 위한 노력의 일환이라고 할 수 있다.

백석 시에 대한 연구는 80년대에 들어와서 본격적으로 진행되었다. 이동순은 1987년 재북 시인에 대한 해금(解禁) 조치 소식을 접하고 그동안 모은 자료를 중심으로 해방 이후 최초로 『白石詩全集』(1987)을 펴냈다.[17] 이동순 편 전집은 분단으로 인하여 접근조차 하지 못했던 재북 시인에 대한 본격적인 연구를 시작했다는 점에서 그 의미가 크다. 전집 말미에 어석 풀이를 달아놓아 백석의 시어를 이해하는 데 선구적인 업적을 남겼다. 이동순은 백석을 '식민지 시대 공동체의 복원'을 이룬 '민족 시인'이라며 그의 주체적 시정신을 높이 평가했다.

---

13   白鐵, 앞의 책, 291면.

14   白鐵, 『韓國新文學發達史』, 博英社, 1975, 291~292면.

15   유종호, 앞의 책, 191면; 유종호, 『다시 읽는 한국 시인』, 문학동네, 2002, 292면.

16   金允植·김현, 앞의 책, 218~219면.

17   李東洵 編, 『白石詩全集』, 창작사, 1987.

이 외에 주요 연구자로는 최두석·김명인·이숭원·고형진 등을 들 수 있다.[18] 최두석은 백석의 시세계를 '모더니즘 시의 세례', '고향의 재현', '유랑과 운명론적 세계관'으로 설정하고 시의 변모 양상에 주목했다. 여기서 백석의 시세계가 창작 방법론상 이미지즘과 서사 지향성이 두드러지며 고향 상실감과 운명론적 세계관을 지녔다고 평가한다.[19] 김명인은 백석 시의 고향 회귀는 공동체적인 삶의 근원과 유대를 환기시킴으로써 민족적인 상실감에 닿아 있다고 고평하고 토착어의 반복적인 활용은 독특한 긴장감을 주고 율격적인 개성을 두드러지게 한다는 분석을 내놓았다.[20] 이숭원은 백석 시의 정신사적 맥락을 '풍속의 시화(詩化)'로 보고 있으며, 의성어·의태어·토착어를 폭넓게 사용하여 생생한 현장감을 불러일으킨다는 점에서 표현 방법의 특징을 '눌변의 미학'으로 규정했다.[21] 고형진은 백석의 시적 인식은 우리 민족의 삶에 근원적으로 내재해 있는 공동체의식이며 민족적 연대감이라고 평하면서 이는 자기 존재의 근원을 탐구해보려는 강인한 집착과 민족적 동일성을 추가하려는 의도적 접근이라고 보았다.[22]

18　80년대에는 최두석(「1930년대 시의 표현에 관한 고찰」, 서울대 석사논문, 1982. 8; 「백석의 시세계와 창작 방법」, 『우리 시대의 문학』 6집, 문학과지성사, 1987), 김명인(「白石詩考」, 『牛步全炳斗博士華甲紀念論文集』, 牛步全炳斗博士華甲紀念論文集編纂委員會, 1983), 이숭원(「風俗의 詩化와 訥辯의 美學—白石論」, 『한국 시문학의 비평적 탐구』, 삼지원, 1985), 고형진(「白石詩 研究」, 고려대 석사논문, 1983.12), 이동순(「무너진 시대의 모국어와 공동체의식」(백민전재호박사화갑논총), 형설출판사, 1985), 신범순(「백석의 공동체적 신화와 유랑의 의미」, 『분단시대』 4집, 학민사, 1988) 등의 논의가 주목할 만하다.

19　최두석, 「백석의 시세계와 창작 방법」, 『우리 시대의 문학』 6집, 문학과지성사, 1987.

20　김명인, 「白石詩考」, 『牛步全炳斗博士華甲紀念論文集』, 牛步全炳斗博士華甲紀念論文集編纂委員會, 1983.

21　이숭원, 「風俗의 詩化와 訥辯의 美學—白石論」, 『한국 시문학의 비평적 탐구』, 삼지원, 1985, 263면.

1990년대 들어 백석 연구에 대한 열기에 힘입어 전집이 쏟아지기 시작했다.[23] 그 중에 눈여겨볼 연구 성과로는 송준의 백석 전집을 들 수 있다. 송준의 백석 전집인 『남신의주 유동 박시봉방─백석 일대기』 1·2(1994)는 원본 표기에 충실했으며 시어 사전을 따로 정리하여 수록했다. 이와 함께 1962년 이후 백석의 행적을 조사하여 북한에서 발표한 작품을 수록해 출간했다는 점에서 백석 전집의 새로운 전기를 마련했다.[24]

이후 백석 전집 주요 편찬자로는 김재용·고형진·이숭원 등을 들 수 있다. 김재용의 『백석전집』(1997)은 재북 시기의 백석 시 전편과 산문 등을 현대어로 수록함으로써 백석이 거둔 문학적 성과를 한눈에 볼 수 있게 했다.[25] 이 전집은 증보판을 거듭하면서 백석에 대한 자료를 지속적으로 보완하고 있다는 점에서 긍정적이다. 이숭원과 이지나는 『원본 백석 시집』(2006)을 통해 백석 시의 발표 당시의 원본을 영인하여 시어의 주해를 달아 간행했고,[26] 고형진은 『정본 백석 시집』(2007)을 통하여 정본과 원본을 어석 풀이와 함께 내놓았다.[27] 이 전집의 경우 원본을 정본과 함께 수록함으로써 초출 발표 당시 백석 특유의 띄어쓰기

---

22   고형진, 「白石詩 硏究」, 고려대 석사논문, 1983.12.

23   90년대에 편찬된 백석 전집은 김학동(『백석전집』, 새문사, 1990), 송준(『백석시전집』, 학영사, 1995), 정효구(『백석』, 문학세계사, 1996), 고형진(『백석』, 새미, 1996), 김재용-(『백석전집』, 실천문학사, 1997) 등에 의해 이루어졌다.

24   송준, 『남신의주 유동 박시봉방─백석 일대기』 1·2, 지나, 1994.

25   김재용, 『백석전집』, 실천문학사, 1997. 김재용의 경우 1997년판 『백석전집』을 시작으로 증보판(2003)과 개정증보판(2011)을 연이어 출간함으로써 전집을 보완하고 있다.

26   이숭원 주해·이지나 편, 『원본 백석 시집』, 깊은샘, 2006; 이지나, 『백석 시의 원전비평』, 깊은샘, 2006.

27   고형진 편, 『정본 백석 시집』, 문학동네, 2007.

로 인한 운율 등의 특색을 엿볼 수 있다. 이숭원은 『백석을 만나다』(2008)에서 백석 시 해설과 함께 어석 풀이를 수록했다.[28] 이로써 백석 시의 시어와 오류의 상당 부분이 수정될 수 있었다.[29] 그러나 이러한 연구 성과에도 불구하고 여전히 원본과 정본의 어석을 둘러싸고 문제 제기가 끊이지 않고 있다. 필자가 '백석을 다시 보자'라는 문제의식을 가지게 된 것도 잘못된 어석 연구에서 비롯되었다. 잘못된 어석은 잘못된 시 해석으로 이어지기 때문이다.

백석 연구의 새로운 전환점은 2012년 백석 탄생 100주년을 기점으로 이루어졌다. 이를 기념해서 여러 권의 '백석 전집'이 발간되었다.[30] 이 가운데 송준의 『시인 백석』1・2・3(2012)과 『백석 시 전집』(2012), 이동순・김문주・최동호 등이 편찬한 『백석문학전집』1(2012)과 김문주・이상숙・최동호가 엮은 『백석문학전집』2(2012)는 그동안의 연구 성과

---

28 이숭원, 『백석을 만나다』, 태학사, 2008.

29 시어 및 어석 연구와 관련한 주요 연구는 다음과 같다. 김명인, 「1930년대 시의 구조 연구」, 고려대 박사논문, 1985; 이동순 편, 『백석시전집』, 창작사, 1987; 이숭원, 「백석 시의 난해 시어에 대한 연구」, 『인문논총』8호, 서울여대 인문과학연구소, 2001; 송준 편, 『백석시전집』(증보판), 학영사, 2004; 김영범, 「백석시어연구」, 고려대 석사논문, 2004; 고형진, 「용례 색인으로 본 백석시의 어석」, 『현대문학이론연구』27호, 현대문학이론학회, 2006; 박순원, 「백석 시의 시어 연구」, 고려대 박사논문, 2007.8.

30 백석 100주년을 기념해서 발간된 백석전집류와 단행본은 다음과 같다. 이동순・김문주・최동호 편, 『백석문학전집』1(시), 서정시학, 2012; 김문주・이상숙・최동호 편, 『백석문학전집』2(산문), 서정시학, 2012; 송준 편, 『백석 시 전집』, 흰당나귀, 2012; 정선태 편, 『백석 번역시선집』, 소명출판, 2012; 송준, 『시인 백석』1・2・3, 흰당나귀, 2012; 송준 편, 『백석 번역시 전집』1, 흰당나귀, 2013; 최동호・최유찬, 방민호 편, 『백석 문학전집』3(테스), 서정시학, 2013; 최동호・방민호・윤해연 편, 『백석 문학전집』4(고요한 돈 1), 서정시학, 2013; 최동호・방민호・윤해연 편, 『백석 문학전집』5(고요한 돈 2), 서정시학, 2013; 곽효환, 『가난한 내가 아름다운 나타샤를 사랑해서』, 교보문고, 2012; 이숭원, 『갈매나무의 시인, 백석』, 살림, 2012.

를 기반으로 시와 새롭게 발굴한 산문을 포함하여 정본화하는 것을 목표로 기획했다.

먼저 송준의 경우 앞서 발간한 전집을 보완하고 백석의 전기적 사실을 관계자들의 증언과 구술을 토대로 실증적으로 기록했다는 점에서 그 의미가 크다. 이 전집이 돋보이는 것은 백석의 생애사 복원을 위해 노력을 기울였다는 데 있다. 하지만 이러한 성과에도 불구하고 백석에 대한 과대한 상찬(賞讚)은 평가의 엄정성을 고려하지 않아 주관적 평가로 치우쳐버렸다. 게다가 앞서 밝혔듯이 백석의 아오야마 3학년 재학 시절 살던 주소에 대한 출처 및 사실 관계가 부정확한데다가, 어석에서도 오류가 많은 것으로 지적되고 있다.[31] 이동순·김문주·이상숙·최동호 등이 엮은 『백석문학전집』1·2는 백석 탄생 100주년을 기점으로 야심차게 기획되었다. 새롭게 발굴된 산문과 어석을 풀이함으로써 정본화를 꾀했다. 하지만 일부 어석의 경우 이전 전집들의 오류를 반복함으로써 정본화에 미치지 못하고 있다. 최근의 연구에서도 시집『사슴』에 수록된 시들의 어석 풀이에 대한 쟁점[32]과『백석문학전집』1이 결하고 있는 잘못된 시행 처리 등이 지적된 바 있다.[33] 작가 연보 역시 실증적인 토대가 부족해 완성된 정본이라고 말하기에는 여러모로 한계가 있다.

한편 백석 탄생 100주년을 기점으로 그동안 미진했던 연구 현황 및

---

31 이경수, 「백석 시 전집 출간 및 어석 연구의 현황과 과제」, 『한국근대문학연구』 27호, 한국근대문학회, 2013, 75면.

32 이명찬, 「백석 시집『사슴』의 시편을 읽는 또 하나의 방법」, 『한국시학연구』 34호, 한국시학회, 2012, 74~75면.

33 이경수, 앞의 글, 74~82면.

과제 등과 관련한 논문이 여러 편 발표되었는데, 백석 시 전집 출간 및 어석 연구의 현황과 과제에 대한 연구,[34] 백석 문학 연구의 현황과 문학사적 균열의 지점을 분석한 연구,[35] 백석 번역시 연구,[36] 백석 시집 『사슴』의 시편을 읽는 방법에 대한 연구,[37] 백석 시에 나타난 장소성에 대한 연구,[38] 백석의 시적 지향과 표현 방법과 연구 현황과 전망에 대한 연구,[39] 백석 문학의 전체성에 대한 연구[40] 등 백석 문학의 의미를 기행이나 유랑적 관점 등 다양한 시각에서 접근하려는 개별 연구들이 진행되었다.[41] 이외에도 김재용·이상숙 등이 재북 시기 백석에 대한 연구를 활발하게 진행하고 있다.[42]

이 글이 주목하는 현장 조사 연구로는 박태일·김숙이·왕옌리[王艶麗]를 들 수 있다. 이들의 경우 현장 조사 방법론을 통해서 백석의 실증

---

34 이경수, 위의 글; 이숭원, 「백석 시 연구의 현황과 전망」, 『한국시학연구』 34호, 한국시학회, 2012.

35 김문주, 「백석 문학 연구의 현황과 문학사적 균열의 지점」, 『批評文學』 46호, 2012.

36 이상숙, 「백석 번역시 연구를 위한 시론(試論) — 북한 문학 속의 백석 III」, 『批評文學』 46호, 한국비평문학회, 2012.

37 이명찬, 앞의 글.

38 김민숙, 「백석 시에 나타난 장소성 연구」, 『批評文學』 46호, 한국비평문학회, 2012.

39 이숭원, 「백석의 시적 지향과 표현방법」, 『批評文學』 45호, 한국비평문학회, 2012; 이숭원, 「백석 시 연구의 현황과 전망」, 『한국시학연구』 34호, 한국시학회, 2012.

40 최동호, 「백석 문학의 전체성에 대하여」, 『批評文學』 46호, 한국비평문학회, 2012.

41 곽효환, 「백석 기행시편 연구」, 『한국근대문학연구』 18호, 한국근대문학회, 2008; 남기혁, 「백석 시에 나타난 풍경과 시선, 그리고 여행의 의미」, 『우리말글연구』 52호, 우리말글학회, 2011; 김명인, 「백석 시에 나타난 기행」, 『한국시학연구』 27호, 한국시학회, 2010.

42 이상숙, 「북한문학 속의 백석 I」, 『근대문학연구』 17집, 한국근대문학회, 2008; 김재용, 「백석 문학 연구 — 1959~1962년 삼수시절을 중심으로」, 『현대북한연구』 14권 1호, 북한대학원대학교, 2011; 이상숙, 「분단 후 백석시의 분석과 평가를 위한 제언」, 『어문논집』 66호, 민족어문학회, 2012.

적인 생애를 복원하는 데 기여했다. 박태일의 경우 백석의 문단 지인 관계 및 통영 방문 과정을 현지답사를 통해서 밝혔다.[43] 김숙이 역시 통영 기행시편을 현지답사를 통해서 바로잡았다.[44] 왕옌리는 백석의 '만주' 시편을 '만주' 체험과 연관시켜 연구했다. 백석이 만주국 이주 시기에 거주했던 신경(新京, 지금의 창춴[長春])을 직접 답사하여 기존 연구에서 결여되어 있는 사실관계에 대한 오류를 수정하고, 빠진 부분을 보완하여 백석 '만주' 체험의 전기적 사실을 복원하는 실증적인 연구를 수행했다.[45]

마지막으로 이 글의 연구 주제이기도 한 동학, 개신교 등 종교 체험과 관련된 본격적인 연구는 앞서 밝혔듯이 선행 연구가 전무한 실정이다. 백석 시의 종교 체험에 대한 연구는 무속, 불교,[46] 도교[47] 등과 관련된 연구가 진행되었고, 그중 대부분은 무속과 관련된 것이다. 대개 이러한 논의들은 백석 시에 나타난 토속과 민속을 함께 다루면서 넓은 의미의 '종교'인 민간신앙에서 민족적 삶의 원형과 생명력을 찾고자 했다. 『韓國文學史』에서 김현이 "民俗 그 자체를 시의 대상으로 삼은 시인"이며 "샤머니즘이 지배적인 산골마을의 風景描寫를 통해 白石은 독

---

43 박태일, 「백석과 신현중, 그리고 경남문학」, 『지역문학연구』 4호, 경남부산지역문학회, 1999.4.

44 김숙이, 「백석 시에 나타난 문화소(文化素)의 특성 ─ 연작시 '남행시초(南行詩抄) 「통영(統營)」·「고성가도(固城街道)」·「삼천포(三千浦)」'를 중심으로」, 『동북아 문화연구』 26호, 2011.

45 王艶麗, 「白石의 '滿洲'詩篇 研究 ─ '滿洲'體驗을 中心으로」, 인하대 석사논문, 2010.8.

46 유임하, 「지상의 쓸쓸한 삶과 생명에의 자비 ─ 백석의 시와 불교의 훈습」, 『한국문학과 불교문화』, 역락, 2005; 이경수, 「백석 시에 나타난 문화의 충돌과 습합 ─ 여행·음식·종교를 중심으로」, 『한국시학연구』 23호, 한국시학회, 2008.

47 김용희, 「백석의 북방체험과 도가적 상상력」, 『한국문학이론과 비평』 33호, 2006.12.

자들을 民譚의 세계로 인도"[48]하고 있다고 평한 이래 김재홍, 이숭원, 김응교 등을 비롯하여 여러 연구자들에 의해 이루어졌다.[49] 그러나 이들의 연구는 민족 고유의 정신사적 의미에 의미를 부여하고 주로 원시적인 민간신앙과 불교적 상상력에만 주목함으로써 백석의 정신사에 밀접하게 영향을 미친 서북 지방의 개신교와 동학 등에 대해서는 거의 언급하지 않고 있다.

필자는 백석의 시세계가 무속과 관련된 민간신앙은 물론이고 도교, 불교, 동학[50](이후 천도교로 개칭), 기독교 등 종교적 상상력이 중층적으로 반영되어 있다고 보고 있다. 이 글에서는 백석 시에 나타난 종교성이 작품에서 어떻게 드러나는지 살펴볼 것이다. 특히 만주 이주 시기 드러난 백석 시의 종교성에 대해 본격적인 논의를 펼치고자 한다. 지금까지 알려진 백석의 연보에서 종교 체험과 관련한 행적을 정리하면 다음과 같다.

48　金允植·김현, 『韓國文學史』, 민음사, 1973, 218면.

49　김재홍, 「민족적 삶의 원형성과 운명애의 진실미, 백석－월북 실종시인연구8」, 『한국문학』, 1989; 김학동, 「鄕土의 俗信的 '삶'과 운명관－白石論」, 『현대시인연구』 1, 새문사, 1995; 이숭원, 「백석 시와 샤머니즘」, 『서정시학』 31호, 2006년 가을; 김응교, 「백석 시 「가즈랑집」에서 평안도와 샤머니즘－백석의 시 연구 2」, 『현대문학의 연구』 27집, 한국문학연구학회, 2005; 오태환, 「혼과의 소통, 또는 무속적 요소의 문학적 층위－김소월·이상·백석 시의 무속적 상상력」, 『국제어문』 42집, 2008; 전형철, 「백석 시에 나타난 '무속성' 연구」, 『우리어문학연구』 32집, 한국외대, 2008; 김은석, 「백석 시의 '무속성'과 식민지 무속론－백석 시의 '무속적 상상력' 재고」, 『國語文學』 48호, 국어문학회, 2010; 여태천, 「방언과 무속의 언어로 기록된 민족지(ethnography)」, 『批評文學』 47호, 한국비평문학회, 2013.

50　1860년 수운(水雲) 최제우(崔濟愚, 1824~1864)가 창도한 동학(東學)은 1905년 3대 교조 의암(義菴) 손병희(孫秉熙, 1861~1922)에 의해 천도교(天道敎)로 개칭됐다. 그 후 동학은 천도교의 별칭으로 불렸다.

1912년	동학과 개신교가 성행했던 평안도 정주에서 출생
1918년	오산소학교(기독교 계열 미션학교) 입학[51]
1924년	오산학교 입학
1928년	오산고등보통학교 졸업
1930년	기독감리교계 미션학원 아오야마학원 입학
1931년	아오야마학원 내 교회에서 세례 및 주일 예배 참석
1936년	캐나다 선교 기관의 미션계 학교인 함흥 영생고보 영어 교사 부임
1938년	함흥 영생고보 사임

백석이 동학과 개신교가 성행했던 평안도 정주 출신이며, 초·중·고는 물론 대학까지 모두 미션계 학교를 다녔다는 점에서 그의 시세계에서 동학 및 기독교와의 관련성을 전혀 배제할 수 없다고 생각한다. 이 글은 선행 연구에서 결락된 부분 중 백석의 종교 체험, 특히 동학 및 기독교와의 연관성을 배제할 수 없다는 문제의식에서 출발했다. 따라서 백석의 종교 체험을 비롯하여 그의 시세계의 형성에 영향을 미친 정신사적 맥락을 살펴보는 것이 필요하다고 본다. 이를 위하여 그가 태어나고 성장한 정주 지방의 지방적 전통과 특성에 주목하고, 더 나아가 일본 유학시절과 만주국에서 형성된 정신사적 맥락을 분석함으로써 그가 궁극적으로 도달한 시세계를 검토할 것이다.

---

51 오산학교는 1907년 창립하여 1909년 5월에 소학교(小學校)를 부설하였고, 1910년에는 기독교 정신을 교육 주지로 변경하여 중학부와 소학부의 합부제(合部制)로 인가를 받았다. 1925년에 재단법인 오산학교로 인가를 받았고, 1926년 고등보통학교로 승격되었다. 정주군지편찬위원회, 『定州郡誌』, 定州郡誌編纂委員會, 1975, 552면.

3. 로컬리티와 이주적 시각

앞서 검토한 연구사를 전제로 이 글에서는 기존의 연구 성과를 재평가하고 결락된 부분을 보완해 새로운 시각에서 백석론을 고찰하고자 한다. 백석의 시대와 삶의 궤적을 통해 그의 시세계가 도달한 지점을 고찰하기 위한 접근 방법으로는 일차적으로 한국문학의 연구에 있어서 지방학적 관점에 가능성을 열어놓고 로컬리티적 특성에 주목했다.[52] 또한 시인의 삶과 전기적 특징을 연계하여 역사·전기적 방법과 실증주의 방법, 현장 답사 방법, 해석학 방법을 원용하여 접근했다. 이중에서 자료 발굴과 현지답사를 위해 진행한 현장 조사 방법은 본 연구에 실증적 사실성을 높여주었다. 필자가 일본 아오야마학원 자료센터에서 발굴한 1932년 청산학원 고등부 영어사범회회원명부에 수록된 백석의 도쿄 거주지와 재학 시절 영어사범과 관련 자료인 사진, 회보(會報), 모집 요강, 『靑山學報』, 『靑山文學』, 교회 주보(週報) 등은 백석의 아오야마 시절에 대한 실증적인 전기 사실을 복원하는 데 크게 도움이 되었다. 자료 발굴을 위해 찾아간 아오야마는 정문에서부터 시작하여 교정 곳곳이 일본

---

[52] 지금까지 지역학(area studies), 지방학(local studies)의 관점으로 한국문학을 탐구하는 방법론은 본격적으로 진행되지 않았지만, 한국문학에서 작가, 작품, 지방과의 상동 관계를 파악할 때, 지방사적 관점 역시 중요한 방법으로 접근할 필요가 있다. 이와 관련한 연구 방법론을 적용한 논자로는 김윤식(「주요한론—근대시 형성의 내면풍경」, 『(속)한국근대작가론고』, 일지사, 1981), 김용직(『한국근대시사』 상, 학연사, 1998), 박혜숙(「평북 정주 지역의 문학 풍토와 시인 연구」, 『국어국문학』 120호, 1997.12), 신범순(「김소월 시의 여성주의적 이상향과 민요시적 성과 2」, 『관악어문연구』 33호, 서울대 국어국문학과, 2008.12), 정주아(「한국 근대 서북문인의 로컬리티와 보편지향성 연구」, 서울대 박사논문, 2011) 등이 있다.

근대 기독 신앙의 요람지로 박물관을 방불하게 할 정도로 역사가 유구했다. 이를 통해서 백석의 아오야마 시기(1930~1934)의 일본 체험을 집중적으로 고찰할 수 있었다. 이러한 실증적인 자료 발굴과 현장 조사 결과 아오야마 입학 전형, 재학 당시 주소, 졸업 이후 행적 등 백석에 대한 새로운 전기 사실을 보완하여 작가 연보를 추가 작성할 수 있었다. 또한 백석이 일본 체류 당시 다녀온 이즈반도[伊豆半島]를 직접 현장 답사함으로써 당시 창작된 작품의 실증적인 장소를 체험하고 잘못된 어석 등을 바로잡았다. 이를 통해 기존의 연구에서 다루어지지 않은 아오야마 시기를 집중적으로 논증함으로써 기존의 백석론을 재고하게 했다.

이와 함께 백석의 시가 산출된 장소인 통영을 직접 현지 조사하여 실증적인 가치를 높이고자 했다. 통영에 대한 지방사 자료는 물론이고 현지 지방민에 대한 인터뷰 등을 수행하여 작품의 이해를 높이기 위한 사실 확인에 접근하고자 했다. 그 결과 잘못된 어석을 바로잡고 새로운 어석 풀이를 시도했다.

이 글은 또한 방법론적 시각으로 일국사적 관점을 넘어 조선-일본-만주국 등 동아시아 영역에 걸친 백석의 행적을 이주(移住, migrant)라는 관점에서 파악하고자 했다. 백석의 시세계가 유랑적 삶에 기초한 떠돌이 의식과 관련이 깊다는 것은 지금까지 알려진 사실이다. 하지만 이 글에서는 이를 '이주자의 삶'으로 규정함으로써 월경(越境)적인 그의 행보에 부합하려고 했다. 이는 그의 시세계가 이동·이주에 의해 새롭게 생성된 장소와 밀접하게 연동되어 있다는 것에 주목했기 때문이다. 이러한 월경적인 삶은 1930년대 광범위하게 형성된 탈향과 이향·이주·이산과 관련되어 있다고 보고 있다. 이러한 관점은 식민지 지식인으로 월경적인 삶을 산 백석에 대한 평가에 육체성을 부여할 것으로 보인다. 이 글의 전개 과정을 약술하면 다음과 같다.

2장에서는 백석 시 형성의 정신사적 맥락을 고찰하고자 한다. 백석의 시세계에 영향을 미친 정주 및 아오야마, 만주 신경 시기를 대상으로 했다. 우선 서북 로컬리티의 특성을 통해 서북인의 차별과 배제가 어떻게 그의 시세계에 영향을 미쳤는지 지방사적 관점에서 살펴보고자 했다. 이를 위해 홍경래(洪景來)의 난(亂)과 오산학교의 기독민족주의, 서북 지방의 동학 등의 자장에서 성장한 과정을 살폈다. 또한 그의 근대 체험이기도 한 쇼와 시기 일본 아오야마 유학 체험을 주목했다. 이 시기 일본 체험을 집중적으로 검토함으로써 그의 학창 시절과 그 시기에 체험한 종교 체험, 영미 신비평, 아일랜드 문학 등의 영향을 검토했다. 이를 통해서 귀국 후 본격적인 문학 활동에 어떠한 영향을 미쳤는지 분석했다. 또한 그의 만주 이주 시기 '만주국(滿洲國, 1932~1945)' 시대 '협화(協和)' 이데올로기가 그의 시세계에 어떠한 정신사적 변모를 가져다주었는지 살펴보았다.

3장에서는 일본 아오야마에서 귀국하여 본격적인 작품 활동을 하기 시작한 1935년에서 시작하여 1939년 만주 이주 시기 직전까지 그의 시세계의 특징을 살펴보고자 했다. 이 시기 백석의 시세계는 첫째, 로컬적 장소애와 방언의 세계. 둘째, 이향적 존재로서의 정체성과 조선미=조선적인 것의 재현이 갖는 의미를 분석했다. 이 시기는 만주사변을 기점으로 전시동원체제가 본격적으로 진행된 시기로, 그의 기행적 삶이 어떻게 현실과 대응하며 시세계를 형성하고 있는지 고찰했다. 조선적인 것의 발현이 그의 일본 쇼와 체험과 직접적인 영향이 있다는 것을 해명하고자 했다.

4장에서는 만주 이주 시기와 해방 이후(1940~1948) 백석 시의 변모와 시세계의 특징을 분석하고 이 시기 그의 시의 중요한 특징이 종교성임을 밝히고자 했다. 만주국에서 생활하던 백석은 이주자로서 정체성을 가졌고, 만주국이 패망하면서 동시에 귀환자로서의 자기 정체성을 가졌던 때이다. 이 당시에 창작된 그의 시세계를 분석하고 이를 통해서 드러난 자기 구원으로서의 종교성을 살펴보았다.

이 글에서 분석 대상으로 삼은 시 텍스트는 초출 원본과 첫 시집『사슴』(선광인쇄주식회사, 1936)을 1차 텍스트로 하였다. 지금까지 밝혀진 1948년 재북 이전까지 발표한 시 104편[53]을 대상으로 하되 주로 그동안 해석상 쟁점이 되는 시를 텍스트로 하여 분석했다. 시 텍스트는 발표 시기와 특성에 따라 '『사슴』 시편', '기행시편', '만주 이주' 시편 등으로 구분하여 명칭을 정했다. 논의를 전개하는 데 있어서 경우에 따라서는 『사슴』 시편을 초기 시편으로, '만주 이주' 시편을 만주 시편 등으로 혼용해서 사용하였다는 것을 밝힌다.

---

[53] 지금까지 백석의 시는 1948년 이전까지 100편, 재북기(1948~1996)에 동시 21편을 포함하여 41편으로 총 141편이 발표되었다. 연구자들에 의해 백석의 시로 추정하고 있는『朝光』창간호(1935.11)에 백정(白汀)이라는 이름으로 발표한「늙은 갈대의 獨白」(『朝光』, 1935. 11)과『滿鮮日報』에 한얼生이라는 이름으로 발표한「孤獨」(1940.7),「雪依」(1940. 7),「高麗墓子」(1940.8),「아까시야」(1940.11) 등은 제외하기로 한다.「늙은 갈대의 獨白」과 한얼生으로 발표한 작품은 백석이 평소에 쓰지 않은 한자 시어가 많고, 시풍 또한 기존의 다른 시와 차이가 있는데다 서술어 등이 자연스럽지 않다는 점에서 백석 시로 보기에는 여러모로 무리가 따른다.「늙은 갈대의 獨白」의 경우 이숭원은 당시 백석이『朝光』편집 실무를 맡고 있었고 시의 분위기와 어휘 등의 유사성을 들어 백석의 작품으로 추정하였다. 그러나 이 시의 분위기는 오히려 같은 지면에 발표한 백석의 시와 다르기 때문에 단순히 '갈부던' 등의 어휘만으로 백석의 시라고 단정할 수 없다.

제2장

백석 시 형성의 내적 맥락

백석 시의 특성은 어디로부터 기인하는가? 백석의 시정신을 형성하게 한 맥락은 무엇인가? 백석의 시정신이 도달한 세계는 무엇인가? 이것은 시인 백석에 대한 연구가 진행된 이래 지속된 문제의식이다. 백석만큼 로컬리티적 특성을 자신의 시세계의 자양분으로 삼은 시인도 드물다. 주지하다시피 서북은 일찍이 한국 근대문학의 주요 문인인 이광수·김억·현상윤·김소월·주요한·주요섭·김동인·전영택의 고향이자, 백석의 정신적 고향이다. 백석이 태어난 평안도 정주의 '로컬리티 전통'은 '서북인의 혼'이 배어 있는 서북발(發) 민족의식의 진원지(震源地)였다.

조선시대 이래 차별과 배제 속에서 성장해온 서북인들은 홍경래의 의기(義氣)를 분수령으로 하여 강한 정신적 연대의식을 갖는다. 국경 지방의 관문이라는 이점을 이용해서 활발하게 상업 활동을 하고 교육을 통해 자신들의 입지를 타개하기 위해 분투했다. 이러한 서북인들은 서구 문화의 유입에 따른 개신교와 천주교, 동학 등 종교적 세례를 받아 더욱 적극적으로 문명개화와 교육계몽 등에 나섰다. 남강 이승훈과 도산 안창호 등이 서북 지방의 구심 역할을 하면서 자강론과 실력양성론을 내세운다.

하지만 제국과 식민지의 사이에 가로놓여 있는 현실만큼이나 식민지 지식인의 고뇌 또한 깊어간다. 식민지 현실에 대한 자각과 강박 사이에서 분열하면서 제국 주체를 꿈꾸거나 피식민 주체로 유폐된 채 살아갈 처지에 놓일 수밖에 없다. 제국 주체와 피식민 주체라는 분열된 이 한 쌍의 날개로 비상을 감행하는 것이 식민지 지식인의 비극적인 자기 운명이라 할 수 있다.

이 장에서는 백석이 태어나 성장한 정주의 지방적 전통을 고찰하고, 아오야마 유학 시절에 경험한 일본 쇼와 체험 및 1940년 만주국으로 이주한 시기에 걸쳐 형성된 그의 내적 정신사의 형성 과정을 살펴보고자 한다.

1. 서북의 지방적 전통

1) 서북인과 문인 형성

'흰 돌', '흰 반석'의 의미를 가진 필명을 사용한 백석(본명 白夔行)은 1912년 평안북도 정주군 갈산면 익성동에서 수원(水原) 백(白)씨 정주파(定州派) 44세손(世孫)[1]으로 태어났다.[2] 부친 백시박(白時璞)과 단양(丹陽) 이씨인 모친 이봉우(李鳳宇) 사이에서 3남 1녀 중 장남이다. 일찍 개화되어 선진 문물을 받아들여서인지 그의 아버지 백시박(백용삼(白龍三), 백영옥(白榮鈺)으로 개명)은 한국 사진계의 초창기 인물로『朝鮮日報』사진반장을 역임한 바 있으며 퇴임 후 낙향하여 정주에서 하숙집을 운영한 것으로 알려져 있다.[3] 1928년 오산고보 대강당 건축 사업 당시 황해도 일대 모금 책임자였던 것으로 보아, 정주(定州)의 지방 유지로 활발한 활동을 했으며, 재력도 겸비한 인물이라 할 수 있다.[4] 그의 어머니 이봉우는 단양군수의 장녀로 태어나 유교 규범 속에 성장한 규수로 백석이 유년 시절 민담의 세계나 다양한 음식 체험 등에 영향을 준 것으로 보인다.

---

1   정주아, 「한국 근대 서북문인의 로컬리티와 보편지향성 연구」, 서울대 박사논문, 2011, 88면.

2   『定州郡誌』인물란에는 백석을 1910년생으로 기록하고 있다. 이 책이 평북 정주 출신들이 편집한 책이라는 것을 고려할 때 설득력이 있다. 당시 호적 등에 등재한 나이가 실제 출생월일과 다른 경우가 많았기 때문에 추후 실증적인 확인이 필요하다. 절친한 친구인 허준(許俊)이 1910년생인 것으로 미루어 백석의 실제 나이는 1910년생이 아닌가 여겨진다. 정주군지편찬위원회, 『定州郡誌』, 定州郡誌編纂委員會, 1975, 433면.

3   위의 책, 433면; 이동순, 『白石詩全集』, 창작과비평사, 1987, 179면.

4   오산학원편찬위원회, 『五山百年史』, 학교법인 오산학원, 2007, 230면.

백석의 가계와 관련해서는 정주에 수원 백씨 정주파가 집거한 집성촌이 있다는 점과, 당시 관서 지방의 유림(儒林)학자로 "말년에 시세(時世)의 변천(變遷)함을 보고 육영학원(毓英學院)을 설립"하여 문명개화와 교육계몽에 힘쓰고,[5] 오산학교 초대 교장을 지낸 치당(恥堂) 백이행(白彝行)이 가까운 인척이라는 점이 주목된다. 나이는 더 많지만 백석과 같은 '행(行)' 자 항렬을 쓴 치당은 「洪景來傳」(1931)과 『朝鮮儒學史』(1949)를 저술한 평안도 정주 출신인 기당(幾堂) 현상윤(玄相允, 1893~?)의 장인이다.[6] 치당이 백석 집안과 친인척 관계라는 점으로 미루어볼 때, 백석의 가계 역시 정주 지방 토착 유림 집안과 관련되어 있는 것으로 추론할 수 있다.[7]

백석이 태어난 정주(定州)는 서북(西北) 지방[8]으로 평안북도 서남부 해안에 위치해 있으며 국경 지방인 의주(義州)에서 가까워 중국과 무역이

---

[5]   정주군지편찬위원회, 위의 책, 242면. 치당 백이행의 집안은 평안도 정주에 세거(世居)한 유림으로 유림 학통의 전통을 이어온 가계이다. 치당은 문과에 급제하여 예조정랑 등을 지내다 평안도사(平安都事)를 지낸 백경해(白慶楷, 1765~1842)의 아들 백종걸(白宗杰, 1800~1876)의 조카로 오산학교의 초대 교장이자, 공동설립자이기도 하다. 백경해는 홍경래의 난 당시 평안도사로 재직 중이었으며, 당시 도사(都事)로 직무를 다하지 못하였다는 이유로 파직된 바 있다. 백종걸 역시 문과에 급제하여 관직에 올라 부친의 뒤를 이어 평안도 지방의 대표적 문인으로 성장하였으며, 평안도 지방에 사창(社倉)을 설립하고 이를 재원으로 학계(學契)를 맺고 학교를 설립하여 운영하였다. 이에 대해서는 장유승, 「朝鮮後期 西北地域 文人 硏究」, 서울대 박사논문, 2010, 72~74, 210면 참조.

[6]   장유승, 위의 글, 74면.

[7]   정주아, 앞의 글, 88~89면 참조.

[8]   서북 지방은 평안도를 뜻하는 관서(關西)와 함경도를 뜻하는 관북(關北)을 통칭하기도 하나, 이 글에서는 '서북', '서북인'이란 주로 평안도 지방을 중심으로 한 정치문화 세력 및 문학인들을 지칭하는 말로 사용되었다. 서북은 해방 이후, 근대에서는 관서로, 정식 지방명칭으로는 평북 지역으로 알려져 있다. 이 경우에는 '북방(北方)'이라는 개념과 혼용되지 않는다. 이 글에서 '북방'이라는 개념은 간도(間島) 등 오늘날 중국의 동북삼성(東北三省)을 의미한다.

활발했던 곳이다.[9] 예로부터 이 지방은 단군(檀君)과 기자(箕子)가 문명을 개창한 지방이라는 의미를 지닌 '단기지향(檀箕之鄕)'이라 불렸다.[10] 고조선, 고구려가 발원한 본향(本鄕)이라는 자부심에도 불구하고 서북 지방은 조선시대 이래 과거 중국의 변방이라는 소외를 받아왔다. 여러 종족이 공존하던 곳이라는 뿌리 깊은 문화적 이질감과 이에 따른 '종족적 배타성', 천민과 죄인을 강제 이주시켜 형성된 지방이라는 '계급적 배타성'으로, 이 지방 출신들은 중앙 권력에 등용되지 못했다.[11] 이른바 '평안도 상놈'이라는 신분적 차별 대우를 받아왔던 것이다. 이러한 서북 출신에 대한 차별 대우는 홍경래(洪景來)의 의거(1811)로 표출되기도 했으며, 이 사건은 서북인을 분발(奮發)시키고 하나로 결집시켰다.[12]

정주 출신인 남강(南岡) 이승훈(李昇薰, 1864~1930)은 서북인이 품고 있

---

9   정주는 평안북도 서남(西南)부의 해안지대로 '적유령(狄踰嶺)'이 북부에 위치해 있고, 동(東)으로 묘두산(猫頭山), 오봉산(五峯山), 연향산(燕嚮山), 칠악산(七岳山), 제석산(帝釋山)과 서(西)로는 독장산(獨獐山), 능한산(凌漢山), 임해산(臨海山), 천태산(天台山) 등이 있고, 남(南)으로는 서해를 끼고 있어 애도(艾島)를 비롯하여 내장도(內獐島), 운무도(雲霧島), 형제도(兄弟島), 갈도(葛島), 외장도(外獐島) 등 많은 섬이 산재해 있다. 이로 인하여 해안에 넓은 평야가 발달하였으며 벼농사와 해산물이 풍부한 지방이다. 또한 서울에서 의주로 통하는 대로가 정주를 관통하는 교통의 요지로, 중국을 왕래하는 사신의 행차를 비롯한 대중국 무역의 통로가 되어 상업 발달에 유리한 지형을 가지고 있다. 정주군지편찬위원회, 앞의 책, 31면; 학교법인 인제학원, 『선각자 백인제』, 창작과비평사, 1999, 14면.

10   오수창, 『朝鮮後期 平安道 社會發展 研究』, 일조각, 2002, 172~173면 참조.

11   장유승, 「조선 후기 서북 지역 문인 집단의 성격―평안도와 함경도의 지역 정체성 차이를 중심으로」, 『진단학보』 101호, 진단학회, 2006, 410~413면 참조.

12   19세기 서북 지방에서 발생한 홍경래난은 1811년 2월 18일 평안도 가산(嘉山)에서 거병(擧兵)해서 1812년 4월 19일 정주성에서 최후의 항전을 한 조선 후기 최대의 저항 운동이다. 이 난이 관군에 의해 평정되면서 당시 정주성에 있었던 10세 이상의 남자 1,917명을 홍경래난의 부역자로 간주하여 모조리 참수(斬首)의 혹형(酷刑)에 처하였다. 李丙燾, 「洪景來亂과 定州城圖」, 『백산학보』 3호, 백산학회, 1967, 388면.

는 정치·사회적 소외감을 '서북인의 숙원(宿怨)'이라고 표현할 만큼 조선조 이래 서북 지방에 대한 차별 인식이 뿌리가 깊었다.

'文不過持掌令, 武不過僉使萬戶'라 하여 反旗를 들고 일어나던 洪景來의 快擧는 當時에 얼마나 西北人의 피를 끓게 하였던가. 李朝 五百年間에 西北人을 虐待한 것은 마침내 西北 사람으로 限없는 宿怨을 품게 하였다. 制度의 形式上으로는 別다른 差別이 없었다 하나 朝家의 方針으로 '西北人物勿重用'이라는 信條를 世世 固守하여 西北 人物은 아무리 科擧에 及第하여 人才가 特出일지라도 恒常 무슨 叛心이나 있을까 하여 重要한 官職에 任用치 않고 文官으로는 最高가 持平(六品官)이나 掌令(三品官), 武官으로는 萬戶나 僉使(地方軍職) 차례에 지나지 못하고 中央政權은 畿湖 西南 人士의 獨斷場이 되어 西北 人士의 發身할 길이 杜塞되었다.[13]

남강의 이와 같은 지적이 서북인의 '반심(叛心)'을 우려해 중앙 정치의 진출을 제한한 조선조의 정치적 관행에 대한 의분임은 두말할 나위가 없다. 정치적 제약에 따른 불평등한 처사에 대한 울분은 서북인의 숙원을 도모하는 연대의식의 동인이기도 했다. 이러한 서북인에 대한 배타성은 예로부터 국경 지대를 확보하기 위해 사민(徙民) 정책을 시행하는 동안 주로 속량된 천민이나 죄인들을 강제 이주시키면서 형성된 계급적 배타성이 작용한 결과로 보고 있다.[14] 관직에 진출하는 것이 어려워지자 서북인은 중국 국경을 오가며 장사와 무역에 종사하면서 지

---

13 李昇薰, 「追慕와 感激―西北人의 宿怨新慟」, 『新民』 14호, 1926.6.1.
14 장유승, 앞의 글, 413면; 정주아, 앞의 글, 20면.

역 사회를 형성한다.[15] 중국과 무역으로 인하여 상업에 있어서 사상(私商)이 두드러지게 발달하였는데 사(私) 무역을 통해 부를 축적한 의주의 만상(灣商)은 그 대표적 상인이었다.[16] 또한 정치적으로 소외된 지역민들의 심리적인 불안과 지방 관료들의 수탈에 대한 불만 등은 1895년 청일전쟁의 발발을 기점으로 서북인들이 기독교로 대거 귀의하는 결과로 이어진다. 기독교는 교육과 의술 등의 문화 자본을 통해 서북인의 삶을 정신적, 물질적으로 바꾸어놓는다.[17] 정주가 일찍이 어느 지방보다도 빨리 개신교를 받아들일 수 있었던 것도 이와 무관하지 않다. 여기에 교육과 민족운동의 중심으로 정주가 떠오른 것은 서북 지방의 대표적 민족운동가이자 대성(大成)학교의 설립자인 도산(島山) 안창호(安昌浩, 1878~1938)와 1907년 정주의 오산학교를 설립한 남강의 역할이 크다.[18] 도산과 남강이 참여한 신간회(新幹會)가 민족운동을 펼친 곳도 이곳 서북 지방이기 때문이다.

이상과 같이 서북 지방의 전통은 백석뿐만 아니라 서북 출신의 문인에게 영향을 미쳤으리라 본다. 한국 근대문학의 큰 줄기를 형성한 주요 작가인 춘원(春園) 이광수(李光洙, 1892~1950), 기당(幾堂) 현상윤(玄相允, 1893~?), 늘봄 전영택(田榮澤, 1894~1968), 안서(岸曙) 김억(金億, 1896~?), 금동(琴童) 김동인(金東仁, 1900~1951), 송아(頌兒) 주요한(朱耀翰, 1900~1979), 소월

---

15   정주군지편찬위원회, 앞의 책, 31~112면. 서북 지방은 일찍이 개신교인 기독교의 영향을 받아서 선천(宣川)이나 정주와 함께 민족운동과 사학(私學)의 발전이 눈부셨다. 미산(米産), 임산 및 해산물이 풍부해 생활이 안정된 요인도 한몫했다.

16   오산학원편찬위원회, 앞의 책, 9면.

17   정주아, 앞의 글, 30~44면 참조.

18   오산학원편찬위원회, 앞의 책, 3~34면.

(素月) 김정식(金廷湜, 1902~1394), 여심(餘心) 주요섭(朱耀燮, 1902~1972), 백석 등 서북 문인들의 유년기와 청년기는 서북의 지역사와 그 맥락을 같이한다. 더욱이 정주에 있는 오산학교(五山學校)는 평양의 대성학교(大成學校)와 함께 개신교의 세례를 받은 서북 지역을 대표하는 근대 민족 교육의 요람이었다.

1910년 기독교 정신을 교육 주지(主旨)로 채택한 오산학교는 남강을 비롯하여 1915년 제5대 교장에 취임한 고당(古堂) 조만식(曺晚植, 1883~1950), 제8대 교장으로 취임한 다석(多夕) 유영모(柳永模, 1890~1981)[19] 등이 개신교의 세례를 받은 인물들이다. 여기에 졸업생인 함석헌(咸錫憲, 1901~1989, 13회) 역시 오산학교 출신이다. 뿐만 아니라, 우리나라 근대 문학의 토대가 된 춘원이 오산학교 교사로 재직했었으며, 김억(4회), 소월(12회), 백석(18회) 등이 오산학교 출신이다.

안서는 춘원으로부터 깊은 문학적 감화를 받았으며, 동경 게이오대학(慶應大學) 문과를 중퇴하고 곧 오산학교에서 교편을 잡은 바 있다. 이때 안서는 오산학교 시절 춘원과 사제지간으로 문학에 심취해 있었는데, 훗날 춘원이 안서의 시집 『봄의 노래』를 평하여 "안서의 시는 조선

---

19   유영모는 1910~1914년까지 4년 동안 오산학교에서 근무하다, 동경 물리학교(東京物理學校)에 입학하여 수학했으며, 1921년 7월에 다시 오산학교로 부임해서 1923년까지 교편을 잡았다. 그는 기독교 신자이면서도 사서오경(四書五經)의 경서(經書)는 말할 것도 없고 노장철학, 불교에도 조예가 깊었다. 또한 그는 한자나 한글의 글자 하나하나에 대해 깊이 연구하여 그 일자일획(一字一劃)에서 하나님의 섭리를 발견하고 인간생활의 지침을 찾아냈다. 동경 물리학교에 다니던 시절 자신보다 6살 위인 당시 30세의 메이지대학(明治大學) 법학과 졸업반이었던 조만식을 만나 교류했다. 고당은 졸업 후 오산학교에 와서 유영모와 같이 봉직하게 된다. 유영모는 일본에 있을 때 우치무라 간조(內村鑑三)의 영향을 받는데 이는 훗날 함석헌의 무교회(無敎會)운동에 영향을 주게 된다. 위의 책, 77~78면.

의 시와 같이 생생하고 원만하오. 조선의 시는 안서의 시로 조선의 시와 같이 생생하고 원만하오. 조선의 시는 안서의 시로 성장되고, 원숙되었소"[20]라고 평한 바 있다. 1925년 무렵 안서는 "시단의 시작이 현재의 조선혼을 조선말에 담지 못하고 남의 혼을 빌어다가 옷만 조선 것을 (…중략…) 다시 말하면 양복 입고 조선 갓 쓴 것이며 조선 옷에 게다를 신은 것 (…중략…) 먼저 우리는 잃어진 조선혼을 찾아야 할 것이다. 파묻힌 진주의 발견이 진정 조선의 '만인의 거울이 한 사람의 거울'인 국민적 문학을 수립케 한다. 현대의 조선혼의 배경이 없는 시가(詩歌)는 (…중략…) 장난감이며 노리개다"[21]라고 했다. 이러한 진술에 스승인 춘원은 "상징적 경향은 차차 벗어나고 민요를 기초로 하는 직설적인 표현법이 점점 완성해지는 것은 기쁜 일이다"[22]라고 했다. 안서의 시관은 훗날 소월에게까지 영향을 준다. 춘원이 남강을 섬기며 그의 정신을 동시에 안서 등 제자들에게 이어준 것처럼, 이것은 나중에는 안서에게 소월로 이어졌다.

백석 역시 오산학교 선배인 소월과 재학 당시 교장이었던 고당 조만식 선생을 흠모했다. 백석은 "나는 며칠전 안서 선생님한테로 소월이 생전 손에서 놓지 않던 '노트' 한 책을 빌려왔다. 장장이 소월의 시와 사람이 살고 있어서 나는 이 책을 뒤지면 이상한 흥분을 금하지 못한다"[23]고 하면서 정주 오산학교 선배 시인인 소월에 대해서 "이상한 흥분"을

---

20   위의 책, 134면 재인용.

21   위의 책, 135~136면.

22   李光洙, 「朝鮮文壇의 現狀과 將來」, 『東亞日報』, 1925.1.1.

23   白石, 「素月과 曹先生」, 『朝鮮日報』, 1939.5.1.

느꼈다고 고백할 정도로 각별하게 생각했다. 소월은 「제이·엠·에 쓰」, 곧 조만식의 영문 머리글자인 J.M.S 표기로 시를 헌정할 만큼 조 만식 선생을 존경했는데 백석도 마찬가지였다. 그는 「素月과 曺先生」 에서 소월이 생전에 습작하던 '노트'를 안서에게 빌려 왔다고 밝히면 서,[24] 소월이 조만식 선생을 흠모했듯이 "오산을 단겨 나온 자 누구에 게나 그러틋이"[25] 조만식 선생을 흠모할 수밖에 없음을 술회하고 있다. 해방 후 조만식 선생의 통역 비서(秘書)로 활동[26]한 것을 보아도 백석은 정주와 뗄 수 없는 인연을 맺고 있다. 백석의 문학적 풍토(風土)=자양분 (滋養分)이 바로 정주라는 지방성(locality)으로부터 비롯되었다 해도 과 언이 아니다.

---

[24] 백석 역시 오산고보의 선배인 김소월을 흠모했던 것으로 보인다. 백석의 시에서 유달리 '산' 이미지가 많은 것은 평북의 지리적 특성이 내면화된 것으로 보이지만, 이는 김소월 의 시세계의 특성이기도 하다. 백석이 김소월의 시를 사숙한 흔적은 「적막강산」에서 나 타난다. 「적막강산」의 경우 마치 김소월의 「山」, 「朔州龜城」의 화답시로 보일 정도로 김 소월풍이 물씬 풍기는 시다.

오이 밭에 벌 배채 통이 지는 때는 / 산에 오면 산 소리 / 벌로 오면 벌 소리 // 산에 오면 / 큰 솔 밭에 뻐꾸기 소리 / 잔 솔 밭에 덜거기 소리 // 벌로 오면 / 논두렁에 물닭의 소리 / 갈 밭에 갈새 소리 // 산으로 요면 산이 들썩 산 소리 속에 나 홀로 / 벌로 오면 벌이 들석 벌소리 속에 나 홀로 // 定州 東林 九十여里 긴긴 하로 길에 / 산에 오면 산 소리 벌에 오면 벌 소리 / 적막 강산에 나는 있노라
　　　　　　　　　　　　　　　　　　—백석, 「적막강산」 전문(『新天地』, 11·12 합병호, 1947.12)

[25] 白石, 앞의 글, 1939.5.1.

[26] 송준, 『백석 시 전집』, 흰당나귀, 2012, 674면.

2) 서북 지방의 종교적 전통

서북 지방은 일찍이 개신교의 세례(洗禮)를 받은 곳이자, 종교의 집산지였다.[27] 전통 민속 신앙을 비롯하여 유교, 도교, 불교와 천도교, 기독교, 천주교 등 민족 종교와 개신교가 성행했다. 국경 지방의 불안한 정세로 『鄭鑑錄』 등의 예언서가 유행했으며,[28] 18세기 홍경래의 난이 진압된 이후에도 '서북 차별'이라는 지방 정서가 서북인에게 자리 잡고 있었다. 현상윤은 『東亞日報』에 연재한 「洪景來傳」 첫머리에서 "李朝五百年史를 閱讀할때에 우리는 두사람의 風雲兒를 發見할수가잇나니 하나는 洪景來오, 또하나는 全琫準이다"[29]라고 할 정도로 홍경래를 높이 칭송한다.

또한 서북 지방에서 개신교 선교사들이 활발하게 활동했으며, 서북인들이 직접 성경을 번역할 정도로 종교적 활동이 왕성하게 펼쳐졌던 곳이다. 이러한 '종교열'은 기독교 미션학교의 건립과 함께 기독인들

---

27 「내가 본 平北의 各郡, 龍川-鐵山-宣川-定州-龜城-雲山-寧邊-博川」에서는 용천(龍川)-철산(鐵山)-선천(宣川)-정주(定州)-구성(龜城)-운산(雲山)-영변(寧邊)-박천(博川) 등 평북 지방의 기독교, 천도교, 불교, 시천교 등 종교인 수를 상세히 밝히면서, 이 지역의 사람들이 종교성이 풍부하다는 것을 밝히고 있다.(一記者, 「내가 본 平北의 各郡, 龍川-鐵山-宣川-定州-龜城-雲山-寧邊-博川」, 『開闢』 39호, 1923.9, 77~90면) 1923년 정주 호구(戶口)는 "朝鮮人 19,779. 日本人 373. 외국인 34. 計 20,186호"로, 인구는 "朝鮮人 109,958. 日本人 1,189. 외국인 121. 計 111,268인"이 있었다. 종교의 상황은 "天道敎 신도가 2,587인", "耶蘇敎 신도가 2,485인", "侍天敎徒가 46인", "靑林敎徒가 26인"이 있는 것으로 확인된다.(같은 글, 82면) "耶蘇를 밋어 임이 長老의 지위까지 엇고 한울님을 밋음으로서 福을 만이 밧앗는데 무엇으로써 한울님께 영광을 돌닐 일이 업다"(같은 글, 81면)라고 하는 것으로 보아서, 당시에 '한울님'은 야소교나 천도교에서 일반적으로 예수, 천주, 상제를 일컫는 말로 통용된 것으로 보인다.

28 오수창, 『조선후기 평안도 사회발전 연구』, 일조각, 2002, 247~248면.

29 玄相允, 「洪景來傳」, 『東亞日報』, 1931.7.12.

을 배출하면서 서북 지방에 종교적 영향력을 넓혀나갔다. 여기에는 오산학교의 설립자 남강 이승훈의 역할이 크다. 남강은 상인 출신이었지만, 1907년 평안도 및 황해도 지방 지식인이 결성한 서우학회(西友學會)에 입회하고 이후 후신인 서북학회(西北學會) 정주지회를 설립, 회장을 역임하는 등 서북 지방의 정체성을 바탕으로 문명개화와 애국계몽운동을 추진하는 등 활발한 사회 활동을 전개했다.[30] 개신교의 영향력이 강한 정주의 로컬적 특성은 남강으로 하여금 기독교에 입교하게 했으며, 오산학교를 중심으로 종교적 전통을 세우는 데 결정적인 역할을 했다.

백석이 1918년 오산(五山) 소학교에 입학하여 1929년 졸업한 오산고등보통학교(五山高等普通學校, 이하 오산학교로 명칭)는 서북 지방을 대표하는 정주발(發) 기독민족주의의 요람(搖籃)이었다. 특히 남강의 정신이라고 할 수 있는 민족을 위한 애국정신과 기독교의 신앙은 오산학교의 정신적인 준거(準據)가 되었다.[31] 남강으로부터 이어온 오산학교의 기독정신은 유영모를 거쳐서 함석헌 등으로 이어져왔다. 오산학교 학생들에게 절대적인 존경을 받으며 수신(修身)을 담당했던 유영모는 후일 당시 오산학교 재직 때 "수신 시간에 일본 교과서를 가르치기 싫어서 책을 덮어 놓고 우찌무라[內村鑑三] 이야기와 노자(老子)의 도덕경(道德經)뿐만 아니라, 성경, 톨스토이 이야기를 했다"[32]라고 전한다. 유영모에게 영향을 받아 감화된 함석헌이 도쿄에 가서 김교신(金教臣) 등과 함께 깊

---

30   이에 대해서는 장유승, 앞의 글, 2010, 218~230면 참조.

31   오산학원편찬위원회, 앞의 책, 32면.

32   위의 책, 113면.

이 사귀면서 우찌무라의 성서 연구 모임에 나가게 된 것도 유영모의 영향이라 할 수 있다. 도쿄에서 돌아온 함석헌이 1928년 교사로 오산고보에 부임해 왔으니 백석과 사제지간이 된 셈이다. 오산학교에는 교회 밖에서 '뜻으로 삶으로서' 구원을 얻을 수 있다는 '무교회(無敎會) 신앙 운동'에 공명하여 이를 따르는 학생이 많았다.[33] 함석헌은 학생들에게 우찌무라 이야기를 들려주었고 백석 역시 재학 중에 그의 '정신적 세례'를 받았으리라 짐작된다.

한경직(韓景織, 10회)에 의하면 "五山학교에서 배운 것이 세 가지 있는데, 첫째는 애국심, 둘째는 신앙심 셋째는 학문"[34]이라고 언급하면서 고당 조만식이 교장으로 있을 때 항상 학생들에게 애국심, 신앙심, 학문을 강조했다고 한다. 그만큼 오산학교의 지적 분위기는 종교적 성격이 강했다. 또한 함석헌(咸錫憲, 13회)에 의하면 오산학교의 직원들과 학생들은 '마음이 가난한 자는 복이 있나니'라는 말씀으로 시작되는 마태복음의 '산상수훈(山上垂訓)'[35]과 시편[36]을 애독했으며 전교생이 성경 구절을 암송했다고 회상한다.[37]

---

33 위의 책, 156면.

34 위의 책, 151면.

35 산상수훈은 예수가 산 위에서 한 설교로 천국의 백성으로서 해야 할 것과 하지 말아야 할 것이 담겨 있다. 따라서 산상설교는 "주여 나를 불쌍히 여기소서 나는 죄인이로소이다"(누가복음 18 : 13)라고 고백하도록 요구한다. 이하 성경 인용은 『성경전서』(표준새번역 개정판, 대한성서공회, 2001) 참조.

36 시편은 하나님을 찬양하는 150편의 노래를 담은 종교적 서정시집이다. 대부분의 시편은 간구와 찬양의 시적 감정들을 직접적으로 하나님께 표현하고 있으며 그것들은 승리와 기쁨, 소망뿐만 아니라 걱정, 두려움, 좌절과 외로움, 슬픔과 비통 그리고 의심, 비극 등 진실한 신자들이 겪는 모든 종교적 감정을 드러내고 있다. 이중 시편 6, 32, 38, 51, 102, 103, 143편은 자신의 죄에 대한 참회의 시이다.

37 이하 오산고보 학생들이 암송했다는 성경 구절은 『五山百年史』, 60~61면 참조.

여기에서도 알 수 있듯 개신교인 오산학교의 종교적 세례는 마태복음, 고린도전서, 시편 등 주로 기독민족주의에 대한 성서적 가르침이었다. 학생들로 하여금 기독교적 세계관을 주입시킴으로써 당시 식민지 민족의 환난으로부터 성서적 믿음과 구원을 갖게 했다.

이와 같은 오산학교의 기독교 정신과 '종교 체험'은 선배인 김소월을 비롯하여 백석에게 정신적인 영향을 미쳤으리라 본다.[38] 그가 태어나고 성장한 정주와 오산학교, 도쿄 아오야마학원, 영어 선생으로 있었던 함흥 영생고보는 모두 개신교계 미션학교이다. 이러한 종교적 환경은 그의 정신사적 맥락에 영향을 주었을 것이다. 또한 오산학교의 학풍이었던 민족을 위한 '애국정신'과 '민족 구원'을 외쳤던 기독교의 신

---

[38] 김소월 또한 「信仰」이라는 시를 통해서 서북인의 종교 체험을 시로 표현한 바 있다.

눈을감고잠잠히생각하라
묵업은짐에우는목슴에는
바다가질安息을더하랴고
반드시힘잇는도음의손이
그대들을위하야기다릴지니.

그러나, 길은다하고날이저므는가.
애처럽은人生이어
鐘소리는배밧비흔들리고
애구즌弔歌는빗겨올때,
머리숙으리며그대歎息하리.

그러나, 쑤러안저고요히
빌라, 힘잇게敬虔하게.
그대의맘가운데
그대를직키고잇는아름답은神을
높이우럴어敬拜하라.

─김소월, 「信仰」 부분(『開闢』 55호, 1925.1)

앙이 합쳐진 기독민족주의는 백석으로 하여금 '대동아공영권' 및 '내선일체' 등을 주창하는 친일 시를 쓰지 않은 원인으로 작용했을 것이다.

한편 개신교와 함께 동학[39] 역시 서북 지방에 강한 영향력을 미쳤다. 평안도 지방에 동학이 포교된 것은 1900년을 전후한 시기다. 1894년 갑오년 동학혁명으로 쇠약해진 동학은 1897년부터 동학의 불모지였던 함경도·황해도·평안도 등 서북 지방에서 포교를 시작한다. 그 결과 서북 지방에서 동학 교세는 1900~1905년에 들어서 급증한다. 정주 출신의 이광수가 입도한 1903년에는 '가가동학(家家東學)'이라고 할 정도로 평안도가 동학의 확고부동한 성지로 자리 잡은 시기이다.[40] 당시 동학은 서북인의 차별의식과 맞물리면서 '남에 전봉준(全琫準)', '북에 홍경래(洪景來)'라는 차별에 항거한 이들의 정신적 유대에 힘입어 청년들을 중심으로 교세를 넓혀나갔다.

---

[39] 수운(水雲) 최제우(崔濟愚)에 의해 1860년 창도한 동학은 인간만이 '한울님'을 모신다는 시천주(侍天主)사상으로 2대 교주인 해월(海月) 최시형(崔時亨)에 와서 '인즉천(人卽天)'을 명제로 하는 '사람을 한울님처럼 모시라'는 '사인여천(事人如天)'사상으로 발전한다. 동학 교리는 사회사상에 접근하면서 갑오년 동학혁명운동이 일어나는 사상적 배경이 되었다. 이후 1900년 손병희(孫秉熙)가 3대 교주가 되고 이전의 동학농민운동이 아닌 개화운동으로 선회하면서 인재의 중요성을 인식한다. 이광수 등을 일본에 유학시킨 것도 이와 연관된다. 1904년 노일(露日)전쟁이 발발하자 진보회(進步會)를 조직하고 갑진개화 혁신운동을 주도해 정부개혁과 국정쇄신 등을 부르짖는다. 이 과정에서 진보회와 일진회(一進會)가 통합, 친일적 성격이 노출되고 일진회가 동학과 동일시되자 1905년 12월 1일 동학을 천도교(天道敎)로 개명선포하였다. 『萬歲報』(1906)를 비롯하여 1920년대에는 '천도교청년당'을 중심으로 신문화운동을 선도하면서, 『開闢』(1920), 『新女性』(1923), 『어린이』(1923), 『別乾坤』(1926) 등 출판 사업과 천도교 내수단(1924)을 조직하여 여성 교육과 여성해방의 인식을 향상시키기 위해 노력했으며 천도교소년회(1921)를 설립하여 근대 소년운동 등 문명개화운동에 주력하였다. 이에 대해서는 이혜경, 「천도교의 문학·예술 담론과 1920년대 문학의 관련 양상에 관한 연구」, 서울대 석사논문, 2008, 11~12·47~50면 참조.

[40] 李敦化, 『天道敎創建史』 제3편, 천도교 중앙 종리원, 1933, 28~29면.

다음의 글에서 알 수 있듯이 서북인의 오랜 정치적 차별과 이를 극복하기 위해 의로운 분발을 촉구하고 있다.

李朝 500년의 정치는 專制의 정치니라. 消極의 정치니라. 閥族의 정치니라. 文弱의 정치니라. 국가는 專制의 사유물이며 벌족의 오락품이며 계급의 쟁투장이며 文弱의 退屈所니라. 職에 貴賤이 잇스며 官에 班常이 잇스며 地에 남북이 잇스며 民에 親疎가 잇스며 位에 우열이 잇스며 종교에 차별이 잇스며 用人에 구별이 잇스며 그리하야 人에 자유가 업고 해방이 업서왓다. 지방에 인하야 인격의 尊卑를 정하고 天職의 인재를 구속함에 至하야는 李朝 500년의 벌족이 스스로 그 죄악을 自負치 아니치 못할지니라. 民—2천만에 불과하고 地—13천리에 不越한 반도의 천지로 地의 귀천을 除하고 민의 親疎를 除하고 이것 除하고 저것 除하고 다시 무엇으로써 國을 治하고 政을 布하리오. 李朝 專制의 蠱毒하에 其中에 가장 억울한 압제와 不人道한 인격의 구속을 受한 자는 북에 關西關北이 잇섯고 南에 호남일대가 잇섯나니 此等지방의 人은 爲先 지방의 구별로써 인재의 등용을 금하엿다. 설사 관에 등용되는 자—잇다 할지라도 文에 持平掌令에 불과하엿고 武에 萬戶僉使에 불과하엿다. 그들은 선조이래—幾 100년—국민으로써 정치적 노예생활을 함에 불과하엿다. 그들은 억울을 참고 원한을 간즉하고 但히 국가를 위하야 침묵을 守할 뿐이엇섯다. 아니 침묵을 守한 것이 아니라 其實 대다수의 남녀는 평생 자신의 경우 四圍의 抵觸에 인하야 그에 대한 아모 비평 사고가 업시 唯唯然히 인생일대를 지냇슬 뿐이엇다. 彼等은 사회 一隅에 在하야 직접 자신의 필요한 생활이외에 하등의 사색이 업시 자연한 생노병사의 중에 지냇슬뿐이엇다. 설혹 有志의 士—스스로 분개한 바 잇섯스나 또한 氣—

此에 불급하고 景이 차에 불원하야 오즉 시세의 遷延과 共히 초목으로 同腐하엿슬뿐이엇다. 如斯히 李朝 500년의 史─文弱으로 人心을 마비케하야 上下 일반이 退屈惰眠을 탐하는 間─청천벽력이 白日을 울리고 怒濤激浪이 安波를 震蕩하야 近代朝鮮史로 일종의 활기를 보게한 자는 북에 壬申西亂이 잇고 남에 甲午史變이 잇섯슬 뿐이엇다. 그리하야 임신란의 주인공은 洪景來 其人이며 갑오사변의 중추인물은 全琫準 其人이엇나니. 嗚呼라 何國何代에 不平의 怪傑이 업스리오마는 李朝 500년史에 朝鮮에도 可히 산國民이 잇슴을 알게한 자─실로 此 兩傑이 有하야 거의 그 적막을 破하엿섯다.[41]

이러한 서북 지방사(地方史)의 정치적 토양=풍토로부터 형성된 정신 사적 맥락은 한국문학의 풍부한 자양분으로 이광수·김억·주요한·주요섭·김소월·백석 등 서북 문인을 배출한 요인이기도 했다.

또한 서북 지방은 일찍이 종교적인 영향을 받았으며, 개신교와 동학인 천도교가 지방민과 밀접하게 결합되었다는 것을 확인할 수 있다. 종교적인 영향을 받으며 서북 지방의 토양에서 성장한 백석의 정신세계 형성에 어떤 방식으로든 문맥화(文脈化, contextualization)[42]되었을 것으로 보인다. 이와 관련해서는 이후 3장, 4장에서 작품 분석을 통해 상술하기로 하겠다.

---

41 李敦化, 「洪景來와 全琫準」, 『開闢』 5호, 1920.11, 39~40면.
42 '문맥화'를 통해 텍스트가 생산되는 정신적 측면과 배경적 측면을 동시에 살필 수 있다. 여기에서 문맥화는 작품, 사상, 인식 등을 모두 한 시대 안에 두고서 공통점을 찾아내는 작업을 통해 그 시대의 특징을 간파하는 용어로 사용하였다.

2. 아오야마학원과 쇼와 체험

1) 아오야마학원과 서북 계보

백석이 아오야마학원[靑山學院]으로 유학을 간 것은 1930년(쇼와 5), 그의 나이 19세 때이다. 『朝鮮日報』 신년현상문예에 단편소설 「그 母와 아들」이 당선되어, 조선일보사가 후원하는 장학생으로 선발되어 유학을 떠난다. 백석은 그해 4월에 아오야마 고등학부 영어사범과(英語師範科)에 진학한다.[43] 고등학부에 영문과가 있는 것으로 봐서 영어사범과에 진학한 것은 1920년대 중반 이후 조선에서 영어 교육에 대한 수요와 관심[44]이 크게 늘어나면서 영어 교사로서 장래 희망을 가졌던 것으로 여겨진다. 1929년(쇼와 4) 아오야마 고등학부 입학지원자 요강을 보면 모집 인원이 영어사범과 약 60명으로 되어 있고, 입학 전형은 영문법(英文法), 영문화역(英文和譯), 화문영역(和文英譯) 공통과목과, 영어사범의 경우 국어(國語)를 보았으며, 구두시험과 체격검정을 했다. 단 성적 우수자로 출신학교장의 추천이 있을 경우 학과시험을 면제하고 구두시험과 체격검사만 실시했다.[45] 백석은 당시 60명을 뽑는 영어사범과

---

43 백석의 작가 연보에서 아오야마학원 영문(학)과에서 수학했다는 표현은 잘못된 것이다.(이동순·박혜숙, 『백석』, 건국대 출판부, 1995, 102면; 정효구, 『백석』, 문학세계사, 1996, 333면; 최정례, 「백석 시의 근대성 연구」, 고려대 박사논문, 2005, 89면) '아오야마 카쿠인대학(靑山學院大學)' 역시 잘못된 표기다. '아오야마 카쿠인대학'으로 명칭이 개칭된 것은 1949년 이후이다. 백석의 재학 당시의 정식 교명은 '靑山學院(Aoyama Gakuin)'이었으며 학과명은 영어사범과이다.

44 강내희, 「식민지시대 영어교육과 영어의 사회적 위상」, 『안과 밖』 18호, 2005, 278면.

의 유일한 조선인 학생이었다.

아오야마학원은 '세상의 소금과 빛[地の塩 世の光]'[46]이라는 기독교 신앙을 근간으로 한 교육 방침에 따라 1875년 건립된 사학재단으로 유치원부터 대학까지 한 캠퍼스에 있는 기독교계 사립종합학교이다.[47] 1874년(메이지 7) 미국에 위치한 감리교 감독교회(Methodist Episcopal Church)에서 일본에 파견한 선교사 도라 스쿤메이커(Dora E. Schoonmaker)가 아오야마학원의 모체가 되는 3개의 학교 중 하나인 여자소학교(女子小學校)를 개교하고, 1878년에는 줄리어스 소퍼(Julius Soper)가 코쿄학사[耕敎學舍]를, 그리고 1879년에는 로버트 맥클레이(Robert S. Maclay)가 미카이신학교[美會神學校]를 설립했다. 이 3개 학교가 원류(源流)가 되어 아오야마학원으로 성장했다. 1883년에는 도쿄에이와학교[東京英和學校]와 도쿄에이학교[東京英學校]를 통합하여 도쿄에이와학교가 되었고, 1894년에는 도쿄에이와학교는 아오야마학원으로 명칭을 변경했다. 1927년에는 아오야마학원과 아오야마여학원[靑山女學院]을 통합하여, 신학

45　靑山學院, 「靑山學院高等學部入學志願者心得」, 1929.

46　아오야마의 건학 이념인 '세상의 빛과 소금'은 마태복음 제5장 13~16절에서 따온 교훈이다. "너희는 세상의 소금이니 소금이 만일 그 맛을 잃으면 무엇으로 짜게 하리요 후에는 아무 쓸데 없어 다만 밖에 버리워 사람에게 밟힐 뿐이니라 너희는 세상의 빛이라 산위에 있는 동네가 숨기우지 못할 것이요 사람이 등불을 켜서 말 아래 두지 아니하고 등경 위에 두나니 이러므로 집안 모든 사람에게 비취느니라 이같이 너희 빛을 사람 앞에 비취게 하여 저희로 너희 착한 행실을 보고 하늘에 계신 너희 아버지께 영광을 돌리게 하라."

47　아오야마학원은 미카이신학교와 동경영학교, 동경영화학교를 통합하여 1894년 청산학원으로 출범하였다. 이후 1927년 청산학원과 청산여학원이 합병하여 종합학원으로 운영되다가 1949년 아오야마학원대학(靑山學院大學)으로 개칭하였다. 백석이 다니던 1930년 당시 아오야마학원은 아오야마유아원, 소학교, 중학부, 고등여학부, 고등부(신학과, 영문과, 상업과, 영어사범과)가 있었다. 靑山學院大學五十年史編纂委員會, 『靑山學院大學五十年史』, 靑山學院大學, 2010, 3~16면 참조.

부, 고등학부, 중학부에 아오야마여학원의 학생을 보태어 약 3,000명의 학생들로 이루어진 학원이 되었다.[48] 미국인 선교사에 의해 '신이 없는 세계'와 '인간의 존엄성이 상실'되는 세상의 부패에 저항하며, 그 악화를 정화하는 '소금'과 등대의 불빛처럼 희망의 '빛'이 되라는 선언에 기반하여 세워진 학교이다.

백석이 3학년 때인 1932년 아오야마는 창립 50주년을 맞아 대대적인 행사를 했다. 교문에 50주년을 기념하는 아치가 세워지고, 동문들을 상대로 대대적으로 모금운동이 펼쳐졌으며 혼다 요이치[本多庸一, 1848~1912]의 동상이 세워졌다.[49] 혼다 요이치는 아오야마에서 오산학교의 남강 이승훈 같은 존재로 존경을 받는 인물이다. 1848년 히로사키[弘前]에서 태어나 청년 시절 히로사키 번(藩)을 떠나 떠돌이의 죄 사함을 위해 할복자살을 기도하기도 한 그는 미국 유학 시절 죽음 체험 끝에 메이지 5년(1872) 요코하마에서 세례를 받고 전도를 하기 시작한다.[50] 그 후 교육가이자 종교가로 아오야마학원의 일본인 초대원장(제2대 원장, 1890~1907년 재임)으로 재직하면서 아오야마 발전의 기초를 굳힌 메이

---

48 백석이 재학 중이던 1930년에 아오야마는 신학부, 고등학부, 중학부가 설치되어 있었다. 青山學院五十年史編纂委員會, 『青山學院五十年史』, 青山學院, 1932, 3~26면.

49 혼다 요이치는 러일전쟁(1904.2.10~1904.7) 때인 5월 18일부터 7월 25일 일본군의 위문사절단장으로 러일전쟁에 파견된 조선 주둔 일본군대를 위문하러 전도 여행을 왔었다. 이들 일본복음동맹회 일행은 1904년 5월 11일 도쿄를 출발하여 고베에서 배를 타고 16일에 부산에 도착했고, 다시 배로 목포를 거쳐서 제물포에 도착한 후 5월 18일에 경성에 들어왔다. 이들이 방문한 목적은 일본군 위문전도에 있었으나 조선 각지의 기독교 신자들을 찾아 위문하고 복음을 전파하는 데도 목적이 있었다. 이들은 개성을 거쳐 6월 14일에 일본군과 러시아군이 전쟁을 치른 평양에 도착했다. 경성, 개성, 평양, 박천, 선천, 의주 등을 거쳐 안동(지금의 丹東)에 이르는 전도여행을 했다. 中田重治, 「韓國布敎記」, 『焰の舌』 94호, 1904.7.25, 6면; 岡田哲藏, 『本多庸一傳』, 日獨書院株式會社, 1935, 168면.

50 氣賀健生, 『本多庸一 : 信仰と生涯』, 敎文館, 2012, 21~34면.

지[明治] 시대 기독교계의 중심인물이다.[51] 기독교 선교에 매진한 혼다의 신앙과 생애는 아오야마 학생들에게 존경의 대상이 되었다. 그의 떠돌이 의식과 죽음 체험을 통해 형성된 깊은 신앙심과 교육가, 민권운동 정치가, 감리교 목사로 왕성한 사회 활동은 아오야마의 기독정신으로 추앙받기에 충분했다.

하지만 아오야마의 학풍인 기독정신은 시련을 맞기도 한다. 미국 감리교의 전통을 이어받아 진보적인 기독정신을 가지고 사회 참여와 교육 계몽 등의 사업을 펼치다가, '만주사변'(1931.9.18.)을 전후로 쇼와 시기, 격변기를 맞아 기독교적 애국심이 곧 천황의 도(道)와 불일치되지 않다고 교칙을 정하고, 기독교와 국가주의가 결합한 길을 가기도 한다.

백석이 다닌 아오야마는 서북 출신의 한국인 유학생과 인연이 깊다. 일찍이 호암(湖岩) 문일평(文一平, 1888~1939),[52] 여심(餘心) 주요섭(朱耀燮, 1902~1972, 중학부), 초허(超虛) 김동명(金東鳴, 1901~1968, 신학부 45회 졸),[53] 장공(長空) 김재준(金在俊, 1901~1987, 신학부 45회),[54] 늘봄 전영택(田榮澤,

---

51   靑山學院大學五十年史編纂委員會, 앞의 책, 16~27면.

52   문일평은 1888년 평북 의주에서 출생하였다. 교육자, 언론인, 사학자로 아오야마학원에서 청강생으로 공부를 한 후 와세다대학에 입학해 정치학, 역사학, 문학을 공부했다. 귀국 후에 교편을 잡았고, 언론인이자 역사학자로 민족의식을 고취하는 활동을 했다. 저서로 꽃을 평한『花下漫筆』등이 있다. 문일평, 이한수 역,『문일평 1934년―식민지 시대 한 지식인의 일기』, 살림, 2008.

53   필자가 아오야마학원 자료센터에서 입수한「靑山學院第四十五回 卒業證書授與式執行順序」(1928.3.14)에 의하면 김동명(金東鳴, 1900~1968)은 1928년(쇼와 3) 아오야마학원 신학부(神學部) 별과(別科)를 제45회로 졸업했다. 같은 해에 신학부 별과를 졸업한 동기로는 김재준(金在俊) 목사가 함께 수록돼 있었다. 김동명은 1900년 강원도 명주(溟州)에서 출생하였으나, 1908년 함경도로 이주하여 원산과 함흥에서 성장하였다. 1925년 도일(渡日)하여 아오야마학원에서 신학을 전공하였다. 이후 백석과 함께 함흥 영생고보에 교원으로 재직한 적이 있다.

1894~1968, 중학부 32회, 고등학부 인문과 35회, 신학부 40회 졸업),[55] 천원(天園) 오천석(吳天錫, 1901~1987, 중학부, 대정 8년 졸)[56] 등이 이곳 아오야마 출신이다.(도판 24)[57] 서북인의 주요 유학 거처가 바로 아오야마인 것이다. 두터운 신앙심을 바탕으로 교육계몽에 눈을 뜬 서북인이 아오야마 '서북 계보'를 형성했다고 해도 과언이 아니다. 주요섭이 중학부에 입학한 적이 있었으며, 방인근 역시 중학부에 재학했었으며, 전영택은 중학부 졸업 후 고등학부 신학과에 입학했다. 늘봄 전영택의 평생에 걸친 기독문학은 이 당시 아오야마 시절에 형성된 것이다.[58]

---

[54] 김재준은 "청산 학원이라면 '자유'가 연상된다. 학생이고 선생이고 간에 개인 자유, 학원 자유, 학문 자유, 사상 자유—모두가 자유 분위기다. 물속의 고기같이 자유 속에 살았던 것이다"라고 하면서 "신학 사상에 있어서는 그 당시 뉴욕 유니온 그대로였던 것 같다"며 "'자유'를 넘어 '과격'(radical)에 가깝다 하겠다"라고 회고했다. 이를 통해 당시 아오야마 학원의 학풍이 자유주의적이며 급진적인 기독교 성향을 지니고 있었음을 알 수 있다. 金 在俊, 『凡庸記』, 풀빛, 1983, 76면.

[55] 필자는 아오야마학원 자료센터에서 제공받은 「靑山學院 卒業證書授與式執行順序」를 통해 전영택이 중학부 32회 졸, 고등학부 인문과 35회 졸, 신학부 40회 졸업이라는 사실을 확인할 수 있었다.

[56] 오천석은 평안남도 강서군 함종(咸從)면에서 감리교 목사인 오기선(吳基善)의 장남으로 태어났다. 부친이 파견 목사로 부임지가 일본 동경으로 정해지자, 아오야마학원 중학부에 입학하였다. 1919년 아오야마학원 중학부를 마치고 귀국하여 인천에 있는 미션학교인 영화(永化)여학교(당시는 보통학교이었으나 뒤에 중학교가 되었다)에서 1년여 교사로 근무하였다. 이후 교사 생활을 마치고 얼마 있다가 도미하여 코넬대학(1925), 노스웨스턴대학(1927), 콜럼비아대학(1931)에서 교육학을 전공했다. 미국에서 귀국 후 교육계에서 활동했다. 吳天錫, 『외로운 城主』(吳天錫敎育思想文集 10), 광명출판사, 1975, 5~17면 참조.

[57] 서북 지방 출신이 아닌 아오야마학원 출신의 문인으로는 춘해(春海) 방인근(方仁根, 1899~1975, 중학부, 대정 7년 졸), 시인 김영랑(본명 金允植, 1903~1950)이 있다. 방인근은 아오야마학원을 졸업하고 이후 이광수, 주요한, 전영택 등과 함께 『朝鮮文壇』을 창간하여 경영하였다. 김영랑은 아오야마학원 영문과에 진학하여 수학하다가 관동대지진으로 학업을 중단하고 귀국하였다. 1930년 3월 창간된 『시문학』 동인으로 정인보, 변영로, 정지용, 이하윤, 박용철 등과 함께 활동을 하였다.

실제로 서북 출신 일본 유학생의 경우 기독문학을 펼친 것은 이광수, 주요한, 주요섭, 전영택 등 한국문학의 서북 출신 문인들에게서 나타나는 경향이기도 했다. 이광수는 기독교적 신앙 등을 주제로 『無情』(1917)과 『再生』(1924) 등의 작품에서 기독인을 등장인물로 내세워 기독교적인 인생관을 대변했다. 그는 1917년에 쓴 글에서 "조선문학이 건설된다 하면 그 문학사의 제일항에는 신구약의 번역이 기록될 것이외다"[59]는 발언을 하기도 했다. 나중에 기독교 세계와 갈등을 빚으면서 불교에 귀의하기도 했지만, 그의 초기 작품은 개신교의 계몽에 초점을 맞춰 창작되었다. 이러한 서북 지방의 기독문학의 형성은 러일전쟁을 전후로 하여 영적 각성운동이 활발하게 일어난 것과 밀접한 관련을 맺고 있다.

2) 아오야마 재학 시절

1932년(쇼와 7) 아오야마학원 영어사범과 3학년에 재학 중이던 백석의 일본 거주지는 도쿄부[東京府] 센다가야정[千駄ヶ谷町] 167, 조일옥(朝日屋)이었다.(부록 2)[60] 그가 거주했던 센다가야는 오늘날 시부야구[澁谷區

---

58 전영택은 자신의 문학창작에서 기본사상이 된 것은 톨스토이 문학 외에 기독교 성서에서 온 인도주의, 그리고 신약과 구약 등 성서에서 영향을 받았다고 회고한다. 전영택, 「나의 문학수업」, 『전영택 전집』 3, 목원대 출판부, 1994, 527면.

59 李光洙, 「耶蘇敎의 朝鮮에 준 恩惠」, 『靑春』 9호, 1917.7.

60 靑山學院, 『靑山學院 高等部 師範科會會員名簿』, 1932.5. 아오야마학원 고등부 사범과회 회원명부에 백석은 백기행(白夔行)으로 표기되어 있고 조선 주소는 조선(朝鮮) 평안북도(平安北道) 정주군(定州郡) 갈산면(葛山面) 익성주(益城州)로, 출신학교는 오산고등보통학교(五山高等普通學校)로 되어 있다. 그 외 학적부 열람 등을 요청했으나 아오야마학원에서는 직계 인척이 아니면 백석의 학적부 원본을 열람하거나 공개할 수 없다고 했다.

에 속한다. 센다가야는 신주쿠[新宿] 남쪽 경계를 시작점으로 하여 하라주쿠[原宿]와 경계 지점에 위치해 있다. 센다가야는 1목(目)에서 4목까지 있으며, 백석이 거주하던 당시 주소는 센다가야 167번지로 되어 있다.[61] 근처에 신주쿠어원[新宿御苑]과 요요기[代々木]공원, 메이지신궁[明治神宮]이 있고, 센다가야역과 국립경기장과도 가깝다. 도보로 30분이며 아오야마학원에 갈 수 있는 곳에 위치한 비교적 한적한 주택가이다. 학교에서 하라주쿠역(驛)과 시부야역이 10~20여 분 거리에 있다.(부록 3) 센다가야역은 호세이대학[法政大學]과 헌책방 골목으로 유명한 진보초[神保町] 등과 연결되어 있다. 당시에 호세이대학에는 그의 절친한 벗 허준(許俊, 1910~?)이 재학 중이었다.

백석이 다닌 아오야마의 교과 과정 일람표와 모집 요강을 보면 아오야마 영어사범은 중등학교 영어 교사를 양성하는 목적으로 설치되었고, 졸업 후 중등학교 교원 무시험검정에 의해 교사자격증이 수여되었다. 영어사범과 교과 과정을 보면 기독교 미션학교라는 특성상 '기독교 윤리'를 '영어해석', '영문법' 등과 함께 4년 내내 이수하도록 되어 있다. 제2외국어의 경우는 불어와 독어 중 선택하도록 했다.(부록 4)[62] 한문은 1학년은 맹자, 2학년 논어, 3학년 때는 장자를 배웠다.[63]

1934년(쇼와 9) 3월 「영어사범과 졸업예정자 일람」을 보면 영어사범

---

61 백석의 당시 거주지에 대해서는 확인할 수 없었다. 일본의 지도 발간은 1927년에 한번 1932년 10월에 한번 발간되었다. 1932년 발간된 지도에는 새로 바뀐 지번으로 바뀌었다. 현장 조사를 통해 센다가야에서 오랫동안 거주하신 분들에게 물었으나 당시 지번을 찾을 수가 없었다. 1932년 백석의 센다가야 거주지에 대한 파악은 차후 과제로 남긴다.

62 靑山學院, 「英語師範科課程」, 1933.10.

63 靑山學院五十年史編纂委員會, 『靑山學院五十年史』, 靑山學院, 1932, 174~176면.

졸업예정자는 47명인데 백석은 연령이 22세로 원적, 출신 학교, 취미, 특기가 기록되어 있다. 취미는 '독서(讀書)'와 '축구[ア式蹴球]'[64]로 기재되어 있다.(부록 4)[65] 그가 함흥의 영생고보 시절에 축구부를 지도했던 것도 이 당시 축구부 활동이 계기가 된 것으로 보인다.

아오야마는 재학생을 대상으로 예배를 정기적으로 보았다. 주로 예배는 학교 내에 있는 교회당과 대강당에서 이루어졌다.(도판 11 · 12) 모든 교내의 공식적인 행사 식순에는 찬송가와 성경 봉독, 예배가 있었다. 입학식은 물론이고 졸업식 때도 마찬가지였다. 백석이 1931년 5월 15일 아오야마학원 내의 청학원교회(靑學院敎會)에서 세례를 받았다고 했으나, 아오야마 측에서는 이를 증명할 수 있는 세례 증명서나 기록은 없다고 했다.[66] 다만 백석의 영어사범 동기생이자 '아오야마학원 쇼와[昭和] 9년 영사회(英師會)'[67] 동기인 아사히 시로[旭太四郎]에 의하면 "백석

---

64 백석의 아오야마 재학 시절 취미와 특기를 김숙이(「새로 찾아낸 백석 시인 연구자료」, 『서정시학』, 2010년 봄, 94~100면), 김응교(「백석 · 일본 · 아일랜드 ― 백석 시 연구(3)」, 『민족문학사연구』 44호, 민족문학사학회, 2010. 104면) 등이 '독서와 미식축구'라고 했으나, 이는 ア式蹴球를 미식축구라고 잘못 이해한 것이다. 김응교와 김숙이는 백석의 취미와 특기가 '독서와 미식축구'로 적혀있다고 하면서, 'ア式蹴球'를 미식축구로 밝히고 있다. 그러나 'ア式蹴球'는 'Association Football'의 역어이다. 이에 대해서는 圖說蹴球大事典 編纂室, 『圖說 蹴球大事典』(藝文館, 1973, A3면) 및 『한국 축구 100년사』(증보판, 대한축구협회, 2003, 174면) 참조.

65 靑山學院, 「昭和九年 三月 英語師範科 卒業豫定者 一覽」, 1933.10.

66 송준은 백석이 아오야마학원 2학년 때인 1931년 5월 15일에 아오야마학원 내의 靑山院교회에서 세례를 받았다고 했다.(송준, 『백석 시 전집』, 흰당나귀, 2012, 90면) 그러나 아오야마학원 자료센터 사무장(事務長)인 덴노 가즈코[傳農和子] 씨는 당시 아오야마학원에서 학생들에게 세례를 했다는 구체적인 자료를 찾을 수 없다고 말해서 필자는 이 사실을 확인하지 못했다.

67 '靑山昭和九年英師會'는 1930년(쇼와 5) 영어사범과에 입학하여 1934년(쇼와 9) 졸업한 아오야마학원 영어사범과 동창회 명칭이다.

은 학교 교회에 출석하며 선교사들과 꾸준히 접촉하여 영어 실력을 닦은 학생"으로 기억하고 있다. 또한 당시 바이블 클래스의 강의를 담당했던 문(Moon) 선생[68]과 가깝게 지냈으며, 외국인 교수인 문 선생이 백석의 신앙심에 희망을 갖고 있었는지 모른다고 회고했다.[69] 당시 아오야마에서는 종교 활동을 확인할 수 있는 교회 주보와 회보도 정기적으로 발간되었다.(도판 9 · 10) 1930년(쇼와 5) 6월 22일자로 발간된 「青山學院教會週報」에 의하면 매주 일요일 오전 10시 15분에 일요예배가 있으며, 오후에는 고등학부기독교청년회(高等學部基督教靑年會)가 전도(傳道) 집회를 가졌다.[70] 또한 일요일마다 문 선생의 지도하에 '영어지부(英語之部)' 모임이 아오야마학원 강당(講堂)에서 있었다.[71] 아오야마 조선 유학생 대다수가 기독사상을 지니고 있었다는 것과 아사히 시로의 증언 등을 고려해볼 때 백석 역시 아오야마 재학 시절 학내 종교 활동을 한 것이 확실해 보인다.

아오야마 학생들의 생활은 대체적으로 교내 활동과 교외 활동으로 이루어졌다. 1931년과 1932년 아오야마 영어사범 졸업 앨범을 보면 영어사범의 교수법 실습은 아오야마학원 중학부에서 했다.(도판 13) 교내 활동으로는 당구부, 문학부, 축구부 등이 있었다.(도판 14) 교외 활동으로는 인근의 요요기공원, 우에노[上野] 공원, 아사쿠사[淺草] 등지로 야외

---

68   도판 16 참조.

69   송준, 위의 책, 91~94면. 아오야마학원에서 발간한 영어사범 3학년 주소록인 『青山學院 高等部 師範科會會員名簿』에 백석의 동기생으로 아사히 시로[旭太四郎]가 게재되어 있었다. 따라서 동기생인 아사히 시로의 증언은 상당한 신빙성이 있어 보인다.

70   青山學院, 「青山學院教會週報」, 1930.6.22.

71   위의 교회 주보.

활동을 했다. 당시 우에노공원과 아사쿠사는 연인들의 데이트 장소로 유명했으며, 시바[芝], 히비야[日比谷] 공원도 데이트 장소로 많이 다녔다. 아오야마 영어사범졸업앨범[72]에는 공원에서 야외 활동을 하는 사진이 게재되어 있었다. 또한 불야성의 긴자[銀座] 거리 빌딩(도판 15)이 게재된 것으로 보아 아오야마 재학생들은 주로 도쿄의 중심지인 긴자, 시부야, 신주큐, 요요기 공원, 우에노 공원 등에서 여가 활동을 한 것으로 보인다.

방인근(方仁根)은 그의 자서전 『黃昏을 가는 길』(1963)에서 아오야마 재학 시절의 추억을 글로 남겼는데, 당시 남녀의 데이트 코스는 벚꽃이 활짝 핀 우에노 공원과 에도[江戸] 시절의 풍취가 풍기는 아사쿠사[淺草] 등지를 다녀오는 것이었다.[73] 또한 수학여행은 도쿄 외곽인 닛코[日光]에 있는 일본의 명승지 닛코산[日光山]으로 갔다. 아오야마학원은 주로 수학여행을 닛코산으로 갔는데, 백석 역시 재학 중에 이곳으로 수학여행을 다녀온 것으로 보인다. 방인근은 재학 시절 수학여행을 다녀와서 닛코산의 황홀경을 산문으로 썼는데 이 글은 『靑山學院 學友會雜誌』에 실리기도 했다.[74] 그는 예수 그리스도를 제일로 숭배한 자신이 재학 중

---

[72] 1931년과 1932년에 발간된 靑山學院 高等學部 英語師範科 『卒業記念』 앨범에는 교직원, 학생, 수업 장면, 예배 모습, 교생 실습, 시부야 풍경, 야외 교련 훈련, 각종 동아리 활동 등이 수록돼 있다.

[73] 방인근, 『黃昏을 가는 길—人生懺悔 60년』, 삼중당, 1963, 66~73면.

[74] 방인근은 당시 닛코산으로 수학여행을 가서 절경과 자연에 감명을 받은 느낌을 「日光と 華嚴」이라는 제목으로 학교 잡지에 발표를 했다. 그는 이 글이 뽑히는 바람에 자신이 소설가로서의 인연을 맺게 되었다고 회고했다.(방인근, 위의 책, 79면) 자서전에서 밝힌 닛코산 수학여행 때 쓴 글을 아오야마학원대학 자료센터에서 실제로 확인해 보니 1918년(大正 7)에 발간된 중등부 『學友會雜誌』에 게재되어 있었다. 方仁根, 「日光と 華嚴」, 『靑山學院 學友會雜誌』 第四號, 靑山學院, 1918.3, 21~22면.

술, 담배, 연애 등으로 인하여 종교 생활과 멀어졌다고 회고한 바 있다.[75] 아오야마는 위치상 인근에 시부야와 신주쿠 등이 있는 중심지라서 모던한 쇼와 문화가 이들 혈기 왕성한 젊은 조선인 유학생들로 하여금 연애에 빠지게 했을 것이다.

한편 백석이 아오야마학원에 재학했던 시기(1930~1934)는 '쇼와의 격동(1927~1945)기'에 해당된다.[76] 만주사변(1931)이 일어나고 1929년 세계 대공항의 여파로 쇼와 공황(恐慌)이 나타났던 시기와 맞물려 있다. 1930년에 들어서서 생산 가격의 폭락으로 상품·주식시장의 폭락이 이어지고, 노동자 해고와 임금 인하가 가속화되었다. 수출 정체, 실업자 증가 등으로 일본은 자본주의의 재편성을 재촉하는 계기를 맞고 있었다. 만성적 경제공황으로 일본 자본주의가 난숙기의 파탄을 보여주기 시작한 시기였다. 이로 인하여 인간 소외는 가속화되었고 인간성은 분열과 해체에 직면하였으며 사회 불안은 증대되고 있었다.[77] 여기에 더하여 군부가 외교의 방향타를 장악하면서 일제는 만주에 대한 일방적인 독점 지배로 나아가고 있었다. 그야말로 격동의 쇼와 시기를 맞고 있었다.

1929년 10월	세계 공황 시작
1931년 9월	만주사변 발발, 11월 서금(西金)에 중화소비에트공화국 임시정부 성립
1932년 1월	상하이사변 발생, 3월 '만주국' 건국선언. 5월 5.15 사건

75   방인근, 『黃昏을 가는 길−人生懺悔 60년』, 삼중당, 1963, 66~84면.
76   靑山學院120年編集委員會, 『靑山學報120年』, 學校法人 靑山學院, 1996, 64~70면.
77   히라노 겐平野謙, 고재석·김환기 역, 『일본 쇼와 문학사』, 동국대 출판부, 2001, 9~10면.

1933년 1월　　　　히틀러 파시즘 성립, 3월, 국제연맹 만주국 불승인 결의,
　　　　　　　　　일본 탈퇴
1935년 7월　　　　코민테른 반파시즘통일전선 방침 수립
1936년 12월　　　서안(西安)사건[78]

　아오야마도 이러한 시대 상황을 비켜나갈 수 없었다. 1931년 만주사변 이후 아오야마 학교 내에서 군사훈련이 실시되었다. 열병식을 하고 야외 행군과 전투 예행 실습을 했다.(도판 17·18) 시국은 점차 쇼와의 국가주의가 전시동원체제로 향하고 있었다. 재학 기간에 일본은 쇼와공황을 겪고 있었고, 1931년 9월 18일 일본이 운영하는 남만주철도 노선을 자작극으로 폭파하고는 이 사건을 구실 삼아 만주사변을 일으켰고, 곧이어 만주국이 승인[79]되었다. 1932년에 들어서 관동군은 러허성[熱河省]을 만주국의 일부로 간주하고 공격하기 시작했다. 1933년 만주 추가 파병에 대한 재가를 요청하고, 중국 동북 3성의 군사력을 확장하기 시작했다.

　1933년 들어서 전쟁의 암운이 확대되는 가운데 4월 아베 요시무네[阿部義宗, 아오야마학원 제6대 학장, 1933~1939] 학장이 취임을 하고 학생들을 대상으로 군사훈련이 확대되었다.[80]

　1934년 3월 28일자 『靑山學報』에는 '제51회 졸업식' 기념사진과 함께 아베 학장의 졸업 칙사가 게재되어 있다.(도판 6) 졸업식은 3월 6일 오후

78　　遠山茂樹 外, 『新版 昭和史』, 岩波新書, 1985, 306~307면.
79　　허버트 빅스, 오현숙 역, 『히로히토 평전, 근대 일본의 형성』, 삼인, 2010, 295면.
80　　靑山學院120年編集委員會, 앞의 책, 70면.

2시에 대강당에서 거행했다. 졸업식 식순에 따라 찬미가(讚美歌) 95장, 기도 및 성서 낭독, 칙어(勅語) 봉독, 졸업증서 수여, 주악(奏樂) 연주, 원장의 고별사와 졸업생의 답사 순으로 진행되었다.(도판 20)[81] 연단에는 대형 일장기가 좌우로 걸려 있고, 아오야마 원장과 재단 관계자, 기독 감리회 감독 등 내빈이 좌석했다. "오늘 제51회 졸업증서 교여식(校與式)을 시작하겠습니다"로 시작하여 찬미가를 제창하고, 곧이어 재단 이사장의 소개와 기도가 있은 후 성서 시편 제21편을 낭독했다. 그리고 신학부, 고등부, 중학부 순서로 졸업증서를 수여한 후 곧이어 4시 30분에 졸업생 축하연이 거행되었다.[82]

백석은 1934년 3월 아오야마학원에서 졸업식을 하고 곧 귀국하여 조선일보사에 입사한다. 그는 귀국 직전 계초(啓礎) 방응모(方應謨, 1883~1950)의 장학회 모임인 이심회(以心會)에서 발간한 『會報』 제1호(1934.3.22)에 「海濱手帖」을 기고한다.[83] 아오야마학원 3월 졸업 예정이라고 부기된 것으로 보아 일본에서 쓴 글이라고 추측할 수 있다.

필자가 확인한 바로는 졸업 이후 백석의 행적은 『靑山學報』에 한 차례 나타나 있었다. 아오야마를 졸업한 이듬해인 『靑山學報』 1935년(쇼와 10년) 3월 25일자에 '쇼와 5년 영어사범졸업생의 근황'이 소개되어 있

---

[81] 青山學院, 「青山學院第五十一回 卒業證書授與式執行順序」, 1934.3.6.

[82] 『青山學報』 1934.3.28.

[83] 최원식은 「海濱手帖」을 높이 평가하면서 「개」, 「가마구」, 「어린아이들」이 시적 관찰력이 뛰어나다는 점에서 산문시로 보아도 손색이 없다고 한 바 있다.(최원식, 「해빈수첩(海濱手帖) 해제―새로 찾은 백석의 산문시」, 『민족문학사연구』 22호, 민족문학사연구회, 2003, 354~355면) 김재용도 이와 같은 견해를 밝힌 바 있으며(김재용, 「근대인의 고향상실과 유토피아의 염원」, 『백석전집』 증보판, 실천문학사, 2003, 477~480면), 송준 역시 『백석 시 전집』(흰당나귀, 2012)에서 「海濱手帖」에 실린 세 편을 산문시로 수록하고 있다.

고, 영어사범 쇼와 9년 졸업생들의 '靑山學院創立 50周年記念基金' 기부자 명단이 게재되어 있었다. 백기행은 50엔을 기부한 것으로 기록되어 있다.(도판 19)[84] 영어사범 일본 동기생들이 평균 30엔을 기부한 것으로 봐서 백석이 기부한 50엔은 큰돈이었다. 당시에 최고 우대를 했다는 1935년 조선일보 기자 초임은 50원이었다.[85] 졸업 이후에도 모교 아오야마학원에 대한 백석의 자부심이 남달랐음을 알 수 있다.

3) 영미 영문학과 아일랜드 문학

백석의 재학 초기 일본 문학 풍토는 마르크스주의 문학관이 형성되어 있었던 시기다. 당시 호세이대학(法政大學) 불문과에 재학 중이던 이원조(李源朝)가 사회주의 이념에 관심을 갖고 있었던 것도 바로 이 시기의 일본 문학 영향과 관련이 깊다 할 수 있다.[86] 하지만 마르크스주의가 점차 퇴조하면서, 문단 역시 모더니즘적 경향인 신감각파로 기울기 시작했다.

재학 기간 동안 백석이 이수한 영문학과 관련된 과목은 '영문강독(英文講讀)'을 비롯하여 '영문법(英文法)', '화문영역(和文英譯)', '영작문(英作文)', '영어독방(英語讀方)', '영어연설법(英語演說法)', '발음학(發音學)', '영문학(英文學)' 등이었다. 당시의 영문학은 영국식 영문학이 주류였다. '문

84　『靑山學報』, 1935.3.25.

85　조선일보 80년社史편찬실, 『朝鮮日報80年史』上, 조선일보사, 2000, 523면.

86　양재훈, 「이원조의 횡단적 글쓰기 연구」, 인하대 석사논문, 2012.8, 36~37면.

학이란 무엇인가?'라는 질문을 통해서 영문학은 영국식 전통과 교양을 쌓는 것이 중심이 되었다. 영국 '영어'가 아닌 '영국' 영문학을 했던 것이다.[87]

한편 백석의 재학시 문학지로 『靑山文學』이 발간되었다. 『靑山文學』은 시, 소설, 수필, 번역 등을 실었는데, 백석의 재학 기간 동안에 통권 32~39호가 발간되었다.(도판 8) 주로 아오야마 문학반이 중심이 되어 편집 및 작품 활동을 게재했다. 당시 아오야마에서 발간한 유일한 문학잡지라 백석 역시 재학 기간 동안 이 잡지를 탐독했으리라 본다. 『靑山文學』 목차를 보면 평론, 시, 소설, 번역, 희곡 등으로 구성되었다. 창작란에 시, 소설, 희곡과 영미소설 소개와 평론, 번역 등이 실려 있었다.

백석이 1934년 귀국 후 『朝鮮日報』에 타고르의 「佛堂의 燈불—타고르의 『拾果集』에서」(『朝鮮日報』, 1934.5.26.), 「臨終체홉의 六月(1)」(『朝鮮日報』, 1934.6.20~25), 「「죠이쓰」와 愛蘭文學」(1934.8.10~9.12) 등 외국 문학을 번역하여 연재한 것도 영어사범의 영문 해석 등의 과목 이수와 『靑山文學』에 실린 번역과 무관하지 않을 것이다. 이 당시 그의 번역 중에서 관심을 끄는 것이 「「죠이쓰」와 愛蘭文學」 역작 번역으로 그의 관심사가 어디에 있었는지 알 수 있다. 당시 지식인들에게 아일랜드(Ireland)는 영국의 식민지로 있다가 1922년 자치를 인정받았다는 점에서 식민지 조선의 미래상이었다. 아일랜드에 대한 관심은 '아일랜드 열풍'이라고 할 만큼 『東亞日報』, 『朝鮮日報』와 『朝光』지 등 각종 매체에서 기획 기사를 실었다.[88] 식민지 경험을 공유했다는 '조선=아일랜드'라는 동류

87　이에 대해서는 테리 이글턴의 『문학이론입문』(김명환·정남영·장남수 역, 창작사, 1987, 27~71면)과 최원식의 『문학』(소화, 2012, 103~106면) 참조.

의식이 아일랜드 열풍을 낳았던 것이다. 이러한 열풍은 아일랜드의 경험이 조선 독립의 가능성을 기대하게 하는 하나의 '표상으로서 작용'했기 때문이다.[89] 식민지 조선의 현실이 아일랜드가 처한 현실과 다를 바 없었기 때문에 백석 역시 아일랜드 문학에 대해 관심을 가졌을 것이다. 그렇다면 아일랜드 문학에서 백석의 관심은 무엇이었을까?

러시아 비평가 미르스키(D. S. Mirsky, 1890~1939)의 「「죠이쓰」과 愛蘭文學」은 '앵글로-아이리쉬 문학'에 대한 그 정체성을 분석한 작가론으로 제임스 조이스(James Joyce, 1882~1941)가 아일랜드 문학의 계승자라는 것을 강조하고 있다. 이 글을 통해서 알 수 있는 것은 아일랜드 문학의 특성은 토속적인 것과 아일랜드 민중의 생생한 생활상을 그대로 나타내는 방언을 사용한다는 것이다. 그것은 곧 가장 아일랜드적인 문학을 추구하는 것이 영국의 앵글로색슨 문학에서 벗어날 수 있다는 것을 의미한다. 백석 역시 이 논문을 번역하면서 '아일랜드적인 것'이 곧 '조선적인 것'이라는 민족문학의 정체성에 공감했을 것이다. 아일랜드의 극작가 존 밀링턴 싱(J. M. Synge, 1871~1909)이 게일어(Gaelic)가 뒤섞인 영어 방언을 사용하고 있다는 것을 백석은 주목했을 것이다.

그(싱=필자)는 西部愛蘭의 가장 文化가 나아가지 못한 村落의 田園生活을 그의 主題로 하야 完然히 獨創的인 戲曲을 내엇다. 作中의 人物들은 모두

---

88 한세정, 「백석 시의 창작 기법에 나타난 아일랜드 문학의 영향―예이츠와 싱을 중심으로」, 『한민족문화연구』 30집, 한민족문화학회, 2009, 34~41면.
89 이승희, 「조선문학의 내셔널리티와 아일랜드」, 민족문학사연구소 기초학문연구단 편, 『탈식민의 역학』, 소명출판, 2006, 78 · 280~307면.

因襲에 저즌 農夫들의 「앵글로, 아이리쉬」 方言(켈트系의 措辭法으로 된 英語)을 쓴다. (중략) 愛蘭農夫들의 말가운데 나오는 모든 英語의 精神과는 氷炭의 關係에 잇는 것들을 極力 强調하고 또 이런 것들을 論理的인 調和된 體系속으로 집어너어서, 그는 그 獨白의 文學的 方言을 創造하엿다—이 方言이야말로 實際生活에 잇서서는 아직 使用되여본 길이 업는 것이엇다. 나아가서 이 方言은 主題의 性質上 이것이 使用되여도 無妨할데—卽 愛蘭農夫를 題材로 한 戲曲가튼데서만이 아니라 그의 「페트락」이며 「뷜론」 等의 奇特한 飜譯에서까지 이 方言을 사용하엿다.[90]

이 글에서 말해주듯 아일랜드 문학의 내셔널리티의 창출은 방언 사용과 밀접하게 연관되어 있다. 즉 방언을 통한 '게일(Gaelic)적 전통'이야말로 민족적 정체성을 확인해주는 것이었고 이는 식민지 조선의 현실에서도 유용하다. 달리 말하면 민족어(방언)와 조선적인 전통의 회복을 통해 식민지 조선을 소생시키려는 노력의 일환이라고 할 수 있다. 백석은 아일랜드 문학에서 게일적 전통인 '운율적 방언'과 '소박 순진한 시형'을 발견했을 것이다. 즉 '민족어의 재발견', 이것이 곧 1930년대 중반 이후 식민지 조선문학에 대한 백석의 감각이었다. 그러나 1930년대 중반 '아일랜드 문예부흥운동의 열' 이면에는 '조선문학의 건설 / 위기'라는 역설적인 상황이 있다는 지적에 유의할 필요가 있다. "식민모국의 언어(국어=일본어)와 식민지의 언어(모어=조선어)라는 이중 언어 상황에서 조선어의 위기, 그리고 조선문학 건설의 불투명성을 고백하는 것"[91]이라

---

90 미르스키, 백석 역, 「「죠이쓰」와 愛蘭文學」, 『朝鮮日報』 1934.8.12.
91 이승희, 앞의 글, 93면.

고 할 수 있기 때문이다. 즉 아일랜드의 인용이 어떤 면에서는 식민주의의 내재화를 합리화하는 데 사용되고 있었기 때문이라는 지적은 일견 타당하다. 임화가 1936년에 발표한 「朝鮮語와 危機下의 朝鮮文學」 역시 이러한 맥락에서 나온 것이라고 할 수 있다.[92] 조선어의 위기 속에서 아일랜드 문학에 대한 논의가 지니는 의미는 역설적으로 조선어 향방에 대한 낙관을 포함하지만, 그것은 동시에 식민주의 진행을 승인하는 합리화 과정과 결부되어 있다는 점에서 자유롭지 않았던 것이다.

그러나 분명한 것은 예이츠(W. B. Yeats, 1865~1939)와 싱의 문학이 백석의 창작 방법에 영감을 준 것으로 보인다. 예이츠에게서 '옛적 삶의 이상'을 재현하고 보존하고자 했던 토속적인 시적 발상과[93] 아일랜드의 신화와 전설 속에서 식민지로 고통 받고 있는 아일랜드를 '치유하는 힘'[94]을 발견했을 것이다. 싱에게서는 방언의 세계에 주목함으로써 민족어의 특색을 문학적 방언이라는 측면에서 살펴볼 수 있었던 것으로 보인다.

이처럼 백석에게 영미 영문학에서 학습된 문학적 전통과 모더니티는 불가분의 관계를 맺고 있다. 백석의 민담, 민속, 방언주의 등 개성적 시세계에서 전통적인 것과 모더니티는 쌍생아라고 할 수 있다. 이러한 전통에 대한 이해는 백석에게 '일본적인 것'과 '조선적인 것'을 비교 가능하게 했을 것으로 보인다. 이 기간 동안 일본의 전통 시가인 하이쿠

92　임화, 「朝鮮語와 危機下의 朝鮮文學(7)」, 『조선중앙일보』, 1936.3.20.

93　이세순, 「아일랜드 신화와 예이츠의 시」, 『한국예이츠저널』 22호, 한국예이츠학회, 2004; 한세정, 「백석 시의 창작 기법에 나타난 아일랜드 문학의 영향」, 『한민족문화연구』 30집, 한민족문화학회, 2009, 43면.

94　위의 글, 45면.

[俳句]나 한문 시간에 배운 당시(唐詩) 등은 백석이 전통에 대한 이해에 도달하는 데 여러모로 도움이 되었을 것이다.

이상과 같이 백석은 아오야마 재학 시절 영국식 영문학을 공부하면서 영문학의 '전통'에 대해서 관심을 갖게 되었다. 그가 귀국 후에 번역한 「「죠이쓰」와 愛蘭文學」은 이와 무관하지 않을 것이다. 이를 이해하기 위해서는 백석이 재학했던 당시의 쇼와 초기 문학에 대한 이해가 전제되어야 한다. 백석이 재학 중이던 쇼와 전기[昭和前期]는 '일본적인 것'으로의 '회귀'가 출현했던 때이다. 전통 서정으로의 회귀가 바로 그것인데 백석이 귀국 후 본격적인 시 창작 활동을 하면서 주목한 지방색을 드러내는 '조선미'와 '조선적인 것'에는 이와 밀접하게 관련을 맺고 있다는 것이 필자의 판단이다.

4) 이즈반도 여행과 귀국

백석은 아오야마학원을 졸업할 무렵 이즈반도[伊豆半島]를 여행한다. 여행 중에 체험한 모티프로 산문 「海濱手帖」과 시 「柿崎의바다」, 「伊豆國湊街道」를 남겼다. 「海濱手帖」에 '南伊豆柿崎海邊'으로 부기되었고, 1934년 3월 22일에 발간된 이심회(以心會) 『會報』에 게재된 것으로 봐서 여행 중에 시와 산문을 쓴 것으로 보인다. 「海濱手帖」에 "겨울 바다의 해가 올라와도 바람이 멎지 않는 아츰"(「가마구」)이란 구절이 나오고 「柿崎의바다」에서 "금귤"이 나오는 것으로 보아 아마도 졸업식 이전에 다녀온 것으로 추측된다.

이즈반도는 온천 휴양지로 이름이 높아 심신을 수양하기 위하여 수 많은 문인들이 다녀간 곳으로 유명하다. 가와바타 야스나리[川端康成]의 단편소설 「이즈의 무희[伊豆の踊子]」의 작품 무대이기도 한 이즈반도는 전역이 '풍경가도(風景街道)'로 이름난 곳이다. 도쿄에서 가까운 시즈오 카현[靜岡縣] 동부에 위치하고 있어 신주쿠나 도쿄역에서 기차를 타고 아타미[熱海]를 거쳐 이토[伊東]에서 남쪽 반도까지 여행할 수 있다. 가까 운 곳에 온천으로 유명한 슈센지[修善寺]가 있고 원경으로 후지산[富士山] 의 자태를 볼 수 있으며 해안가를 끼고 국도를 따라 기차여행을 즐길 수 있는 곳이다. 백석이 이곳을 여행한 것은 조춘(早春) 향춘객으로 다 녀오는 목적도 있었지만 유명 문인들이 다녀온 행적을 순례하고 싶은 마음도 크게 작용했을 것이다.

백석이 여행한 시기로 추측되는 2월은 조춘의 계절로 이즈반도에는 봄을 일찍 경험하려는 상춘객의 발길이 끊이지 않는다. 벚꽃이 일찍 개화되는 따뜻한 이즈반도에서 이른 봄을 맞이하기 위해 여행을 오는 것이다. 이때쯤 이즈반도 전역에는 벚꽃이 피고 귤나무에 귤들이 샛노 랗게 열리기 시작한다. 이토[伊東]를 지나면서 가키사키[柿崎] 바다가 끝 없이 펼쳐지고 해안을 따라 작은 항구와 마을이 형성되어 있다. 다음 시는 백석이 어느 한적한 항구에 머물며 쓴 것으로 보인다

저녁밥때 비가들어서

바다엔배와사람이 흥성하다

참대창에 바다보다푸른고기가께우며 섬돌에곱조개가붙는집의 복도에

서는 배창에 고기떨어지는 소리가들렸다

이즉하니 물기에 누굿이젖은 왕구새자리에서 저녁상을받은 가슴앓는사

람은 참치회를먹지못하고 눈물겨웠다

어득한 기슭의행길에 얼굴이햇슥한처녀가 새벽달같이

아 아즈내인데 病人은 미역냄새나는덧문을닫고 버러지같이 누웠다

―「柿崎의바다」 전문(『사슴』, 1936)[95]

'병인(病人)'을 그리고 있는 이 시 제목인 '가키사키[柿崎]의 바다'는 이 즈반도 동남쪽 해역을 말한다.[96] 가키사키의 바다가 보이는 어느 항구 의 여관에서 묵으며 느낀 정취를 시로 표현했다. 방 안에서도 "배창에

95　백석, 「柿崎의바다」, 『사슴』, 선광인쇄주식회사, 1936, 58~59면. 이하 백석 시 인용은 발표지와 발표 연도만 표기한다.

96　「柿崎의바다」에서 '柿崎'는 우리말 한자음인 '시기'가 아닌 일본어 '가키사키'로 읽어야 한다. 고유명사는 외국어 원래의 발음으로 읽어야 한다고 생각하기 때문이다. 고형진은 '柿崎'를 우리말 한자음으로 읽으면서, "'시기(柿崎)'는 일본의 항구이름"으로 "혼슈[本州] 의 이즈반도[伊豆半島] 최남단에 있다"라고 어석을 달고 있다.(고형진, 『백석 시 바로읽 기』, 현대문학, 2006, 318면) 이숭원, 송준, 김응교는 '柿崎'를 일본어인 '가키사키'로 읽고 있다. 그러나 이숭원은 '가키사키'를 "동경 남서쪽에 있는 시즈오카현[靜岡縣] 이즈[伊豆] 반도 남단의 해안 도시 이름"으로(이숭원, 『백석을 만나다』, 태학사, 2008, 177면), 송준은 "이름 없는 어촌"으로(송준, 『시인 백석』 1(흰당나귀, 2012, 98면), 김응교는 "가키사키[柿崎] 시가 있는 곳"이며(김응교, 「백석의 일본기행시와 환상―백석 시 연구 5」, 『한민족문화연구』 44집, 한민족문화학회, 2013, 392면), "도쿄 서남쪽에 있는 이즈반도의 최남단에 있는 해안 마을"(397면)로 이해하고 있다.(같은 책, 397면) 하지만 이즈반도에는 '가키사키'라는 지명을 가진 도시나 마을, 어촌, 항구 이름이 없다. 필자가 묵은 이즈반도의 '梅花旅館'에서 가업(家業)을 잇고 있는 주인은, 이즈반도의 시작인 이토[伊東]에서 시모다[下田]까지를 '가키사키[柿崎] 바다'로 부른다고 말했다.

고기떨어지는 소리”가 날 정도이니 묵은 여관이 배를 댄 부둣가와 가깝다는 것을 알 수 있다. 1, 2연은 저녁이 되어 조업을 마치고 입항한 배들로 흥성한 항구의 정경을 그리고 있다. 때마침 비가 내려서 항구는 더욱 부산하다. 푸른 대창에 꿰어 달린 물고기와 섬돌에 조개껍질로 모양을 낸 집에는 갯비린내가 후각을 자극한다. 비가 온 터라 방은 눅눅하고 저녁 밥상을 받는 시적 화자의 모습이 떠오른다. 그런데 시적 화자는 “가슴앓는사람”으로 “참치회를 먹지 못하고 눈물겨”워한다. 그 뒤의 4연에서는 “얼굴이했슥한처녀”의 모습을 형상화하고 있다.

이 시에서 시적 화자의 병인(病因)이 무엇인지는 분명하게 제시되어 있지 않다. 또한 시적 화자가 “가슴앓는사람”인지 “얼굴이했슥한처녀”인지, “病人”인지도 분명하지 않다. 다만 시적 화자는 병든 자로 외부와 단절된 채 외로운 상황에 놓여 있는 것만은 분명하다. “덧문을닫”은 채 외부와 격리된 방 안은 항구의 흥성한 분위기와 대비된다. 즉 외부와 차단된 어두운 방 안은 시적 화자의 마음의 상태를 보여주고 있다. 이러한 상태는 사랑의 가슴앓이 때문으로 보인다. 사랑의 열병을 앓고 있는 절망 어린 마음을 시인도 알고 있는지 동병상련을 느낀다. 이 시기 백석의 상황에 대해 정확하게 알 수는 없지만 연애에 대한 관심과 열병에서 이러한 시가 나오지 않았나 추측해볼 수 있다. 이러한 추측은 『朝光』과 『朝鮮日報』에 발표한 동일한 제목의 「統營」과 『女性』지에 발표한 「바다」라는 시에서도 엿볼 수 있다. 항구나 바다에 찾아와서 사랑하는 애인을 떠올리는 백석의 모습과 교차되기 때문이다.

이즈반도를 여행하면서 쓴 것으로 보이는 또 다른 시로 「伊豆國湊街道」가 있다. ‘이두국’은 이즈반도에서 석조문화를 일궈낸 옛 국가의 이

름이다. '주(湊)'는 항구를 의미하고 '가도(街道)'란 이즈반도의 해안도로
쯤 된다. 그러니까 이 시는 가키사키 바다가 펼쳐진 해안도로인 '이즈
노쿠니미나토카이도(伊豆國湊街道)'를 지나며 여행의 즐거움을 노래하고
있는 시이다.[97]

> 넷적본의 휘장마차에
>
> 어느메 촌중의 새새악시와도 함께타고
>
> 머ㄴ바다가의 거리로 간다는데
>
> 금귤이 눌 한 마을마을을 지나가며
>
> 싱싱한 금귤을 먹는것은 얼마나 즐거운일인가.
>
> —「伊豆國湊街道」 전문(『詩와 小說』 1권 1호, 1936.3)

여행을 풍미를 읊고 있는 이 시는 예스러운 "휘장마차"를 타고 해안
도로를 달리는 모습이 눈에 선하다. 길가에는 귤나무가 서 있고, 시큼
하면서 달콤한 황금빛 금귤[98]을 먹으며 가는 모습이 무척이나 낭만적
이다. "눌 한"은 황금빛 귤이 익어가는 마을의 원경을 그리고 있고, 예

---

[97] '가키사키'와 마찬가지로 '伊豆國湊街道' 역시 '이즈노쿠니미나토카이도'로 읽어야 한다.

[98] 필자가 이즈반도를 현지답사 해보니 철로변이나 길가, 집 정원수 등에 귤나무가 많았다.
직접 금귤(黃金柑)을 먹어본 느낌은 당도가 높고 시큼하면서 뒷맛이 달콤했다. 금귤은 일
반 귤과 다르게 샛노란 황금빛을 내는 귤로 이곳 이즈반도의 특산물이다. 2월에 샛노랗
게 익은 금귤을 먹을 수 있다.
고형진은 금귤에 대한 어석 풀이에서 "참새알 크기만한 작은 귤의 한 종류"로 "금감(金
柑). 또는 일본말로 '낑깡'으로 부르기도 한다"(고형진, 『정본 백석 시집』, 문학동네, 2007,
76면)라고 했으나 이는 잘못된 어석 풀이다. 이즈반도의 금귤은 참새알 크기만한 작은
귤인 '낑깡'과는 다르다.

스러운 마차에 동석한 여인과 함께 금귤을 나눠 먹는 정경은 여행을 최
고조로 높이고 있다. 이 시에서 나오는 금귤은 ‘황금귤(黃金柑)’이라고
해서 샛노란 빛을 띤다. 일반적으로 주황빛을 띠는 귤과는 다른 품종
이다. 그만큼 금귤은 이즈반도를 이색적인 장소로 변환시킨다. 낯설고
흥미롭고 이색적인 이즈반도의 정감 어린 모습이 한 폭의 풍경화처럼
펼쳐진다. 마지막 행의 영탄에서 이러한 여행의 정감과 풍미가 잘 드
러난다.

　그런데 백석은 「伊豆國湊街道」 첫 연에서처럼 유달리 시에서 “넷적”
이라는 말을 많이 구사한다. 의식적이건 무의식적이건 그의 심층에 새
로운 것보다는 오래된 것에 대한 지향이 분명하게 드러났다고 할 수 있
다. 또한 「柿崎의바다」에서 “참대창” 물고기를 꿰어 걸어놓은 모습이
라든지, “섬돌”에 “곱조개”를 붙여서 모양을 낸다든가, “누굿이젖은 왕
구새자리”에서 “참치회”를 먹는 장면에서도 알 수 있듯이 이즈반도의
전형적인 지방색을 드러내고 있다. 이러한 모습은 「伊豆國湊街道」에
서도 나타난다. “넷적본의 휘장마차”를 타고 해안가의 ‘가도’를 달리며
“금귤”을 먹는 것 역시 지방적 특색을 드러내는 시적 표현이라고 할 수
있다. 이러한 백석의 시적 태도는 전통을 중시하고 시에서 그 지방의
장소성과 ‘옛적’ 모습을 재현하는 것과 밀접하게 연관되어 있다.

　이상에서 알 수 있듯이 그의 두 편의 일본 기행시에는 여행자로서의
관찰자적 시선과 이국적 취향(exoticism)이 드러나 있다. 또한 창작 방법
론적으로 보았을 때 자신이 직접 겪고 체험한 장소성과 지방색을 중시
하는 시적 태도를 엿볼 수 있다. 오래된 것, 예스러운 것 등 전통 정신
과 장소성을 중시하는 백석의 창작 태도는 일본 체험으로부터 형성된

것이라고 할 수 있다. 이는 백석이 문인으로서 자의식을 갖고 일본 유학 시절을 보낸 것과 무관하지 않다. 일본 문단에 대한 관심과 동향으로부터 자신의 문학적 세계를 형성하고자 하는 지적 호기심이 상대적으로 컸을 것으로 보인다. 따라서 이 시기에 형성되었을 그의 문학관은 이후 그가 귀국하여 본격적으로 창작 활동하는 과정에서 나타난다. 『사슴』에서 보여주는 감각적 이미지즘과 기행시편 등은 쇼와 초기 문학의 영향을 받은 것으로 보인다.

3. 만주국과 협화주의

앞서 살펴보았듯이 백석의 일본 아오야마 유학 시기는 일본 국가주의가 정점으로 치닫던 쇼와 초기였다. 일제는 만주사변 이후 전시동원 체제를 통하여 군사교육훈련 등을 학생들에게 강요했다. 학교에는 교련 교육을 위하여 군사훈감을 두었고 기초적인 제식훈련과 야외 군사 훈련을 시켰다. 이른바 식민지 침략을 위하여 천황주의 내셔널리즘으로 신체와 정신을 훈육시키고 규율하여 제국주의의 침략 야욕을 드러내고 있었다. 학교는 황국 이데올로기를 훈련하는 장으로 일상의 군사화와 순종하는 육체를 생산해내는 곳이었다.[99]

백석의 삶에서 쇼와 체험만큼이나 그의 정신사적 세계를 규정하는

---

[99] 김진균·정근식 외, 『근대주체와 식민지 규율권력』, 문화과학사, 1997, 367~382면 참조.

또 하나의 중요한 계기가 된 것이 만주국 '이주 체험'이다. 만주는 조선인에게는 근대국가가 형성되기 이전부터 관심의 대상이었다. 간도(間島) 북방이 과거 고구려의 융성한 역사가 숨 쉬는 선조들의 땅이라는 고토의식(故土意識)을 갖고 있었기 때문이다. 이 지역은 조선과 청(靑) 사이에 '사잇섬'이라는 뜻에서 간도[100]로 불렸으며, 논농사를 하는 조선인의 개척 이주[101]가 활발했던 곳이었다. 이로 인해 청은 왕조의 발상지(發祥地)를 보호한다는 이유로 만주 지역에 타민족의 이주와 거주를 허용하지 않고 봉금령(封禁令)을 내려 봉금지대로 들어오는 조선인들을 참수했다. 그러나 청의 만주 보호정책인 봉금지대 설정에도 불구하고 경지가 부족한 조선 북부 지방에 거주하던 조선인들은 압록강과 두만강을 넘나들며 목숨을 걸고 월경(越境)을 시도하였다. 아침에 월강(越江)하여 경작하고 저녁에 돌아오는 일귀경작(日歸耕作)을 하거나 봄에

---

100 간도는 만주(중국 동북지방) 동남부 지역으로 두만강 북쪽을 '북간도(北間島)'(현재의 延吉·和龍·汪淸·琿春縣 등)라고 하고 이와 별개로 압록강 북쪽 지역과 송화강 상류, 압록강의 중국 측 지류인 혼강(渾江) 일대를 '서간도(西間島)'라고 불렀다. 그러나 간도라고 하면 일반적으로 '북간도', 즉 오늘날 '연변조선족자치주'를 일컫는다. 중국의 『東三省政略』에 따르면 간도라는 명칭은 19세기 말 20세기 초 두만강 북안의 광제욕(光霽峪)과 함경북도 종성(種城) 사이에 있는 작은 모래섬(사이섬)을 가리키는 것이었다고 한다. 당시 중국인들은 이를 '가강(假江)'이라고 하였고, 한인들은 '間島' 혹은 '墾島'라 칭한 데서 비롯되었다. 김춘선, 「1880~1890년대 청조의 '移民實邊'정책과 한인이주민 실태 연구─북간도 지역을 중심으로」, 『한국 근현대사 연구』 8호, 한국근현대사학회, 1998; 윤병석, 「한인(조선인)의 간도 이주 개척과 『間島開拓史』」, 『白山學報』 79호, 백산학회, 2007.

101 조선인의 만주 이주는 세 시기로 나눌 수 있다. 조선조 17세기부터 1905년 을사보호조약 이전까지 '월경(越境)이민 시대', 일제와 을사조약 체결(1905) 이후부터 만주사변(1931) 직전까지 '망명·유랑(流浪)이민 시대', 이 시기 압도적 다수는 만주 유이민(流移民)이었다. 이른바 중국 관헌의 압박, 봉건지주의 가혹한 착취 등 경제외적 강제와 '마적'인 '비적(匪賊)' 등의 폐해로 이민자의 생활이 비참했던 시기다. 마지막으로 만주사변 이후부터 해방(1945)까지 '정책이민 시대'로 나눌 수 있다. 이에 대해서는 윤영천, 『형상과 비전』, 소명출판, 2008, 16면 참조.

가축과 농구 및 식량을 가지고 월강농경(越江農耕)하여 추위가 닥쳐오는 계절에 수확을 끝낸 다음에 귀향하는 춘경추귀(春耕秋歸)가 늘어갔다.[102] 한족(漢族) 역시 봉금 지역으로 몰려들기 시작하면서 봉금령이 힘을 잃어가자 1860년대 말부터 본격적으로 조선인 농민들의 이민이 시작되었다.[103] 조선이 일제에 의해 병합되던 1910년에 약 20만 명으로 추산되던 재만 조선인 숫자는 만주국이 패망되기 직전인 1945년에 약 160만 명으로 급증한다.[104]

백석이 만주국으로 이주한 것은 1940년 1월경이었다. 그가 이주한 만주국은 현재의 동북 3성(奉天·吉林·黑龍江)으로 일제가 위만주국(僞滿洲國)을 성립시켜 형성된 국가이다. 1931년 '9·18사변'을 일으킨 일제는 중국 동북을 점령한 후 1932년 3월 1일에 '민족협화'를 건국이념으로 내세워 '만주국'을 건립하고, 청나라 말기 황제 푸이[溥儀]를 내세워 집정(執政)에 취임시켰다. 만주국은, 일본인을 1등 국민으로, 조선인을 2등 국민으로, 중국인을 3등 국민, 몽골인을 4등 국민으로 하여 오족협화(五族協和)를 내세웠다. 표면적으로는 일본인, 조선인, 중국인, 만주인, 몽골인 등에게 평등과 화목, 협조를 강조하며 민족협화를 내세웠지만 그 이면에는 여러 민족을 분열시키고 대립시키면서 '분이치지(分而治之)'의 방법으로 식민 통치를 강화하려는 목적이 있었다.[105] 이는

---

102 玄圭煥, 『韓國流移民史』, 語文閣, 1967, 135면; 홍종필, 「滿洲事變」 이후 朝鮮總督府가 間島地方에 건설한 朝鮮人 集團部落에 대하여」, 『明知史論』 7호, 명지사학회, 1995, 33~34면.

103 홍종필, 「滿洲(中國東北地方) 朝鮮人移民의 展開過程 小考」, 『明知史論』 5호, 명지사학회, 1993, 65~71면.

104 김기훈, 「일제하 '滿洲國'의 移民 政策 研究 試論－일본인 移民 「獎勵」·朝鮮人 移民 「統制」 정책 형성의 배경」, 『아시아문화』 18호, 한림대 아시아문화연구소, 2002, 46면.

105 김장선, 『위만주국시기 조선인문학과 중국인문학의 비교연구』, 역락, 2004, 18면.

일제의 천황 내셔널리즘에 입각한 황민화(皇民化) 정책의 일환으로 기획된 다문화주의(multi-culturalism)로 가장된 일제의 동화(同化)주의의 시행이라고 할 수 있다. 위만주국 시기 조선인은 '만주국 국민'인 동시에 한일합방(1910)에 의해 일본 국적을 가진 '황민'이었다. 국적법상 이중 국적자로 일본 국적과 만주국 국적을 동시에 가진 '선계(鮮系) 일본인'으로 조선총독부의 통치를 받았다.

일제는 이 시기에 '민족협화(民族協和)', '왕도낙토(王道樂土)'라는 만주국 건국이념을 다양한 매체를 통해서 대대적으로 선전했다. 『滿鮮日報』나 만주영화협회(滿映) 등이 "건국정신을 국민에게 보급한다"라는 기치를 내걸고 영화 등을 통하여 만주국 국책사업을 정책적으로 홍보[106]했으며 이주를 적극 장려했다. 만주 이주 열풍은 그야말로 '갱생(更生)'과 '신천지(新天地)'를 내세우며 황금광 시대를 연상케 할 만큼 영화와 매체 등을 통하여 대대적으로 홍보되었다. 이와 함께 조선총독부와 만철(滿鐵)이 협정하여 '안전농촌(安全農村)' 사업 등이 일본 '국책'으로 실시되면서,[107] 1930년 중반에 이르러서는 엑소더스(exodus)라 불릴 정도로 만주 이민이 증가하기 시작했다. 이른바 조선인의 집단 이민, 집합 이민, 분산 이민 등이 대대적으로 실시되었다.[108] 그 결과 중일전쟁(1937) 이후 조선인 만주 개척민의 이주는 급등한다. '정책이민시대(1931~1945)'가 본격적으로 열린 것이다.

---

106 김려실,『투사하는 제국, 투영하는 식민지』, 삼인, 2006, 252~254면. 만주영화협회(滿映) 영화 화보에 대해서는 若菜 正,『滿洲の記憶』(集英社, 1995) 참조.

107 蘇崇民,『滿鐵史』, 中華書局出版, 1990, 691면.

108 위의 책, 700~701면.

조선인에게 만주는 고토(故土)로 경외의 공간이었다. 일찍이 이광수를 비롯하여 이태준(李泰俊)·이기영(李箕永)·장혁주(張赫宙)·함대훈(咸大勳) 등이 만주를 다녀와서 기행문을 남겼다. 1939년을 전후로 『朝光』이나 『朝鮮日報』에서는 '만주 문제 특집'을 기획하여 만주 시찰을 다녀온 후 기행문을 실었다. 이태준의 「이민부락견문기(移民部落見聞記)」(『조선일보』, 1938.4.8~21), 함대훈의 「남북만주편답기(南北滿洲遍踏記)」(『朝光』, 1939.7) 등 대개 이들 기행문은 만주국 건국 이후의 변화 양상을 널리 홍보하고 조선인의 만주 이민을 장려하기 위한 목적이었다.

'滿洲로 간다'

이 말이 滿洲事變前엔 朝鮮서 쫓겨가는 불상한 農民들의 박아지를 께차고 보따리를 든 초라한 貌樣을 聯想했지만 滿洲建國以來 六年의歲月이 흘른 今日에 있어서는 滿洲로 간다는 말이 '일을 하러 가고 希望을 갖고 간다'고 할 수 있게끔 되었다.

滿洲事變을 契機로 新興滿洲國이 建國되자 民族協和王道樂土의 精神밑에 朝鮮人의 滿洲生活은 무엇으로나 다 變해지고 따라 朝鮮人問題가 더욱 重大化하게 되어 이에 대한 關心은 識者間에 더욱 喫緊하게 되었고 또 滿洲를 한번 본다는 것은 크게 意義 있는 일이 되었다.[109]

백석과 함께 『朝鮮日報』에 근무 했던 당시 함대훈이 『朝光』에 실은 이 글은 만주 이민정책 홍보를 위한 국책적 성격이 강하다. 이 당시에

---

109   咸大勳, 「南北滿洲遍踏記」, 『朝光』, 1939.7, 72면.

쏟아진 대부분의 만주 기행문이 그렇듯이 함대훈 역시 만주국 지배이데올로기의 허위의식에는 눈을 감아버렸다. 오히려 개척민 부락의 사정을 미화하거나 과장함으로써 만주를 이상향으로 그리고 일제의 식민정책을 선전·홍보하는 나팔수 역할을 자임하고 나섰던 것이다.[110] 따라서 만주사변 이전의 만주행은 유랑하는 유이민의 삶이라면 만주국 건국 이후 만주행은 일자리를 찾아 떠나는 개척 이주를 의미했다. 만주라는 표상이 유랑에서 이주 공간으로 바뀐 것이다. 때문에 1930년대 만주로 간다는 것은 곧 '희망'을 품고 '낙토' 개척에 동참하기 위해 이주를 한다는 것을 의미했다. 1937년 중일전쟁 이후 '오족협화(五族協和)', '왕도낙토(王道樂土)'라는 슬로건 하에 조선인에게 만주는 협력과 협화의 주체로서 참가할 수 있다는 환상뿐만 아니라, 일본의 대륙 진출의 욕망에 자신의 욕망을 투사할 수 있는 장소였던 것이다.[111]

이처럼 일제에 의해 만주가 제국의 영토로 편입된 이후 국책 이민이 성행했고, 광활한 미답의 영토는 그야말로 만주국 환상을 품기에 부족함이 없었다. 광활한 토지와 풍부한 농작물, 반듯한 근대도시 신경(新京, 현 長春)은 다양한 욕망의 복합체로 '만주 드림'을 꿈꾸게 했던 것이다. 따라서 만주국 성립 이후 지식인에게 만주행은 곧 국책 이민을 의미하고, 이때부터 이주자들에게는 이른바 일제의 식민지 지리적 개념으로서 '남방'과 다른 '북방' 표상[112]이 주목되기 시작했다.

110　장영우, 「만주기행문 연구」, 『제국의 지리학, 만주라는 경계』, 동국대 출판부, 2010, 404면.

111　민족문학연구소, 『일제말기 문인들의 만주체험』, 역락, 2007, 5~6면.

112　여기에서 '북방'이란 만주와 만주국을 의미한다. 1938년 10월 무한 삼진의 함락 이후 유포된 '동아신질서'를 계기로 만주와 만주국에 대한 문학적 관심이 높아지면서 형성되기 시작한 '북방'이라는 지리적 개념은 만주이민, 만주개척과 맞물리면서 고토의식까지 포

백석은 1940년 1월경 만주국행을 감행한다. 이에 대해서는 여러 주장이 있지만 필자가 추측건대 국책 이주와 관련이 깊다고 할 수 있다. 그러한 근거 중에 하나는 백석의 만주행이 집단 이주나 분산 이주와 같이 가족 규모의 개척 이주가 아니라 지식인 이주자의 신분으로 만주국으로 갔기 때문이다. 백석이 만주로 가기 이전에 이미 만주국 신경(新京)에는 최남선(崔南善, 만주 건국대 교수)·진학문(秦學文, 내무부 참사관)·염상섭(廉想涉, 만선일보 편집국장 및 주필)·안수길(安壽吉, 만선일보 특파원)·박팔양(朴八陽, 만주제국 협화의회[113] 중앙본부) 등이 활동하고 있었다. 최남선은 『滿鮮日報』 고문으로 있었으며, 염상섭은 『滿鮮日報』 주필(편집국장)로, 박팔양은 편집주간(홍보부장)을 역임하고 있었다.[114] 1937년 만주국에서 조선인 신문으로 발간된 『滿鮮日報』는 일제의 국책인 왕도낙토와 오족협화를 홍보하는 매체 수단으로서 일익을 담당했다. 상당수의 지면은 이탈리아와 독일 파시즘의 전쟁 승보를 알리고, 관동군의 활동과 개척 이농자들의 수기를 통하여 국책사업을 선전했다. '창

괄된 개념이라고 할 수 있다. '대동아공영권론'이 확립되기 시작하면서 동남아 지역이 '남방'으로 불리워지기 시작하자 이와 짝을 이루어 만주와 만주국이 '북방'이란 이름으로 대비되어 호명된 것이다. 이에 대해서는 김재용, 『일제말기 문인들의 만주체험』(역락, 2007, 14면) 참조.

113 일제는 항일무장투쟁 세력의 저항이 격렬하게 전개되자 관동군의 토벌만으로는 진압할 수 없다는 사실을 자각하고 혁명운동 세력과 민중을 분리시키기 위해 협화회(協和會)를 통하여 '치본공작(治本工作)'을 전개하였다. 협화회는 대중동원은 물론이고 각종 공작을 통해 일제의 지배정책을 적극 뒷받침했다. 임성모, 「滿洲國協和會의 對民支配政策과 그 實態―「東邊道治本工作」과 관련하여」, 『동양사학연구』 42호, 동양사학회, 1993, 101~102면.

114 1937년에 창간된 『滿鮮日報』에 최남선(고문), 염상섭(주필 및 편집주간), 진학문(명예객원), 박팔양(홍부부장 및 편집주간), 안수길, 송지영, 이석훈 등이 관여했고, 여기자 윤금숙, 송수희, 박충근, 신영철, 고재기 등이 기자로 활동했다. 임성모, 「만선일보」, 『한국독립운동사사전』, 독립기념관, 2004, 379면.

씨개명’ 수치도 지속적으로 알리면서, 개명을 독려하고 장려했다. 1930 년 후반 중일전쟁을 전후로 『滿鮮日報』가 발행되면서 만주 지역에서 일제가 수행했던 재만 조선인에 대한 사상 통제의 경향과 그 논리의 식 민지적 성격을 드러냈을 뿐만 아니라, 황민화 정책의 일환인 창씨개명 등에 적극 동조하면서 언론의 친일화 경향이 노골적으로 나타난 것이 다.[115] 이른바 일제가 채택한 ‘언론 통제’ 정책의 일환이었다. 언론을 통 한 사상통제는 3・1운동 이후 본격화되기 시작했고[116] 1930년대 후반 에 들어서면서 국내 언론의 친일화도 가속화되었다. 전시 총동원 체제 하에서 『內鮮一體』・『大東亞』 등과 같은 친일적인 제호의 잡지가 발 간되기 시작했고, 『太陽』・『國民文學』・『靑春』 등의 친일 문학잡지가 발행되었다.[117] 조선은 물론이고 동아시아 전체에 일제에 의한 파시즘 광풍이 몰아치면서 전시체제로 빠르게 향해가고 있었다. 이 시기를 대 략 연표로 보아도 일제의 파시즘이 동아시아 전역에 걸쳐서 얼마나 극 단으로 치달았는지 알 수 있다.

1937년 7월　　　노구교(蘆溝橋) 사건, 중국군과 일본군 충돌

　　　　8월　　　중일전쟁 개시 선언

---

[115] 『滿鮮日報』는 「나도 일선 장병과 고락을 같이 하겠소 조선소년들이 혈서로 지원」 (1939.12.18), 「대륙의 가성 관동군」(1940.1.1), 「조선청년의 애국심 삼천명 지원병 모집 에 물경! 팔만의 응모자」(1940.2.14), 「민족협화에 재한 조선인의 책무」(1940.5.25) 등 친 일적 내용의 기사를 게재하는 등 일제는 언론을 통해 재만 조선인에 대한 사상통제를 하 였다. 황민호, 「만주지역 친일언론 「재만조선인통신」의 발행과 사상통제의 경향」, 『韓 日民族問題硏究』 10호, 한일민족문제학회, 2006, 10면.

[116] 황민호, 위의 글, 6면.

[117] 황민호, 『일제하 식민지 지배권력과 언론의 동향』, 경인문화사, 2005, 120~121면.

11월	상해전선 돌파, 12월 남경 점령, 남경학살
12월	허베이(河北), 산둥(山東), 산시(山西), 차하르(察哈爾), 수원(綏遠) 5성 주요도시 점령
1938년 3월	국가총동원법 의회 통과
11월	동아신질서건설 성명
1939년 9월	독일, 폴란드 침입, 제2차대전 개시
1940년 7월	'팔굉일우(八紘一宇)의 실현'과 '대동아신질서의 건설'을 위한 신정치체제 국책 확립
8월	남방진출 방침 결정
1941년 12월	진주만 기습, 태평양전쟁 개시[118]

    국내에서는 조선어금지령(1939)이 내려지고 곧이어 1940년 8월 조선일보와 동아일보가 강제 폐간되었다. 한편으로는 1937년 중일전쟁 개시, 1938년 10월 무한(武漢)·삼진(三鎭) 함락, 1941년 하와이 진주만 침공, 1942년 싱가포르 함락 등 동남아 지역과 태평양에 전쟁의 소용돌이가 몰아쳤다.[119] 이러한 시대 상황을 백석 역시 모를 리 없었을 것이다. 식민지 지식인으로서 편집 기자와 잡지 편집 일을 했던 그로서는 당시 동아시아

118 　遠山茂樹 外, 『新版 昭和史』, 岩波新書, 1985, 307~308면.

119 　일제의 만주사변기의 '오족협화', 중일전쟁기의 '동아신질서', 아시아·태평양전쟁기의 '대동아공영권' 등은 제국의 논리로 새로운 아시아 이념을 주장하며 펼친 제국주의적 영토 팽창과 맥락을 함께 한 전체주의 이데올로기이다. '대동아'라는 지역주의의 구상 속에는 제국 일본이라는 등식이 성립된다고 볼 때, 이때의 지역주의는 국민국가의 경계를 넘어선 국가 간 연합체의 의미보다는 중앙 제국 일본과 각 지방 식민지 사이의 관계, 즉 지방성의 관계로 재편된다. 오태영, 「'朝鮮' 로컬리티와 (탈)식민 상상력」, 『제국의 지리학, 만주라는 경계』, 동국대 출판부, 2010, 407면.

및 유럽 전역에서 펼쳐지는 국내외 정세를 모르지 않았을 것이다. 더욱이 태평양전쟁이 종전 단계에 접어들면서 전면적인 징병제도가 실시되었고, 조선인들이 대거 전쟁터로 내몰렸다. 백석의 만주국 행적이 이 시기를 기점으로 잠행(潛行)한 것도 이와 연관이 있을 것으로 보인다.

왕도낙토와 오족협화를 내세운 만주국은 청말(淸末) 패운의 황제 푸이를 세웠으나, 실제로는 일제의 식민지 영토 확장을 위한 허상의 국가체제였다. 일제는 재만 국민을 5등으로 나누어 식민지 인종관리체계를 작동시켰다. 만주국은 허울뿐인 다인종·다문화 국가로 '낙토'와 '협화'는 일제 식민 통치를 위한 동화정책의 일환이었다. 여기에서 재만 조선인의 국책사업을 홍보하기 위해 『滿鮮日報』가 발간되었다. 『滿鮮日報』에는 당시 최남선, 염상섭, 박팔양, 이갑기 등이 근무하고 있었으며 이들은 일제 국책사업의 선전 홍보에 직간접적으로 가담한 협의가 짙다. 백석 역시 만주국의 경제부 간부와 『滿鮮日報』에서 개최한 협화회 간담회에 참석했으며 지면을 통해 번역과 산문 등을 발표하기도 했다.[120]

백석이 만주국에서 왕도낙토와 오족협화의 실상과 허상을 깨닫는 데는 그리 많은 시간이 걸리지 않았다. 『滿鮮日報』 간담회에 나와 침묵으로 일관한 이유에는 식민지 지식인으로서 회의와 자책이 자리하고 있었을 것이다. 일제 국책의 정치적 홍보 도구로 전락하고 싶지 않은 정주발(發) 민족의식을 가지고 있는 시인의 대응일 수도 있다. 하지만 그의 만주국에서의 행적은 어떤 식으로든 일제의 국책과 관련되어 있

---

120 백석이 만주 이주 시기 『滿鮮日報』 지면에 모습을 나타낸 것은 「내선만문화좌담회(內鮮滿文化座談會)」(1940.4.10)였으며, 발표한 산문으로는 「슬품과眞實—麗水朴八陽氏詩抄 讀後感」(1940.5.9~10), 「朝鮮人과 饒舌」(1940.5.25~26) 등이 있다.

을 것으로 추측되는 바, 이는 해방 직후 백석의 자기비판과 연관되어 있다는 점에서 유의해야 한다. 백석은 이 시기 「北方에서—鄭玄雄에게」를 비롯하여 13편의 '만주 이주' 시편[121]을 남긴다. 만주에서의 백석의 시세계는 이전의 세계와 다른 변모 양상을 보인다. 이에 대한 상세한 논의는 4장에서 본격적으로 다루고자 한다.

---

[121] 이 글에서는 1940년 만주국행 이후 창작된 작품과 관련해서 '만주 이주' 시편으로 지칭하고자 한다. 이는 백석의 만주행을 '이주'라는 관점에서 파악하기 때문이다. 이에 대해서는 4장 참조.

백석이 아오야마학원에서 4년간의 유학을 마치고 귀국한 것은 1934년 3월 말이었다. 그는 유학 시절 후원자인 계초 방응모가 사주로 있는 『朝鮮日報』에서 교정 부원[1]으로 첫 직장을 얻는다. 그리고는 1935년 『朝鮮日報』에 「定州城」을 발표하면서 시인으로 문단 활동을 시작한다.

그가 일본에서 돌아와 본격적인 창작 활동을 하던 1930년대 중·후반은 일제가 중일전쟁(1937)을 거치면서 본격적인 전시 국가주의체제로 전환하던 시기이다. 일제는 국가총동원법 공포(1938.4), 동아신질서론(1938.11) 등을 전개하면서 중국 대륙을 침략하고 동남아시아에까지

---

1   『三千里』(제6권 제8호, 1934.8)의 「三千里機密室(The Korean Black chamber)」 소식란에 조선일보 교정(校正) 부원으로 백기행이 소개되어 있다. 당시 함께 근무했던 인물로는 고문 조만식, 편집국장 고문 문일평, 편집국 차장 겸 정치부장 함상훈, 사회부장 이상호, 사회부원 김기림, 채만식 등이 있다.

전쟁을 확전(擴戰)하면서 대동아공영권을 주창한다. 식민지 조선에서는 조선농지령(1934)이 공포되었고, 신사참배(1935), 국민 징용령(1939), 언론 통폐합과 창씨개명(1940) 등이 강압적으로 이루어지면서 일제의 국가 파시즘이 극에 달했다. 만주국 이주 장려 등 일제의 국책이 식민지 조선과 동아시아에 직접적인 영향을 미쳤던 시기이다. 이러한 시대 상황과 백석 시는 긴밀하게 연동되어 있다.

백석만큼 한국문학에서 토속적 소재와 장소성으로 자신의 시세계를 펼친 시인도 드물다.[2] 「定州城」은 백석이 태어나 성장한 고향 정주(定州) 및 서북인(西北人)에게 바친 헌시이면서, 동시에 서북 문인으로서의 자기 정체성을 드러낸 작품이기도 하다. 그의 첫 시집 『사슴』 전편에 흐르는 평안도 방언과 고향 정주를 소재로 한 시편에서 보여주듯, 그에게 정주는 문학의 본향이자 그가 궁극적으로 도달하고자 하는 귀소처(歸巢處)라 할 수 있다. 「定州城」을 시작으로 『사슴』에 수록된 「가즈랑집」, 「여우난곬族」, 「고방」, 「모닥불」, 「古夜」, 「오리망아지토끼」 등이 모두 고향 정주의 유년 체험을 바탕으로 창작되었다. 아오야마 유학 시기의 「柿崎의바다」, 「伊豆國湊街道」와, 경성(서울)에서 신문기자 생활을 할 때 창작한 「彰義門外」, 「統營」 등 「南行詩抄」, 만주 이주 시기 「北方에서—鄭玄雄에게」를 비롯한 몇몇 '만주 이주' 시편을 제외하면, 그의 대부분 시편은 서북 및 함흥 등 이른바 관서·관북 지방을 배경으

---

2   백석 시의 장소성에 대한 논의는 주로 박태일에 의해 진행되었다. 박태일, 「'백석'시의 공간 인식」, 『국어국문학』 21권, 부산대 국어국문학과, 1983; 박태일, 「1940년대 시의 표현에 나타난 공간인식의 문제」, 부산대 석사논문, 1984; 박태일, 『한국근대시의 공간과 장소』, 소명출판, 1999.

로 창작되었다. 그만큼 그에게 장소가 갖는 의미는 각별하다.

이 장에서는 백석의 초기 시의 특성과 만주국 이주 이전까지의 시적 특징을 검토하고 이를 통해 그의 정신사적 맥락이 어떻게 시세계에 투영되었는지 살펴보고자 한다. 이를 위해 백석의 첫 시집인 『사슴』과 이후 발표한 기행시편을 분석함으로써 로컬적 장소애, 방언의 세계, 이향(異鄕)적 존재와 조선적인 것의 재현이 백석 시의 특징이라는 것을 밝히고자 한다. 또한 이러한 백석 시의 특징이 신감각과 연계된 모더니즘과 연관되어 있으며, 이는 일본 쇼와 체험과 밀접하게 관계를 맺고 있다는 것을 검토할 것이다. 쇼와 문학이 지극히 일본적인 것을 추구했다면 이를 통해 백석은 지극히 조선적인 것을 추구한다. 이러한 맥락에서 '모더니티를 품은 전통주의자'로서 백석의 시세계를 발견하게 된다. 그는 방언과 토속적이고 민속적인 지방색을 결합하면서 조선적인 것을 창안해낸다. 이러한 조선미는 식민지 조선을 여행하면서 쓴 기행 시초(詩抄)에서도 드러나는데 조선적인 것의 발견이 이 시기의 시세계라는 것을 밝히고자 한다.

1. 서북인의 혼과 장소애

1) 「정주성」과 장소애

백석이 도일한 1930년부터 1934년은 쇼와 문학 전기(1926~1945)에 해당한다. 이 시기에는 프롤레타리아 문학이 퇴조하고 신감각파 문학이 대두하기 시작했다.[3] 당시 일본 시문학은 동인지의 시대라고 할 수 있는데 『詩と詩論』(1928.9~1933.6) 주도하에 초현실주의에 의한 모더니즘 시 운동이 펼쳐졌다. 이들은 객관적인 지성의 눈으로 시를 바라보아야 한다고 주장한다. 언어는 더 이상 인간의 사상과 감정의 표현 수단이나 도구가 아닌 언어의 조합에 의해 생성되는 새로운 질서, 즉 메커니즘의 힘에 의하지 않으면 안 된다는 주장을 폈던 것이다. 하지만 그들의 이러한 주장은 시에서 서정성과 현실성의 결여라는 결과를 가져왔다. 이에 대한 비판으로 시단에서는 『四季』(1933.5)를 중심으로 서정시 부흥운동이 일어나게 된다. 모더니즘시의 기법만을 무조건 수동적으로 모방하는 것이 아니라 전통적인 서정과 결합된 새로운 서정시의 세계를 펼쳤다. 이들은 사행시(四行詩) 등 하이쿠적 요소를 포함하는 전통과 모더니즘을 조화시킨 새로운 현대시의 가능성을 시도했다.[4]

---

3 히라노 겐[平野謙], 고재석·김환기 역, 『일본 쇼와 문학사』, 동국대 출판부, 2001, 10~12면.

4 미요시 다쓰지[三好達治]는 사물을 객관적으로 바라보는 지성의 눈과 시를 구성하는 시어들이 만들어 낸 서정의 세계가 조화를 이루는 독특한 세계를 가진 쇼와 현대 서정시를 개척했다. 이승희, 「쇼와[昭和] 現代 抒情詩의 開拓者 미요시 다쓰지[三好達治]―『詩と詩論』에서 『四季』로」, 인하대 석사논문, 2000.8, 1~2, 32~60면.

이 무렵 식민지 조선에서 일제는 만주사변(1931)을 기점으로 일체의 민족운동 및 사회운동을 금지시켰고, 사회주의적 이념에 경사된 카프(KAPF)에 대한 대대적인 검속을 시작하였다. 1934년 카프 맹원에 대한 검거로 카프의 활동 기반은 와해되었고 식민지 저항 담론은 극도로 억제되었다. 이러한 일제의 탄압으로 문학에서는 사회성이 짙은 이념적 내용이 약화되었다.

백석이 기독교 학풍이 물씬 풍기는 아오야마에서 쇼와 문학을 경험하고 귀국한 것은 1934년 3월이었다. 그는 조선일보에서 근무하면서 1935년 8월 「定州城」을 문단에 내놓는다. 이 시기에 시문학파인 정지용(鄭芝溶)의 『鄭芝溶詩集』(1935)과 김영랑(金永郎)의 『永郎詩集』(1935)이 출간된다. 또한 순수문학적 경향을 띤 이효석(李孝石)·박태원(朴泰遠)·김유정(金裕貞) 등이 구인회(九人會)를 결성하여 활동했으며, 최재서(崔載瑞)는 영미 주지주의 문학론을 기초로, 임화(林和)는 계급문학론을 기초로 문예이론을 주도하였다. 김기림은 「午前의 詩論」(1935), 「氣象圖」(1936) 등 시론과 창작을 통하여 모더니즘을 소개하던 때이기도 하다.

백석의 시 「定州城」의 배경인 정주성은 '서북인의 혼(魂)'이 서려 있는 '역사적 표상'으로서의 신성한 장소[5]라 할 수 있다. 정주는 서북 지방의 차별에 맞서 싸운 홍경래 난(1811)의 결전지이다. 4개월간 관군에 맞서

---

[5] 에드워드 렐프는 장소의 의미를 "모든 사람은 태어나고, 자라고, 지금도 살고 있는, 또는 특히 감동적인 경험을 가졌던 장소와 깊은 관계를 맺고 있으며 그 장소를 의식하고 있다"라고 하면서, "이러한 관계가 개인의 정체성과 문화적 정체성, 그리고 안정감의 근원"이라고 보고 있다. 에드워드 렐프, 김덕현·김현주·심승희 역, 『장소와 장소상실』, 논형, 2005, 104면.

저항하여 싸우다가 최후의 항전을 맞은 역사적 현장인 것이다. 이로 인하여 서북인에게 정주성은 서북 지방의 차별을 철폐하고 후천개벽(後天開闢)을 갈구하는 '서북인의 혼'이 서려 있는 곳이 되었다. 비록 항거는 좌절되었지만 서북인에게 정주성은 남다른 자부심이라 할 수 있다. 따라서 정주에서 태어나 성장한 백석에게 정주성은 곧 터주와 같은 '장소의 혼(genius loci)'[6]이며, 그에게서 정주에 대한 '장소애(topophilia)'[7]를 읽는 것은 어렵지 않다. 그런 의미에서 「定州城」은 백석 시의 '제1경(景)'[8]이라 할 수 있다.

山턱 원두막은 뷔엿나 불비치외롭다

헌겁심지에 아즈까리 기름의

쪼 는소리가 들리는듯하다

잠자리 조을든 문허진城터

반디불이난다 파 란魂들갓다

어데서 말잇는듯이 크다란 山새 한머리가

---

6 C. 노르베르크 슐츠, 민경호 외 역, 『場所의 魂』, 태림문화사, 1996, 27면.

7 '장소애'로 번역되는 '토포필리아'는 사람과 장소 또는 배경의 정서적 유대를 의미한다. 이-푸 투안, 이옥진 역, 『토포필리아』, 에코리브르, 2011, 21면.

8 백석의 시에서는 유난히 경승(景勝) 풍경시가 많다. 마치 일본 에도[江戶]시대에 유행했던 일본의 전통 다색판화인 우키요에[浮世畵]를 연상케 한다. 우키요에는 일본의 자연과 풍속, 민속 등이 소재로 하였으며, 다색판화에 투영된 근대 일본의 시선을 읽을 수 있다. 백석이 실제로 일본 목판화인 우키요에에 대해 얼마나 깊은 관심을 가졌는지 알 수 없으나, 일본의 유학시절 자연스럽게 우키요에를 감상했을 것으로 보인다. 백석 스스로도 「슬품과眞實」(『滿鮮日報』, 1940.5.10)에서 박팔양의 『麗水詩抄』(1940)를 평하면서 「시냇물」을 '第一景'이라고 칭한 바 있다.

어두운 골작이로 난다

헐리다 남은城門이

한울빗가티 훤 하다

날이밝으면 또 메기수염의늙은이가

청배를팔러 올것이다

(八月 二十四日)

―「定州城」 전문(『朝鮮日報』, 1935.8.30)

옛 영화가 쇠락한 정주성을 한 폭의 풍경화로 그리고 있는 이 시에서 먼저 눈에 띄는 것은 창작 날짜 부기이다. 이 시는 『朝鮮日報』에 처음 발표되었고, 이후 『사슴』 '국수당넘어' 부(部)에 재수록되었다. 이 시가 발표된 날은 1935년 8월 30일이고 부기에 창작 일이 '八月二十四日'로 표기되어 있는 것으로 미루어볼 때 창작 후 바로 게재되었다는 사실을 알 수 있다. 백석은 주로 『朝鮮日報』와 『朝光』지 등에 시를 발표했는데 대부분 창작 시기와 발표 사이의 기간이 짧은 것을 알 수 있다. 이러한 패턴은 이후에 창작된 기행 시초(詩抄)에서도 그대로 이어졌다. 그는 여행지에 대한 인상을 기행 시초로 남겼는데 기행지에서 얻은 시적 영감을 곧바로 현지에서 창작하여 발표했던 것이다.

시인으로서 출세작인 「定州城」은 백석 시의 원형이라 할 수 있다. 백석의 초기 시의 특징이 잘 나타나 있는 이 시는 이미지즘적 특성뿐만 아니라 백석만의 호흡을 느낄 수 있다. 운율에 따른 띄어쓰기, 방언, 로컬적 표상, 반복적으로 쓰이는 시어, 풍경, 전통적 미, 심상의 감각화,

자연미 등 백석 시가 지니고 있는 특징을 압축적으로 보여주고 있다. 백석을 가장 백석답게 보여주는 시가 바로 「定州城」인 것이다. 필자는 서북인의 자존심이 서려 있는 '장소의 혼'으로 「定州城」을 꼽는다.

'정주성'은 어떤 곳인가? 홍경래의 혼이 서린 곳이다. 정주는 1811년(순조 11) 홍경래 난의 진원지로 반란군이 관군에 맞서 마지막 항전(抗戰)을 한 장소이다. 서북인의 차별과 배제라는 한이 서린 장소로서의 '정주성'은 이른바 서북인에게는 '랜드마크'인 셈이다.[9] 백석은 정주에서 태어나서 자랐기 때문에 누구보다도 고향 정주에 대한 애착이 남달랐다. 더욱이 객지에 나와서 고향을 생각할 때면 가장 먼저 정주성이 떠올랐을 것이다. 이런 고향에 대한 남다른 애착은 그의 초기 시세계에서 쉽게 찾아볼 수 있다.

그의 첫 시집 『사슴』 1부에 나오는 '얼럭소새끼의영각'의 소재 시편들 「여우난곬族」, 「古夜」, 「가즈랑집」, 「고방」, 「모닥불」, 「오리망아지토끼」 등에서 보여준 세계는 그가 얼마나 고향의 세계에 침잠했는지

---

[9] 평북 구성 출신인 김소월도 1925년 『朝鮮文壇』 7호(1925.4)에 홍경래의 의거를 노래한 시 「물마름」을 남겼다. 평안북도 가산군 다복동(多福洞)을 근거지로 하여 한과 모욕을 참지 못하고 칼을 잡고 반란을 일으킨 홍경래의 의기를 정의의 깃발을 든 것으로 묘사하고 있다.

그누구 생각하랴 삼백년래에 / 참아 밧지다못할 한과모욕을 / 못니겨 칼을잡고 니러섯다가 / 인력의다함에서 스러진줄을. // 부러진대쪽으로 활을 메우고 / 녹쓸은호미쇠로 칼을별너서 / 茶毒된삼천리에 북을울니며 / 정의의 기를든 그사람이어. // 그누가 기억하랴 茶北洞에서 / 피물든 옷을닙고 웨치든일을 / 정주성하로밤의 지는달빗헤 / 애끈친 그가슴이 숫기된줄을. // 몰우의 쓴마름에 아츰이슬을 / 불붓는산마루에 피엿든꼿츨 / 지금에 우러르며 나는 우노라 / 일우며 못일움에 薄한이름을.

또한 백석과 같은 동향인 정주 출신 현상윤 역시 『東亞日報』(1931.8.20)에 「洪景來傳」을 발표했다.

보여준다. 『사슴』의 부(部) 구성을 보더라도 '얼럭소새끼의영각', '돌덜
구의물', '노루', '국수당넘어' 등은 주로 유년기에 체험한 세계로 부제를
붙인 것에서도 알 수 있다. 이는 순진무구한 동심(童心)으로 무욕한 인
간상과 세계상을 표상한 부제로 여겨진다. 노장 철학으로 말하자면 '자
연으로 돌아가자'라는 기치로 기존의 문명에 길들여지지 않은 동심에
기초한 반문명주의자로서 백석의 태도를 엿볼 수 있다. 그만큼 백석에
게 '정주성'으로 표상되는 고향 정주는 유년의 체험을 강력하게 환기시
키는 장소로서 뿐만 아니라, 그의 전생애에 걸쳐 하나의 문학적 상징이
라고 할 수 있을 정도로 그 의미가 크다. 그렇기 때문에 「定州城」에 대
한 올바른 접근은 백석의 시세계를 이해하는 데 매우 중요하다.

　지금까지 「定州城」에 대한 해석은 크게 어석을 둘러싼 해석에서 차
이를 보이고 있다. 가장 대표적인 것은 2연의 "어데서 말잇는듯이"와 3
연의 "메기수염의늙은이"와 "청배"에 대한 해석이다.

　첫째로 '말'에 대한 기존의 해석은 크게 세 가지이다. 김용직[10]은 짐
승인 말[馬]로 해석했으며, 김영익[11]과 한경희[12]는 말을 마을[村]로, 곽재
봉[13] · 이지나[14] · 이숭원 · 고형진[15] 등은 사람의 인기척인 말[言]으로
해석하고 있다. 위의 세 가지 해석 중에 말[言]로 해석하는 견해가 가장

10　김용직, 「토속성과 모더니티」, 고형진 편, 『백석』, 새미, 1996, 256면.

11　김영익, 「백석 시문학 연구」, 충남대 박사논문, 1998, 32~33면.

12　한경희, 「한국 현대시에 나타난 시적 자아의 내면 연구-이상, 백석, 윤동주 시를 중심으
로」, 한국정신문화연구원 박사논문, 2002, 66면.

13　곽봉재, 「백석 문학 연구」, 경희대 박사논문, 1999, 83~84면.

14　이지나, 『백석 시의 원전비평』, 깊은샘, 2006, 154면.

15　고형진, 「白石詩 硏究」, 고려대 석사논문, 1983.12, 31면.

많은데, 그 근거로 '말'이 "山새"를 "어두운 골작이로" 날게 하는 매개 역할을 하기 때문에 사람의 인기척으로 해석하고 있는 것이다.

하지만 '말'을 사람의 인기척으로 단순하게 해석하지 않고, 홍경래의 분기가 서린 정주라는 역사적 장소성을 전제한다면 말[馬]이 움직이는 기척으로도 해석이 가능하다.[16] 이렇게 해석하면 '성(城)과 말[馬]'뿐만 아니라, '정주성'이라는 제목과도 적절하게 어울리게 된다. "문허진城 터"에 홍경래의 의기를 "파 란魂"으로 해석한다면, 의군(義軍)들이 말을 탔던 역사적 장소라는 것을 상상할 수 있다. "크다란 山새 한머리"가 홍경래를 은유적으로 표현한 것으로 해석한다면, 이 장면에서 말을 탄 의군의 의기가 서린 정주성과 홍경래가 떠오른다. "산새"가 "어두운 골작이로 난다"라는 표현은 홍경래의 분기(奮起)가 실패로 돌아간 후의 암담한 미래를 상징적으로 표현한 것으로도 볼 수 있다.

둘째로 백석의 시에서 빈번하게 등장하는 시어인 '한울'의 의미에 주목할 필요가 있다.[17] 문맥적으로 보면 "한울빗"은 '하늘'을 의미하지만 그리 단순하지 않다. '한울'은 '하늘'을 의미하는 지시어로도 사용했지만, '신성'한 존재인 절대자나 동학에서 말하는 '한울님'을 표상하는 중층적 의미로도 이해될 수 있다.[18] 예컨대 여기에서는 신령스러운 '하늘'

---

16 말을 인기척으로 하지 않고 말[馬]로 해석하는 이유는 정주성(城)이라는 장소에도 있지만, 백석의 시 「山地」에서 "소와말은 도로 山으로 돌아갔다"라는 표현이 있는 것으로 봐서 산에 말이 있는 것이 부자연스럽지 않다.

17 백석에게 '한울'은 지식적 의미뿐만 아니라, 절대자에 대한 구원의 상징적인 기표이기도 하다. 백석은 1948년까지 창작된 시에서 '한울'이라는 시어를 16번 구사하고 있다. 이에 대해서는 '부록 5' 참조. 의식적이건 무의식적이건 백석은 '한울'이라는 표상에 남달리 애착을 가진 것이 틀림없다. 그것이 어떤 종교적 체험에서 비롯되었는지 알 수 없으나, 그의 무의식적인 심층에는 어떤 방식으로든 종교적 상상력이 작용한 것으로 보인다.

이라는 의미로 해석할 수 있다. 또한 '한울'은 '전우주'를 포괄한 개념이자 '천지만물'이 두루 형통한 '신성한 장소'의 의미로 읽을 수 있다. 그렇기 때문에 '성'은 비록 허물어졌지만, 서북인들에게 '정주성'은 신성한 장소인 것이다. 여전히 홍경래의 의기는 성성하게 살아 있는 "한울 빗가티 훤"한 곳이다. "날이밝으면 또 메기수염의늙은이가 / 청배를팔러 올 것이다"란 표현에서 '정주성'의 표상은 비애적이지만 동시에 희망을 노래하고 있는 것이다. 홍경래난의 의기가 살아 있고 금(金), 청(淸)의 후예인 중국 상인들이 국경을 넘어 장사를 했던 정주라는 역사적 '장소성'을 드러내면서 홍경래의 파란 혼이 영원하듯이, 정주성의 영원성을 염원하고 있다.

셋째로 "메기수염의늙은이"를 상인이나 장꾼으로 보는 견해이다. 그 뒤에 이어진 "청배"를 '푸른 배[梨]'로 해석함으로써, '청배를 파는 늙은이'로 해석하는 경우이다. 이숭원은 '메기수염의 늙은이'를 "고집스러워 보이기도 하고, 우스꽝스러워 보이기도"한 "세상 물정 모르는 사람,

---

18 동학(천도교)에서 말하는 '한울'은 '큰 하나', '우리'라는 의미뿐만 아니라, '전우주'를 포괄하는 동시에 '천지가 한가정이요 세계가 한동포'라는 사해동포의 의미와 함께 '천지만물'이 두루 '연통(連通)'한다는 의미를 갖는다. 이에 대해서는 李敦化, 「天國行」, 『開闢』 49호, 開闢社, 1924, 7면 참조.

"한울이라는語義는 朝鮮語에 '한'은 一大라는뜻이오 '울'은울이라는'울'이다. '울'이들이라는'울'이다. 모든同胞를包容한'울이'도될수잇스며 世界全體를包容한울이도될수잇스며 나아가는全宇宙를包容한울이도될수잇다. 그 '한울'이라는말은 全宇宙를드러稱하는 '한울'이다. 時間空間全體를包容하야말하는것이다. 宇宙의間 無機 有機 飛潛動植 大天星辰 微塵纖界 모든것을包容한'울이'란말이다. 그러기에 '한울님'이라하는 말아래는 天地萬物을連通하는意味가잇스며 自然과人間의連帶責任을意味한것이며 人人物物의相互扶助를意味한것이다. 孤立의意味가안이오 全的의意味이다. 排擠의意味가안이오 親和의意味이다. 天地가한家庭이며 世界가한同胞라는말이다. '한울님'하고부르지질째에는 草木도들어야올코 江山도들어야올코禽獸도드러야올타. 사람은勿論이다."

일종의 시대착오적인 인물"로 "시대의 뒷전으로 밀려가는 구시대의 유민(遺民)"으로 해석하고 있다.[19] 이렇게 '메기수염의 늙은이'를 해석할 경우에는 시 전체의 해석에도 문제가 된다. 시대착오적인 구시대의 인물이 무너진 성과 함께 퇴락하는 고답적인 시가 되어버리기 때문이다. 또한 뒤에 이어지는 "청배를 팔러 올 것이다"라는 구절도 설명하기 어렵다. "또"라는 부사가 "청배"를 파는 행위가 반복된다는 것을 의미한다고 볼 때, 이는 연속성을 의미하기 때문에 단순히 세상물정 모르고 장사를 하는 시대착오적인 인물로 규정하기에는 여러모로 무리가 따른다. 오히려 여기에서는 '메기수염의 늙은이'를 '상인(商人)'의 표상으로 보는 것이 더 적절해 보인다. 문제는 '메기수염'인데 어딘지 모르게 조선인의 표상이라기보다는 청상인(淸商人)의 표상에 가깝다는 점이다. 청인(淸人)들이 유달리 메기수염을 많이 한 이유에는 그들의 정신문화 습성과 연관되어 있다. 중국에서는 용(龍)의 상을 길상으로 보고 상서로운 동물로 표현하는데 용의 입가에는 멋들어진 메기수염이 붙어 있다. 용의 후손을 자처하는 중국인이 이를 닮고자 메기수염을 했던 것이다. 이러한 문화적 특성에 영향을 받아 국경 지역에서 상업 활동을 한 조선인 상인도 메기수염을 했을 것으로 보인다. 추측건대 중국과의 무역이 빈번한 지방적 특성으로 인하여 메기수염을 한 상인들이 많았던 것이 아닌가 여겨진다. 이렇게 보는 근거로는 정주가 조선시대 이래 명, 금, 청나라와 가깝게 문물 교류 무역을 해오던 이른바 국경 지역으로 시장이 형성된 장소라는 데 있다. 가까이 국경의 관문인 의주(義州)가 있고, 북쪽

---

19   이숭원, 『백석 시의 심층적 탐구』, 태학사, 2006, 242면.

에 있는 적유령(狄踰嶺)을 넘으면 곧바로 정주를 통해 조선으로 들어오는 관문 역할을 한 지역이다. 이른바 관서·북(關西·北)의 관문인 셈이다. 뿐만 아니라 '성(城)'의 의미는 방어를 의미하기도 하지만, 시장이 열렸던 장소이자, 사람들이 드나들던 관문을 의미하기도 한다. 자연스럽게 정주성과 그 주변 일대에는 시장이 형성되었다. 역사적으로 보더라도 의주와 함께 정주는 국경 가까이 위치한 지리적 특성으로 인하여 국경 교역이 활발했고 예로부터 방짜 유기 제품으로 널리 알려진 곳이다. 보부상들에 의해 상업이 흥했을 뿐만 아니라, 시장이 크게 형성되었기 때문에 압록강을 넘어 중국인 무역상이 빈번하게 왕래했었다. 이러한 정황으로 미루어볼 때 '메기수염'은 단순히 "세상 물정 모르는 사람, 일종의 시대착오적인 인물"로 "시대의 뒷전으로 밀려가는 구시대의 유민(流民)"이 아니라, 정주라는 지방적 특성을 드러내는 상인(商人)의 표상으로 보는 것이 타당하리라 여겨진다.

이와 같은 뜻풀이를 통해 시를 해석하면 「定州城」은 정주라는 로컬적 특성을 장소성으로 하는 역사의 현장이 직핍(直逼)하게 드러난다. 1연의 "불비치외롭다"라는 표현에는 번성했던 옛 성터가 이제는 쇠락하고 있다는 아쉬움이 외롭게 배어난다. 2연 "문허진 성터"에서는 역사의 좌절을 다시 한 번 생각하게 한다. 또한 "파 란魂"과 "말 잇는 듯이"를 통해서 의군의 말이 달리던 장소라는 유서(由緒)와 함께 홍경래를 떠오르게 한다. 3연에서 "헐리다 남은城門이 / 한울빗가티 훤 하다"했으니 "한울빗"을 통해 희망과 동시에 부활이라는 메시지를 전해주고 있으며, "메기수염의 늙은이"와 "청배"를 통해서 이곳이 한 때는 관·서북의 관문으로 상인들의 발길로 흥성했었던 장소라는 것을 말해주고 있다. 한마디로 「定州城」은 역사적·지리적 특성과 함께 서북인의 자부심이 응축적으로 드러난 시라 할 수 있다. 이를 근거하여 뜻풀이를 하면 다음과 같다.

> 정주성(定州城) : 평안북도 정주에 있는 조선시대 축성된 성곽이다. 서북 지방의 차별에 분기(奮起)한 홍경래난(1811)의 최후 항전지이기도 하다.
>
> 말잇는듯이 : 말[馬] 있는 듯이.
>
> 한울 : '하늘'을 의미. 백석은 '한울'을 '하늘'을 의미하는 지시어로도 사용했지만, '신성'적 존재인 절대자나 동학에서 말하는 '한울님'을 표상하는 의미로도 사용했다. 여기에서는 신령스러운 '하늘'이라는 의미.
>
> 메기수염 늙은이 : '메기수염'은 청인(淸人)이 기르던 수염 모양으로 상인(商人)을 표상.
>
> 청배 : 청리(靑梨). 청실배(梨). 빛이 푸르고 물기가 많은 배의 일종.

이처럼 백석의 시세계는 장소성을 중시하고 '옛것'에 대해 애착을 보이는 '상고(尙古) 지향'[20]을 특징으로 하고 있는데, 이러한 장소와 전통 지향은 다음 시에도 확인된다.

> 무이밭에 힌나뷔나는집 밤나무 머루넝쿨속에 키질하는소리만이들린다
> 우물가에서 까치가작고즞거니하면

---

[20] 백석의 시에는 옛날이나 옛것이 많이 나오는데, 이러한 상고 지향은 유종호의 지적처럼 "긍정적인 안도감과 그리움의 함의"를 가지고 있다. 가령 「고방」, 「統營」, 「湯藥」 등에서 상고 지향성이 잘 나타나 있다. 유종호, 『한국근대시사 1920~1945』, 민음사, 2011, 235면.

붉은숫닭이높이 샛덤이옿로올랐다

텃밭가在來種의林檎낢에는 이제도콩알만한푸른알이달렸고 히스무레한

　　꽃도 하나둘퓌여있다

돌담기슭에 오지항아리독이빛난다

—「彰義門外」 전문(『사슴』, 1936)

인조반정(仁祖反正)의 혼이 서려 있는 「彰義門外」는 「定州城」과 맞짝으로 읽으면 흥미롭다. 백석은 역사로부터 망각된 장소를 호명하는 특이성을 가지고 있다. 「彰義門外」도 「定州城」과 마찬가지로 역사적인 장소로부터 소재를 따왔다.

백석의 시 「山地」, 「酒幕」, 「비」, 「나와 지렝이」와 산문 「麻布」가 실려 있는 『朝光』(1권 1호)에는 이상호(李相昊)의 「彰義門」이라는 산문이 있다. 이상호의 글에는 "늦은 봄에 彰義門 밖으로 이사"[21]를 했다는 대목이 나온다. 아마도 이 시는 백석이 『朝鮮日報』에 함께 근무하는 이상호 집에 집들이를 갔다가 영감을 얻어 쓴 시로 보인다. 무밭에 흰나비가 날고 텃밭에 능금이 이제 막 열리고 나뭇가지에 아직 꽃이 성성하게 달려 있는 것으로 보아 이 시의 배경은 늦은 봄이다. 나른한 늦은 봄날의 햇살이 오지항아리 독에 반사되어 빛난다. 얼핏 늦은 봄날의 나른한 풍경을 이미지즘으로 모사(模寫)한 듯하지만 이 시는 그렇게 단순하지 않다.

창의문이 어떤 곳인가? 창의문은 오늘날 자하문(紫霞門)이다. 북문(北門)으로도 불리는 창의문은 1396년(태조 5)에 도성 8문의 하나로 창건되

21　이상호, 「彰義門」, 『朝光』 1권 1호, 1935.11, 74면.

었으나 1413년(태종 13) 이후로는 폐문한 채 출입이 금지되었고 왕명에 의해서만 일시적으로 통행을 허가했다. 창의문이 경복궁을 내리누르는 위치에 있어 왕조에 불리하다는 풍수지리설로 인하여 폐문한 채 일반의 통행이 금지되었다가 1506년(중종 1)에 다시 열어놓았다.[22]

그런데 이런 창의문에는 유서가 서려있다. 1623년(광해군 15) 인조반정 때 능양군(陵陽君, 후에 인조)을 비롯한 의군(義軍)들이 이 문을 부수고 궁 안에 들어가 반정에 성공한다. 이른바 서인(西人) 일파가 광해군을 몰아내고 인조를 왕으로 옹립한 사건이었다.[23] 창의문의 표상은 백석에게 고향'정주성'을 떠오르게 했을 것이다. 앞서 살펴보았듯이 이러한 백석의 상고 취미가 그의 역사인식에서 기인한 것인지 아니면 아오야마 시절 학습된 영미비평의 전통정신에 비롯된 것인지 몰라도 전통적인 것과 이미지즘의 결합은 백석 시의 가장 큰 특장 중 하나인 것은 분명하다.

이상의 검토에서 알 수 있듯이 백석 시에는 장소애와 전통을 중시하는 복고(復古) 취향이 강하게 나타난다. 「定州城」, 「旌門村」, 「城外」, 「彰義門外」 등의 시에서 보듯 이러한 복고 취미는 백석의 퇴영적인 현실 인식을 말해주는 것이기도 하지만, 정주라는 로컬리티에서 출발한 문학이 '전통적인 것'에 대한 시적 탐구로 이어졌다는 것을 말해주는 것이다.

---

22   서울특별시사편찬위원회, 『서울六百年史』(文化史蹟篇), 서울특별시, 1987, 440면.

23   서울특별시사편찬위원회, 『서울六百年史』(제2권), 서울특별시, 1978, 69~73면.

2) 유년 회귀와 고향의 표상

백석의 첫 시집 『사슴』에는 유난히 유년 회상이 많다. 그의 유년 체험은 주로 동심 지향으로 나타나며 고향 체험과 관련되어 있다는 것은 널리 알려진 사실이다. 이와 관련한 대표적인 시로는 「여우난곬族」, 「古夜」, 「가즈랑집」, 「고방」, 「모닥불」, 「오리망아지토끼」, 「夏畓」, 「旌門村」 등을 들 수 있다. 동심 시편은 고향 정주의 지방적 특색이 그대로 재현된 유년기에 대한 회상이 놀이, 음식, 민속 등 다양한 체험으로 나타난다. 이러한 고향의 재현은 주로 지방색과 전통적인 것을 드러내는 방식으로 나타나며 이야기성을 동반하는 특징이 있다.

아배는타관가서오지않고 山비탈외따른집에 엄매와나와단둘이서 누가 죽이는듯이 무서운밤집뒤로는 어느山골짝이에서 소를잡어먹는노나리군 들이 도적놈들같이 쿵쿵거리며다닌다

날기멍석을저간다는 닭보는할미를차굴린다는 땅아래 고래같은기와집 에는 언제나니차떡에 청밀에 은금보화가그득하다는 외발가진조마구 뒷山 어느메도 조마구네나라가있어서 오줌누러깨는재밤 머리ㅅ맡의문살에대 인유리창으로 조마구군병의 새깜안대가리 새깜안눈알이드려다보는때 나 는이불속에 자즈러붙어 숨도쉬지못한다

또 이러한밤같은때—시집갈처녀 망내고무가 고개넘어큰집으로 치장감 을가ㅈ고와서 엄매와둘이 소기름에쌍심지의 불을밝히고 밤이들도록 바느

질을하는밤같은때 나는아랫목의샅귀를들고 쇠듯밤을내여 다람쥐처럼 밝어먹고 은행여름을인두불에 구어도먹고 그러다는 이불웋에서 광대넘이를 뒤이고 또눟어굴면서 엄매에게 웋목에두른평풍의 새빨안천두의이야기를 듣기도하고 고무더러는 밝는날 멀리는못난다는 뫼추라기를잡어달라고 졸으기도하고

내일같이명절날인밤은 부엌에쩨듯하니 불이밝고 솥뚜껑이놀으며 구수한내음새 곰국이무르끓고 방안에는 일가집할머니도와서 마을의소문을펴며 조개송편에 달송편에 죈두기송편에 떡을빚는곁에서 나는 밤소 팥소 설탕든콩가루소를먹으며 설탕든콩가루소가 가장맛있다고 생각한다
나는 얼마나반죽을 주믈으며 힌가루손이되어 떡을 빚고싶은지 모른다

섯달에내빌날이들어서 내빌날밤에 눈이오면 이밤엔 쌔하얀할미귀신의 눈귀신도 내빌눈을받노라 못난다는말을 든든이여기며 엄매와나는 앙궁웋에 떡돌웋에 곱새담웋에 함지에 버치며 대냥푼을놓고 치성이나드리듯이 정한마음으로 내빌눈약눈을 받는다 이눈세기물을 내빌물이라고 제주병에 진상항아리에 채워두고는 해를묵여가며 고뿔이와도 배앓이를해도 갑피기를 앓어도 먹을물이다

─「古夜」 전문(『朝光』 2권 1호, 1936.1)

이 시는 다양한 이야기를 품고 있다. 1연에서 "아배는타관가서오지않고 山비탈외따른집에 엄매와나와단둘이서 누가죽이는듯이 무서운밤", 소를 밀도살하는 "노나리꾼들이 도적놈들같이 쿵쿵거리며 다닌

다"는 밤에 대한 두려운 감정이 드러나 있다. 아버지의 부재가 소를 잡아 먹는 노나리꾼들과 대비되면서 한층 더 무서운 공포심을 갖게 한다. 2연에서는 무서운 밤에 어버이를 죽인 괴물을 퇴치하여 원수를 갚았다는 설화인 "조마구" 이야기를 듣는다. 칠흑 같은 밤에 금방이라도 방문을 열고 외발 가진 조마구가 들어올 것 같은 생생한 느낌을 전해준다. 3연에서는 "시집갈처녀 망내고무"가 어머니와 함께 밤늦도록 "바느질"을 하는 동안 "나는" 주전부리를 하고, 방안 윗목에 놓인 병풍에 그려진 천도(天桃) 그림을 통해 "천두의이야기"을 듣기도 한다. 천도는 신선들이 즐겨 먹던 과일로 죽어가는 사람도 살린다는 불로장수를 상징하는 복숭아다. 천도 이야기는 조마구 설화와 함께 이야기에 더 극적 요소를 더함으로써, 노나리꾼과 조마구로 상징되는 밖의 공포와 "쌍심지" 등잔불이 켜진 환한 방 안의 풍경이 대비되면서 가족의 장수와 화평을 기원하는 상징성을 지닌다.

이처럼 「古夜」에는 온갖 설화가 등장한다. 마치 조각 천들을 모아 이야기의 상상력을 바느질하듯이 고모와 어머니는 어린 아이에게 이야기를 들려준다. 깊은 밤 노나리꾼과 조마구 이야기가 두려움과 무서움을 자아내지만 설화 속에는 공포심을 이겨내는 지혜와 슬기도 숨어 있다. 이러한 무서운 이야기는 오히려 유아기의 공포심을 이겨내는 역할을 하는데, 이는 설화가 갖는 이야기의 힘이자 생명력이기도 하다. 이로 인하여 아버지가 부재한 밤이지만 가족과 함께 심리적으로 평온한 밤을 맞게 된다.

1, 2, 3연이 시적 화자의 어린 시절에 대한 회상이라면 4, 5연에서는 성장한 시적 화자가 명절날 밤에 겪은 체험이 정감 있게 펼쳐진다. 납

일(臘日) 날 밤에 눈을 받는 정주 지방의 풍습을 "눈이오면 이밤엔 쌔하얀할미귀신의눈귀신도 내빌눈을받노라 못난다"는 민담 세계로 고향을 재현하고 있다. 이렇듯 백석의 시에서는 토속적인 습속을 내장한 설화가 풍부하게 펼쳐지면서 독특한 백석풍(風)의 시세계를 형성하고 있다. 이는 '이야기시의 전형'으로 민속, 음식, 놀이, 민담 등과 결합되어 고향을 실감나게 재현하는 역할을 한다.[24] 다음 시에도 원시적이고 토속적인 유년의 세계가 펼쳐진다.

승냥이가새끼를치는 전에는쇠메듦도적이났다는 가즈랑고개

가즈랑집은 고개밑의
山넘어마을서 도야지를 잃는밤 즘생을쫓는 깽제미소리가 무서웁게 들려
　　　오는집
닭개즘생을 못놓는
멧도야지와 이웃사춘을지나는집

예순이넘은 아들없는가즈랑집할머니는 중같이정해서 할머니가 마을을
　　　가면 긴담배대에 독하다는막써레기를 멫대라도 붗이라고하며
　　　간밤엔 섬돌아레 승냥이가왔었다는이야기
　　　어느메山곬에선간 곰이 아이를본다는이야기

나는 돌나물김치에 백설기를먹으며

24　최두석, 『리얼리즘의 시정신』, 실천문학사, 1992, 105면.

넷말의구신집에있는듯이

가즈랑집할머니

내가날때 죽은누이도날때

무명필에 이름을써서 백지달어서 구신간시렁의 당즈깨에넣어 대감님께
　　　수영을들였다는 가즈랑집할머니

언제나병을앓을때면

신장님달련이라고하는 가즈랑집할머니

구신의딸이라고생각하면 슳버젔다

토끼도살이올은다는때 아르대즘퍼리에서 제비꼬리 마타리 쇠조지 가지
　　　취 고비 고사리 두릅순 회순 山나물을하는 가즈랑집할머니를딸으며

나는벌서 달디단물구지우림 둥굴네우림을 생각하고

아직멀은 도토리묵 도토리범벅까지도 그리워한다

뒤우란 살구나무아레서 광살구를찾다가

살구벼락을맞고 울다가웃는나를보고

미꾸멍에 털이멫자나났나보자고한것은 가즈랑집할머니다

찰봉숭아를먹다가 씨를삼키고는 죽는것만같어 하로종일 놀지도못하고
　　　밥도안먹은것도

가즈랑집에 마을을가서

당세먹은강아지같이 좋아라고집오래를 셀레다가였다

─「가즈랑집」 전문(『사슴』, 1936)

「가즈랑집」은 가즈랑집에서 겪은 체험 세계를 그리고 있다. 1, 2연에서 알 수 있듯이 가즈랑집은 마을에서 떨어져 외딴 곳에 위치하고 있는 공포의 장소이다. 이러한 공포는 「古夜」에서 나오는 밤의 풍경처럼 원초적인 공포의 표상으로 나타나는데, "쇠메 든 도적이 났다는 가즈랑고개"에 있고 "멧도야지와 이웃사춘을 지나는 집"으로 묘사된다. 하지만 3연에서부터 가즈랑집은 할머니로 인하여 공포의 대상에서 호기심과 그리움이 묻어나는 추억의 장소로 환원된다. 가즈랑집에 놀러 가면 할머니에게 민담을 듣고 돌나물김치에 백설기를 먹기도 하고, 산나물을 캐는 할머니를 따라다니기도 한다. 무릇과 둥굴레를 고아낸 먹거리 역시 가즈랑집을 회상하는 매개가 된다. 할머니는 무병장수를 빌어줄 뿐만 아니라, 병을 앓으면 신장님 단련을 받는 것이라고 말해준다. 또 뒤란에서 살구벼락을 맞은 일, 봉숭아 씨를 삼키고는 죽을 것 같아 하루 종일 밥을 못 먹던 유년의 체험이 생생하게 재현된다.

6연에서 "구신의 딸"이라고 하는 것으로 봐서 가즈랑집 할머니는 만신임을 알 수 있다. 조상신을 비롯하여 공력을 지닌 대감(大監)들과 신장(神將)들의 신명(神命)을 모시는 무당이다. 따라서 이 시는 만신을 모시며 홀로 사는 영험한 가즈랑집 할머니집에 놀러가서 겪은 즐거운 놀이 추억과 따뜻했던 할머니에 대한 정감을 그리고 있다.

백석에게 유년의 추억으로 재현된 고향은 「古夜」나 「가즈랑집」에서 보여주듯이 공포에 대한 기억이 가로놓여 있는 원시적이고 토속적이며 동심에 기초한 갈등이 없는 자기 충족적인 세계로 나타난다. 이러한 자기 충족적인 세계는 "백석 자신이 살아가는 식민지 현실 문제를 정면으로 취급하거나 현실 극복 의지와 결합시키는 단계"[25]까지 나아가지 못하는데, 이는 고전적인 것과 전통적인 것 등을 표상하려는 백석의 복고적인 태도와 연관이 깊다. 다음 시에서도 전통 지향을 보이는 백석의 상고적 태도를 엿볼 수 있다.

五代나 날인다는 크나큰집 다 찌글어진 들지고방 어득시근한 구석에서
쌀독과 말쿠지와 숫돌과 신뚝과 그리고 넷적과 또 열두 데석님과 친하니
살으면서

한해에 몇번 매연지난 먼 조상들의 최방등 제사에는 컴컴한 고방 구석을
나와서 대멀머리에 외앗맹건을 질터 맨 늙은 제관의손에 정갈히 몸을 씻
고 교우웅에 모신 신주 앞에 환한 초불밑에 피나무 소담한 제상위에 떡 보
탕 시케 산적 나물지짐 반봉 과일들을 공손하니 받들고 먼 후손들의 공경
스러운 절과 잔을 굽어보고 또 애끊는 통곡과 축을 귀에하고 그리고 합문
뒤에는 흠향오는 구신들과 호호히 접하는것

구신과 사람과 넋과 목숨과 있는것과 없는것과 한줌흙과 한점살과 먼 넷
조상과 먼 홋자손의 거룩한 아득한 슬픔을 담는것

내손자의손자와 손자와 나와 할아버지와 할아버지의 할아버지와 할아버
지의 할아버지의 할아버지와……水原白氏 定州白村의 힘세고 꿋꿋하나 어
질고 정많은 호랑이 같은 곰같은 소같은 피의 비같은 밤같은 달같은 슬픔

---

25 위의 책, 107면.

을 담는것 아 슬픔을 담는것

―「木具」 전문(『文章』 2권 2호, 1940.2)

정주 지방에서는 오대(五代) 이상 되는 조상에 대해서는 차손이 제사를 지내는 풍습이 있는데 이 제사를 '최방등 제사'라고 한다. 최방등 제사를 지내는 장면을 그리고 있는 이 시에는 유교적 풍속이 드러나 있다. 조상들에게 제사를 지내는 기물인 제기(祭器)를 소재로 하고 있다는 점이 흥미롭다. 1연에서는 어두운 고방에 쌓여 있는 제기를 그리고 있고, 2연에는 제사를 지내는 모습, 3연에는 제기의 의미를 4연에서는 3연을 더욱 확장해서 조상이 핏줄로 이어지듯 제기 역시 생사고락을 겪은 조상들의 혼이 담긴 기물로 의미를 부여하고 있다. 제사를 지내는 행위가 산 자와 죽은 자의 해원(解寃)이라고 했을 때, 죽은 자의 넋을 기리는 것은 곧 산자의 슬픈 감정을 담아내는 것이기도 한다. 제기가 슬픔을 담아내는 것은 바로 이런 뜻일 것이다.

그런데 여기서 주목되는 것은 민속적 풍속을 재현한 이유이다. 백석의 유년 체험과 고향 재현을 다룬 시편들은 단순히 고향을 재현하기 위한 것으로 보이지 않는다. 그러기에는 이들 시편들은 풍속에 지나칠 정도로 경사되어 있다. 이는 유년의 기억이라기보다는 성년이 된 시인 자신이 선택한 시선에서 비롯되었다고 할 수 있다. 물론 이러한 시선은 1930년대 고향 담론으로 형성된 향토 발견과 무관하지 않다. 조선적인 것의 토양인 지방적인 것의 특색을 재현하는 고향의 발견은 이효석(李孝石, 1907~1942)이 피력했듯이 "아름다운 조선의 목가적 표현"[26]이라 할 수 있다. 백석 시에서 유년 체험과 고향 재현은 동심 회귀와 함께 원시적 토속성이 강하게 자리하고 있다. 따라서 이들 고향 시편을 통해서 당시 백석의 주된 관심사가 무엇에 있었는지 엿볼 수 있다. 당시 식민지 조선의 지식인의 관심사였던 향토의 발견은 "시간적으로는 과거에, 공간적으로는 때 묻지 않은 순수한 공간, 즉 계몽의 기획과 이성의 추구를 바탕으로 계획되어진 도시공간에 대한 위로와 대안의 지점"에 있었으며, 이와 동시에 "제국의 시선에 포획당하지 않은 또 다른 상상을 해 볼 수 있는 공간이기도 했다".[27] 백석 역시 과거라는 시공간의 회귀를 통하여 반근대성을 표상하는 장소에 대한 애착과 함께 원시적이며 전통적인 것에 관심을 가졌다. 그의 옛것에 대한 관심은 백석 자신의 정체와도 관련되어 있다. 다음 시 「모닥불」을 보자.

> 새끼오리도 헌신짝도 소똥도 갓신창도 개니빠디도 너울쪽도 집검불도 가락닢도 머리카락도 헌겁조각도 막대꼬치도 기와장도 닭의짖도 개 털억도 타는 모닥불

> 재당도 초시도 門長늙은이도 더부살이아이도 새사위도 갓사둔도 나그네도 주인도 할 아버지도 손자도 붓장사도 땜쟁이도 큰개도 강아지도 모두 모닥불을쪼인다

> 모닥불은 어려서우리할아버지가 어미아비없는 서러운아이로 불상하니

---

26   이효석, 「영서의 기억」, 『孝石全集』 5권, 춘조사, 1960, 165면.
27   문재원, 「향토(성), 발견과 전유의 논리」, 『탈근대·탈중심의 로컬리티』, 혜안, 2010, 277면.

도 몽둥발이가된 슳븐력사가있다

―「모닥불」 전문(『사슴』, 1936)

모닥불을 응시하면서 할아버지와 아버지, 그리고 자신에게 이어지는 집안의 내력을 읽어내고 있다. 하찮고 비루한 사물과 인간에 대한 애정이 묻어 있는 이 시는 평화롭고 화해로운 세계를 염원하고 있지만 다른 한편에는 백석의 정신세계가 가로놓여 있다.

1연은 "새끼오리", "헌신짝", "소똥", "갓신창", "개니빠디", "너울쪽", "집검불", "가락닢", "헌겁조각", "막대꼬치", "기와장", "닭의짗" 등이 함께 활활 타들어가는 장면을 보여주고 있다. 모닥불이 타기 위해서는 불쏘시개가 필요하듯이 이들 각각의 사물들은 자신을 태우며 환하게 불을 밝힌다. 이 사물들은 보잘것없고 버려진 존재이지만 모닥불을 피우기 위해서는 더없이 필요한 것이다.

2연에서는 타는 모닥불을 구심으로 "더불살이아이"와 "재당", "초시", "문장늙인이", "더불살이아이", "새사위", "갓사둔" 등 나이, 신분 고하를 막론하고 모닥불을 쬐는 사람들이 모여 있다. 제각각 행색과 삶의 이력이 다르지만 모닥불을 통해 온기를 나눈다. 이 순간만큼은 모두가 공평하고 화해롭다.

3연에서는 할아버지가 "몽둥발이"가 된 슬픈 삶의 내력이 모닥불을 통해 연상되고 있다. 몸뚱이만 남은 할아버지에 대한 슬픈 역사도 모닥불에 태운다. 슬픔까지도 제 스스로 타서 환한 불빛으로 주변을 밝히고 짐승과 사람에게 온기를 주듯 온유한 세상을 염원한다.

하지만 이 시의 의미는 여기에서 끝나지 않는다. 이 시에서 문제적인 시어는 '몽동발이'이다. 할아버지의 슬픈 역사는 곧 시인 자신의 '몽동발이 의식'을 보여주기 때문이다. 고아 의식이라고 할 수도 있는 할아버지의 슬픈 내력에서 백석은 '몽동발이 의식'을 읽어내고 있는 것이다. 이러한 의식은 할아버지에서 아버지, 아버지에게서 아들로 정신세계가 계승되었을 것인데, 이 시의 창작 의도 역시 할아버지의 슬픈 역사와 자신의 현재적 위치가 동일하다는 태도가 무의식적으로 표출된 것으로 볼 수 있다. 여기에서 백석의 슬픈 감정의 기반인 외톨이 정신세계를 읽을 수 있다. 고향을 떠나 객지에서 홀로 떨어져 살아가는 자신의 처지를 할아버지의 슬픈 역사와 동일시함으로써 자신 역시 슬픈 존재라는 자각을 드러내고 있는 것으로 보인다. 이처럼 「모닥불」에서는 백석의 '몽동발이 의식'으로 요약되는 정신세계를 엿볼 수 있는데, 이는 이산적 상황에서 형성된 고향을 떠난 자의 이향 의식이라고도 할 수 있다.

이와 같이 백석의 시에서는 식민지 도시에서 느끼는 문명화된 일상이 아니라, 전통을 지향하는 반근대주의자로서의 백석을 발견할 수 있다. 그의 의식세계에는 옛것, 전통적인 것으로 표상되는 조선적인 것에 대한 강력한 지향이 자리하고 있는 것은 이러한 태도와 관련이 깊다. 이렇게 볼 때 백석의 고향 재현과 유년 체험은 단순히 동심 회귀를 의미하는 것이 아닌 지방적인 것의 특성인 풍속과 민속적인 전통을 드러내려는 의도에서 비롯된 것으로 보인다.

3) 이산(離散) / 이향(異鄕)의 고향 담론

　백석에게 전통적인 것의 표상은 곧 장소애를 의미한다. 여기에서 장소애란 '지방적인 것', '향토적인 것'[28]과 상통된다. 그가 태어나고 성장한 고향 정주에 대한 장소 지향은 그의 초기 시편에서 나타나는 일관된 세계이다. 가령 『사슴』 시편 1부 '얼럭소새끼의영각'에 실린 「여우난곬族」에는 이러한 특징이 잘 나타나 있다. 가계도(家系圖)를 상상하게 하는 「여우난곬族」을 보면 백석의 유년의 기억 속에 서북인의 문화적 정체성이 강하게 내면화되어 있다는 사실을 직감할 수 있다.

　　명절날나는 엄매아배따라 우리집개는나를따라 진할마니진할아바지가
　　　　있는큰집으로 가면

　　얼굴에 별자국이솜솜난 말수와같이눈도껌벅거리는 하로에베한필을짠
　　　　다는 벌하나건너집엔 복숭아나무가많은 新里고무 고무의딸李女 작
　　　　은李女

　　열여섯에 四十이넘은호라비의 후처가된 포족족하니성이잘나는 살빛이
　　　　매감탕같은 입술과젖꼭지는더깜안 예수쟁이마을가까이이사는 土
　　　　山고무 고무의딸承女 아들承동이

28　백석 시에서 향토적인 것으로 전통 음식을 비롯하여 민속 기물(器物) 등이 많이 나온다. 박물지를 연상하게 하는 이러한 민속적·박물적 관심은 그의 향토주의가 단순히 고향을 회상하기 위한 것이 아니라, 조선미의 토속성을 드러내기 위한 시적 전략으로 보인다.

六十里라고해서 파랗게뵈이는山을넘어있다는 해변에서 과부가된 코끝
   이빩안 언제 나린옷이정하든 말끝에설게 눈물을짤때가많은 큰곬고
   무 고무의딸洪女 아들洪동이 작은洪동이

배나무접을잘하는 주정을하면 토방돌을뽑는 오리치를잘놓는 먼섬에 반
   디젓닭으려가기를좋아하는 삼춘 삼춘엄매 사춘누이 사춘동생들

이그득히들 할마니할아바지가있는 안간에들몽여서 방안에서는 새옷의
   내음새가나고
   또 인절미 송구떡 콩가루차떡의내음새도나고 끼때의 두부와 콩나물
   과 볶은잔디와 고사리와 도야지비게는 모두 선득선득하니 찬것들이다

저녁술을놓은아이들은 외양간섶 밭마당에달린 배나무동산에서
   고양이잡이를하고 숨굴막질을하고 꼬리잡이를하고 가마타고시집가는
   노름 말타고장가가는노름을하고 이렇게 밤이어둡도록 북적하니논다

밤이깊어가는집안엔 엄매는엄매들끼리 아르간에서들웃고 이야기하고
   아이들은 아이들끼리 웃간한방을잡고 조아질하고 쌈방이굴리고 바
   리깨돌림하고 호박떼기하고 제비손이구손이하고 이렇게 화디의사
   기방등에 심지를몇번이나독구고 홍게닭이몇번이나울어서 조름이
   오면 아릇목싸움 자리싸움을하며 히드득거리다잠이든다 그래서는
   문창에 텅납새의그림자가치는아츰 시누이동세들이 욱적하니 흥성
   거리는 부엌으론 샛문틈으로 장지문틈으로 무이징게국을끄리는 맛

있는내음새가 올라오도록잔다.

—「여우난곬族」 전문(『朝光』 1권 2호, 1935.12)[29]

명절날을 맞은 풍경을 핍진하게 그리고 있는 이 시가 문제적인 것은 가족 공동체를 보여주는 '족(族)'적 상상력에 있다.[30] 여기에서 '족'은 다산성(多産性)에 기반한 가족의 뿌리를 의미하기도 하고 가계도를 말해주는 것이기도 하다.

1연은 이 시의 배경인 설 명절[31]을 맞아 섣달그믐에 친할머니와 친할아버지가 있는 큰집에 모여드는 장면으로 시작한다. 집에서 기르던 개도 함께 가는 것으로 보아서 큰집은 가까운데 이웃한 마을로 보인다.

29　「여우난곬族」은 세 번에 걸쳐 발표되었다. 첫 번째는 『朝光』(1935.12)지에, 두 번째는 시집 『사슴』(1936.1.20), 세 번째는 『현대조선문학전집』 2권 시가집(조광사, 1938.4)에 각각 재수록 개작되었다. 재수록을 하면서 시어가 교체되었고, 시의 형태(연)가 바뀌었다. 『朝光』에 발표되었을 때는 '진할마니진할아바지'가 『사슴』에서는 '진할머니 진할아버지'로, '고양이잡이'(『朝光』)가 '쥐잡이'(『사슴』)로 바뀌었다. 여기에서는 초출로 발표한 『朝光』에 실린 작품을 검토한다.

30　동학과 개신교 등에 영향을 받은 백석이 비기독교적인 무가나 샤머니즘, 불교적인 상징을 드러낸 것은 파격이라고 할 수 있다. 하지만 「가즈랑집」이나 「여우난곬족」에서 보여주는 호혜평등과 낙원의식같은 공동체적 의식에는 기독교적인 지향을 엿볼 수 있다. 오히려 '조선적인 것'에는 공동체의 회복과 구원이 심층적으로 숨겨져 있다. 백석의 시세계 밑면에는 무가, 샤머니즘, 불교, 기독교, 천도교가 산개되어 있다. 이와 같은 특성은 백석의 종교체험과 긴밀하게 연동되어 있는데, 이는 '백석적인 정서'라 할 수 있다.

31　이 시는 명절인 섣달 그믐날 밤除夕을 배경으로 하고 있다. 이 시의 배경인 명절이 추석인지, 설인지 분명하지 않지만, 새옷을 입는 세장(歲粧)과 인절미, 두부와 콩나물, 잔디, 고사리 볶음, 도야지비게 등 명절 세찬(歲饌) 음식과 밤샘 놀이 등으로 보아서 섣달 그믐날 밤을 함께 보내고 설을 맞는 배경으로 보고 있다. 세시풍습에는 제야에 잠을 자면 두 눈썹이 모두 세어진다고 해서 '오늘 저녁에 자면 눈썹이 센다'고 했다. 이날 마루·방·행랑·문·부엌·변소에 등불을 밤새도록 켜놓고 남녀노소 할 것 없이 닭이 울도록 자지 않는다. 이것을 수세(守歲)라 한다. 이에 대해서는 이석호 역, 『東國歲時記(外)』, 을유문화사, 1969, 130~133, 180면 참조.

　2, 3, 4, 5연은 뿔뿔이 흩어졌던 가족이 등장한다. 곰보 말수(사람 이름)와 같이 눈을 깜박거리는 이씨 집안으로 시집을 간 신리 고모, 예수쟁이 마을 가까이 사는 토산 고모, 눈물이 많은 큰골 고모, 밴댕이젓갈을 잘 담그는 삼촌과 숙모 등이 큰집에 모여 있는 정경이 북적대는 명절날을 떠오르게 한다. 이러한 장면은 설이라는 민족 고유의 대명절을 맞아 카니발의 향연[32]을 위해 모여드는 모습과 다를 바 없다. 집안에서 분가해 가계를 이룬 가족의 면면을 소개하고 있다. 예수쟁이 마을 가까이 사니 영락없이 예수쟁이인 토산 고모, 육십 리나 떨어진 해변으로 시집가 과부가 되었다고 하는 것으로 보아 남편이 배를 타다 죽은 눈물 많은 큰골 고모, 걸핏하면 주정하고 오리치를 잘 놓고 밴댕이젓을 담그러 먼 섬으로 가는 것을 좋아하는 삼촌의 형상 등은 그대로 당대 서민의 삶이 아닐 수 없다. 가난하지만 정이 많은 가족 공동체의 일면을 제시하고 있는 것이다.

　6, 7, 8연은 평북 지방의 음식과 "조아질", "쌈방이", "바리깨돌림", "호박떼기", "제비손이구손이" 등 왁자지껄한 놀이를 통해 화목한 가족 공동체를 평화롭게 그리고 있다. 가족 모두가 참여한 본격적인 축제의 향연이 펼쳐지고 있는 것이다. 가난과 역경으로 기구한 삶을 살아온

32　바흐친은 자유와 평등이 지배하는 세계인 카니발이 진행되는 동안에는 일상적인 삶, 즉 비(非)카니발적인 삶의 구조와 질서를 결정하는 법률과 금지 그리고 제약들이 모두 정지되고, 모든 공식적인 제도나 인습 그리고 권위로부터 완전히 자유롭게 해방된다고 설명하고 있다. 카니발을 통해서 모든 것이 서로 뒤바뀌고 역전되어 현실과 공상, 천국과 지옥의 구별이 무너져버리고 성스럽고 경건한 모든 것들이 조롱당하고 더럽혀진다. 이는 '유쾌한 상대성'의 논리에 의해서 이루어진다. 김욱동, 『대화적 상상력』, 문학과지성사, 1988, 236~243면; 미하일 바흐친, 이덕형·최건영 역, 『프랑수아 라블레의 작품과 중세 및 르네상스의 민중문화』, 아카넷, 2001, 429~472면.

고모들은 고모들대로, 놀이에 빠져 있는 아이들은 아이들대로 그야말로 한바탕의 설 전야의 축제에 빠져드는 것이다. 여기에는 갈등과 가족 간의 쟁투는 일시적으로 멈추고 오로지 축제를 전유함으로써 가족애를 다진다. 음식과 놀이 체험을 통해서 모든 감각이 동원되어 축제의 분위기는 절정에 다다른다. 친족들과 사촌들이 모여 세찬(歲饌)을 만들고 수세(守歲)를 위해 밤샘을 하면서 설을 맞는 전경이 펼쳐진다. 화목하고 화평한 대가족 집안의 섣달그믐날 밤이다. 마치 「창세기(創世記)」의 가계도를 보는 것 같은 풍성한 집안의 가계도인 것이다.

이 시가 독특한 것은 여성과 아이들을 전면에 내세우고 있다는 점이다. 대가족제도에서 보여주는 가부장적 세계인 유교 질서와 다르게 여성과 아이들을 시적 주체로 내세우는 데에는 마치 동학이 여성과 아이를 한울님으로 모시는 것과 연통(連通)해 있다. 여성과 아이들을 우대하는 평화롭고 화해로운 세상인 "人으로써神性의 生活을 表顯하는날이면地上이곳天國된다"[33]라고 한 동학(천도교)의 후천개벽(後天開闢) 세계를 상상하게 한다.

백석의 후천개벽을 상상하게 하는 이 화해로운 공동체의 낙원의식[34]

---

33 李敦化, 「世界三大宗教의 差異點과 天道敎의 人乃天主義에 對한 一瞥」, 『開闢』 45호, 1924.3, 52면.

34 백석에게 '낙원의식'은 천도교, 기독교 등 종교적 체험과 일정 정도 연관성을 가지고 있는 것으로 보인다. 이 시기 고향 시편을 쓴 정지용, 박용철, 김기림 등 당대의 시인들과 견주어도 백석의 고향 시편은 유달리 낙관적인 낙원의식이 시에서 지배적으로 나타난다. 유종호는 정지용, 박용철, 김기림의 고향의식은 "공동체가 파괴된 이산과 황폐의 터전"(유종호, 『한국근대시사 1920~1945』, 민음사, 2011, 154면)으로 나타난다고 보았다. 이에 반해 백석의 낙관적 낙원의식은 백석 특유의 시적 정서라고 해도 과언이 아닐 터인데, 필자는 이러한 낙관에는 당대 현실에서 비롯된 정서라기보다는 그가 오산학교를 비롯한 그 이후의 종교적 체험과 일정 정도 영향이 있다고 보고 있다. 천도교에서는 지금

은 어디에서 기인하고 있는가. 분명한 것은 이러한 낙원의식에는 종교
적인 상상력이 잠재되어 있다는 것이다. 추측건대 이러한 종교적 상상
력은 당시 서북 지방의 기독교와 동학에서 영향을 받은 것으로 보인다.

또한 종교적인 일면과 함께 주목되는 것은 장소성이 지닌 고향의 재
현이 이향(異鄕)적 태도에서부터 비롯된다는 것이다. 즉 고향을 떠나
경성(京城)에서 생활하고 있는 자신의 이향 생활과 연관되어 있다. 이
러한 고향 표상은 정지용・이용악・박용철・김영랑 등 1930년대 시인
들에게서 나타나는 경향이기도 하다. 「고향」(1932)이라는 시에서 고향
을 낙원이 아닌 훼손된 장소로 그리고 있는 정지용과는 다르게 백석의
고향은 갈등이 없는 평화롭고 화목한 가계에 초점이 맞춰져 있다.[35] 그
래서인지 '친족' 공동체가 '화평'하게 산다는 고향 담론은 고향으로 돌
아갈 수 없는 사람들에게서 발견되는 고향=내셔널리티라는 등식이 가
로놓여 있다.

이와 같은 탈향 의식으로부터 형성된 고향 담론은 시집 『사슴』의
「가즈랑집」, 「여우난곬族」, 「고방」, 「모닥불」, 「古夜」, 「오리망아지토
끼」에 드러나는데, 이 시들의 세계는 유년에 대한 회상과 동심 지향을
드러낸 '얼럭소새끼의영각' 부(部)의 세계를 이룬다. 이 외에도 「오금덩
이라는곧」, 「旌門村」 등도 마찬가지로 고향 담론의 연장선에 있다. 일

이곳 지상이 곧 천상이라는 후천개벽의 의미인 반면에 기독교에서 인간은 낙원을 상실
한 존재이다. 낙원은 인간의 실존적인 고통과 모순에서 벗어나 천국과 같은 이미지를 가
지고 있다.

[35] 기존의 연구에서 백석의 시에 나타나는 고향의 의미를 '고향 상실'로 보는 주요 연구로는
김종철, 「30年代 시인들」(임형택・최원식 편, 『韓國近代文學史論』, 한길사, 1982, 472면),
김명인, 「白石詩考」(『牛步全炳斗博士 華甲紀念論文集』, 1983, 107~129면), 이숭원, 「『文
章』誌 詩에 나타난 故鄕意識 試攷」(『국어교육』36, 1980, 159~174면) 등이 있다.

찍이 김소월이 보여준 '수구초심(首丘初心)'은 자신이 태어난 고향을 그리워하는 마음인 '한국인의 민족적 삶의 원형성'을 보여주는데, 이러한 세계가 백석에게도 드러나 있다.[36] 오랫동안 일본 유학 시절을 보냈고, 경성에서 생활한 그에게 고향 재현은 어쩌면 당연한 것인지 모른다.

그런데 이렇게 장소성이 재현된 시들은 한결같이 이동·이주가 빈번한 근대 이후의 현상으로서 이향성과 관련이 깊다.[37] 따라서 백석에게 장소애는 곧 그의 이향성=이산성과 밀접한 관련을 맺는다. 다음 시 「修羅」에서도 이를 확인할 수 있다.

거미새끼하나 방바닥에 날인것을 나는아모생각없시 문밖으로 쓸어벌인다

차디찬밤이다

어니젠가 새끼거미쓸려나간곤에 큰거미가왔다

나는 가슴이짜릿한다

나는 또 큰거미를쓸어 문밖으로 벌이며

찬밖이라도 새끼있는데로가라고하며 설어워한다

---

36   김재홍, 「백석, 민족적 삶의 원형성과 운명애」, 『한국현대시인 연구』 2, 일지사, 2007, 347면.

37   근대 이전에도 '고향관'이 없었던 것은 아니다. 이는 주로 부임이나 전쟁으로 인해 떠난 고향에 대한 그리움으로 나타난다. 하지만 농경사회라는 특성으로 인하여 정주한 삶을 살았기 때문에 고향의식이 전면적으로 표면화된 것은 아니었다. 근대 이후의 고향관은 이동을 통해 발생되며 식민지 지배로 인한 이산과 디아스포라, 대규모 이주 등과 관련되어 있다. 김태준, 「근대의 심상공간으로서의 고향」, 『근대의 문화지리 '고향'의 창조와 재발견』, 동국대 한국문학연구소·통합인문학특성화사업단, 2006, 2면; 나리타 류이치, 「'고향'이라는 이야기·再說―20세기 후반의 '고향'과 관련하여」, 『근대의 문화지리 '고향'의 창조와 재발견』, 동국대 한국문학연구소·통합인문학특성화사업단, 2006, 90면.

이렇게해서 아린가슴이 싹기도전이다

어데서 좁쌀알만한 알에서 가제깨인듯한 발이 채 서지도못한 무척적은
새끼거미가 이번엔 큰거미없서진곧으로와서 아물걸인다

나는 가슴이 메이는듯하다

내손에 올으기라도하라고 나는손을내어미나 분명히 울고불고할 이작은
것은 나를 무서우이 달어나벌이며 나를서럽게한다

나는 이작은것을 곻이 보드러운종이에받어 또 문밖으로벌이며
이것의엄마와 누나나 형이 가까이이것의걱정을하며있다가 쉬이 맞
나기나했으면 좋으럿만하고 슳버한다

―「修羅」 전문(『사슴』, 1936)

‘수라(修羅)’라는 제목부터가 심상치 않다. 불교에서 말하는 ‘수라도
(修羅道)’ 즉 처절한 싸움과 지옥도라는 의미는 산스크리트어(Sanskrit, 梵
語)의 음역(晉譯)인 닦을 수(修), 비단 라(羅)라는 각각의 의미와 교묘하게
상충된다. 제목이 역설적이기까지 한 이 시는 거미 가족의 이산(離散)
을 다루고 있다. "차디찬 밤", "찬밖"에서 알 수 있듯이 ‘문 안’과 ‘문 밖’
의 경계에서 어미 거미와 새끼 거미의 별리(別離)를 그리고 있다. 축생
(畜生)으로 살아가는 가족의 헤어짐을 슬퍼하며 재회를 염원하고 있지
만, 실상은 거미 가족의 이산을 응시함으로써 당시 백석의 처지와 심정
을 비애적 감각으로 알레고리화하고 있다.

1연에는 천장에서 새끼 거미가 내려오는 것을 목격하고 방 밖으로
쓸어버린다. 거미가 천장에서 내려오면 반가운 사람이 오거나, 소식을
듣는다는 민간 속설을 떠올리게 하는 대목이다. 마침 "차디찬 밤"이다.

주로 길한 소식이 낮에 온다고 했을 때, 밤에 천장에서 거미가 내려오는 것은 주로 흉사(凶事)로 여겨 좋게 보지 않았다. 그래서일까, 무의식적인지 몰라도 문 밖으로 쓸어 내버린 것이다. 2연의 "어니젠가"는 '언젠가'로 여기에서는 '어느 사이엔가'의 뜻으로 해석된다. 가족간의 관계가 거미줄처럼 이어져 있어 어린 새끼를 찾아서 어미 거미가 왔다. "나"는 설워하면서 어린 새끼에게로 가라고 어미 거미도 문 밖으로 내보낸다.

3연에서 "가제깨인듯한"은 '갓 깨어난(태어난)', '방금 깨어난' 정도로 해석한다. 이 연에서는 거미 가족의 별리가 그야말로 아수라(阿修羅) 장(場)이다. 그런데 여기에서 주목을 요하는 것은 거미 가족의 이산으로 인하여 "나"는 "설어워"하고, "가슴이 메이"며, "서럽다"고, "슳버"하는 정체이다. 거미 가족의 별리를 지켜보는 나의 연민이 곧 자기 자신의 처지에서 비롯된다는 것을 알 수 있다.

이 시는 거미를 통해 태어남과 죽음, 과업과 윤회(살생 금지)라는 종교적인 운명애를 자신의 위치에서 성찰한 보기 드문 작품이다. 문의 안과 밖, 따뜻함과 차가움, 들어오는 것과 내보는 것 사이의 경계가 사뭇 인간적이면서 동시에 비인간적인 비정함이 긴장감을 유발한다. 또한 죽음과 삶, 천국(천상, 극락, 천도)과 지옥을 동시에 연상하게 한다. '회개' 같기도 하고, '과업'에 대한 질타 같기도 하며, '악행'에 대한 '인과응보'가 떠오르기도 한다. 죄업(罪業)을 짓지 않고 살아가는 것이야말로 인간의 도리이지만, 모든 게 인연에 얽힌 축생의 삶이기에 결국 마음을 닦는 공덕심(功德心)을 가져야 한다는 불교적 상상력이 돋보이는 시이다.

그런데 이 시의 다층성은 여기에서 끝나지 않는다. 거미를 통해 가족 간의 별리와 이산을 바라보는 시인의 비애의 감정이 두드러지게 드러나 있다. 그것은 곧 고향을 떠나 타향에서 살아가는 백석 자신의 이향적 위치를 말해주는 것이자, 이산에 기초한 자의식이 백석의 정신세계에 직접적인 영향을 준 것으로 여겨진다. 또한 「修羅」에서 나타나는 종교적인 자아 성찰은 이후 자기 구원을 갈구하면서 나타나는 백석의 속죄의식과 같은 맥락으로 이해할 수 있다. 이에 대해서는 4장에서 구체적으로 밝히도록 하겠다.

그런데 더욱 흥미로운 것은 이산과 이향이라는 백석의 이러한 비애적 감각에는 '구원'이라는 종교적 메시지가 작동하고 있다는 것이다. 슬픔이 동반되는 백석의 비애 감각은 「修羅」, 「女僧」과 이후 기행시편인 「故鄕」, 「八院」, 만주국 이주 이후에 발표한 「흰 바람벽이 있어」, 「국수」, 「南新義州柳洞朴時逢方」 등 만주 시편에서 나타나는 경향적 정서이다. 「女僧」을 보자.

女僧은 合掌하고 절을 했다

가지취의 내음새가났다

쓸쓸한낮이 녯날같이 늙었다

나는 佛經처럼 설어워젔다

平安道의 어늬 山깊은 금덤판

나는 파리한女人에게서 옥수수를샀다

女人은 나어린딸아이를따리며 가을밤같이차게울었다

섭벌같이 나아간지아비 기다려 十年이갔다

지아비는 돌아오지않고

어린딸은 도라지꽃이좋아 돌무덤으로갔다

山꿩도 설게울은 슲븐날이있었다

山절의마당귀에 女人의머리오리가 눈물방울과같이 떨어진날이있었다

―「女僧」전문(『사슴』, 1936)

　여승이 된 한 기구한 여성의 삶을 그린 시 「女僧」은 불행한 가족사의 서사(narrative)가 응축되어 있다. 결혼해서 단란한 가정을 꾸리며 사는 희망은 "금덤판"으로 떠난 남편으로 인해서 좌절된다. 기다림의 시간은 마냥 흐르고 여인은 어린 딸아이를 데리고 행상을 하며 남편이 떠난 금광을 찾아다니지만 해후하지 못한다. 남편을 만나지 못하고 어린 딸아이마저 죽자 결국 비구니가 된다. 남편과 어린 딸을 잃은 이 여성의 기구한 삶은 그야말로 무상(無常)이 아닐 수 없다. 인간의 고뇌와 번뇌, 고집멸도(苦集滅道)가 "佛經처럼 설어워졌다"로 압축 요약되고 있다. 가족 이산의 별리를 통한 비애적 정서는 「八院」에서도 잘 나타난다.

　차디찬 아침인데

妙香山行 乘合自動車는 텅하니 비어서

나이 어린 게집아이 하나가 오른다

옛말속 가치 진진초록 새저고리를 입고

손잔등이 밧고랑처럼 몹시도 터젓다

게집아이는 慈城으로 간다고하는데

慈城은 예서 三百五十里 妙香山百五十里

妙香山 어디메서 삼촌이 산다고 한다

쌔하야케 얼은 自動車 유리창박게

內地人 駐在所長가튼 어른과 어린아이 둘이 내임을 낸다

게집아이는 운다 느끼며 운다

텅 비인 車안 한구석에서 어느 한사람도 눈을 썻는다

게집아이는 멫해고 內地人 駐在所長집에서

밥을 짓고 걸레를 치고 아이보개를 하면서

이러케 추운 아침에도 손이 꽁꽁얼어서

찬물에 걸레를 첫슬것이다

—「八院」 전문(『朝鮮日報』, 1939.11.10)

    평안도 여행에서 포착한 이 시는 이산의 아픔을 그리고 있다. 일본인 주재소장 집에서 식모살이를 하던 나이 어린 계집아이에게서 고향은 곧 이향이라는 비애를 포착하고 있다. 계집아이의 "손잔등이 밧고랑처럼 몹시도 터"진 모습에서 아이가 겪은 식모살이의 어려움을 말해주고 있다. 아이가 간다고 하는 자성이 고향인지, 아니면 또 다른 식모살이를 위해 가는 곳인지 분명하지 않지만 가족과의 별리는 아이로 하여금 산전수전을 겪게 만드는 원인일 것이다. 물론 이러한 가족 해체는 이산이 광범위하게 이루어졌던 1930년대 후반의 식민지 조선의 현실을 그대로 보여준다. 산간벽지에까지 내지인과 조선인이 공존하며 살아가는 식민지 조선의 이산의 아픔이 암울하게 펼쳐지고 있다는 것을 이 시는 말해주고 있다. 백석은 이처럼 고향인 평안도를 여행하는 과정에서 '고향'을 읽어낸다. 이러한 '고향'관은 곧 고향=식민지 조선이라는 심급으로 형성된다. 또한 더 나아가 고향=제국의 로컬이라는 1930년대 말의 식민지 조선의 풍경을 일상생활을 통해 전하고 있다.

이렇게 볼 때 백석 시는 고향을 떠난 자가 고향을 떠올리는 표상으로의 장소성에 바탕을 두었다고 볼 수 있다. 고향을 떠난 자의 불귀(不歸)의 상상력에 근원한 정서적 뿌리가 '이향성=이산성'을 특징으로 표현하고 있다. 그의 시에서 나타나는 장소성은 곧 서북인의 혼과 관련되어 있으며, 화평한 세계이면서 동시에 이산적인 삶이 공존하는 세계라 할 수 있다. 이러한 그의 시적 태도는 앞서 밝혔듯이 로컬적 전통에 대한 자부심에 낙원이나 구원이라는 종교 의식이 복합적으로 착종되어 있다. 또한 '고향인 동시에 이향'이라는 당시 식민지 근대의 고향 담론이 지니고 있는 양가적인 토대 위에 '고향=내셔널리티'라는 특징을 보이고 있다.[38]

---

[38] 일본 유학생의 경우 귀환 이후의 '조선'은 한편으로는 고향이면서 다른 한편으로는 '이향(異鄉)인 양가성의 공간'이었다. 구인모, 「植民地 詩人의 民謠發見과 「故鄉」으로의 歸還」, 『근대의 문화지리 '고향'의 창조와 재발견』, 동국대 한국문학연구소·통합인문학특성화사업단, 2006, 82면.

2. 평북 방언과 모더니티의 추구

앞에서 살펴보았듯이 백석 시의 특징은 '이향 / 이산적 상황'에서 발현된 '장소애'를 꼽을 수 있다. 그리고 그것은 개인적인 취향이라기보다는 1930년대 시대 상황과 밀접하게 연관되어 있으며, 백석이 태어나 성장한 정주 로컬리티와 관련되어 있다는 것을 알 수 있다. 이와 함께 백석 시의 또 다른 특징 중 하나는 '평북 방언'의 적극적 활용을 들 수 있다. 1936년 출판된 『사슴』에 실린 시들의 두드러진 특징이 바로 평북 방언의 여과 없는 사용이다. 김현은 영랑(永郎)과 백석의 방언과 관련해서 전자가 "한국어의 재래적 가치를 보존하고 그것을 예술적으로 다듬"는 데 주력한 반면 후자는 "폐쇄된 사회의 民俗을 되살려내는 데" 있다고 지적했다.[39] 따라서 그의 초기 시에 방언을 통해 유년 시절 고향에 대한 기억을 재현하는 시편이 많다는 것과 당대 조선인의 토착적인 민속적 풍습과 생활에 대한 모사(模寫)가 많다는 것은 풍토론적인 측면에서 백석을 다시 보게 하는 단초를 제공해주고 있다. 즉 그의 방언 사용은 그 지방의 고유한 토양에서 형성되는 풍토론에 입각한 지방색의 발현으로 볼 수 있기 때문이다.

주지하다시피 백석의 평북 방언은 서북인의 지방적 전통에 대한 '장소애'이자 동시에 '지방적인 것'='조선적인 것'과 궤를 같이 한다. 따라서 그의 조선적인 것에 대한 관심은 1935년 중반 '지방성(locality)'에 대

39　金允植・김현, 『韓國文學史』, 민음사, 1973, 215~219면.

한 백석의 시적 태도와 관련이 깊다.[40]

1930년대 중반 카프가 해산되고 일본어 사용이 전면화됨에 따라 조선어는 위기에 처한다. 그의 조선 지방어로서의 평안도 방언은 민족주의적 시각에서는 저항의 의미를 갖지만, 일본 제국의 시각에서 보자면 그것은 곧 제국의 내지(內地) 변경인 식민지 외지(外地) 지방에 대한 인정이 동시에 작동한다. 이 시기는 사상, 문화, 언어 등 정신적, 이념적 차원에 이르기까지 일제의 파시즘적 탄압이 전면화되면서 황민화(皇民化) 운동이 펼쳐지던 때이다.

> 1935년 KAPF 해산
>
> 1936년 조선 사상범 보호관찰령 제정
>
> 1937년 국어(일어) 사용의 의무화
>
> 1937년 신사참배, 황국 신민화 운동
>
> 1938년 각급 학교 조선어 과목 폐지 조치
>
> 1939년 창씨개명제 실시
>
> 1940년 『朝鮮日報』, 『동아일보』 신문 폐간

이와 같은 시대상을 고려할 때 백석의 방언주의를 민족적 원형의 보존과 회복이라는 저항의 차원으로 볼 것인지, 아니면 식민주의 정책의

---

[40] 1910년대에서 1930년대에 걸쳐 일본에서는 '향토연구'의 필요성이 주장되고 야나기타 쿠니오 등에 의해 '민속열'이 높았다. 쇼와 문화를 체험한 백석이 일본 체류 당시 야나기타 쿠니오의 저술과 접했을 가능성이 적지 않다고 볼 수 있다. 이에 대해서는 사토 겐지[佐藤健二], 「민속학과 향토사상」, 고모리 요이치[小森陽一] 외, 『내셔널리즘의 편성』, 소명출판, 2012, 87면.

일환으로 '조선적인 것의 발견'이라는 차원에서 '지방색의 발현'으로 볼 것인지는 여전히 과제이다.

1936년 백석의 첫 시집 『사슴』에 대한 문단의 평은 방언 사용과 관련된 것이었다. 첫 비평은 조선일보 기자로 있었던 김기림의 평이었다. 김기림은 "『사슴』은 그外觀의 徹底한 鄕土趣味에도 不拘하고 주착업는 一連의 鄕土主義와는 明瞭하게 區別되는 '모더니티'를 품고"있다고 지적하며 『사슴』이 지닌 모더니티를 강조했다.[41]

모더니스트 김기림은 『사슴』 목차와 시에서 보여주고 있는 모던한 이미지가 대상을 주관성에 머물러 있게 만들지 않고, "鐵石의 冷談에 匹敵하는 정신을 가지고 대상에 마조선다"라고 평가한다.[42] 백석의 시적 자리를 모더니티로 평한 것이다. 김기림에게 모더니티는 그가 일본 유학 시절에 관동 지방에서 학습한 영문학적 신비평 관점과 관련이 있다. 모더니티의 집산지인 도쿄가 아니라 그가 다닌 도호쿠대학[東北大學]이 있는 센다이[仙臺] 지방의 지방적 풍토가 김기림으로 하여금 첨예하게 모더니즘을 수용하는 데 일조했을 것으로 여겨진다. 또한 그의 시론이 현실 비판을 중요시했다는 사실은 익히 알려져 있다. 그렇다면 김기림이 말한 "鐵石의 冷談에 匹敵하는 정신"이란 무엇인가?

모더니즘에서 이미지즘을 창안한 에즈라 파운드(E. Pound)가 "한시, 하이쿠, 단카, 우키요에[浮世畵], 그리스 서정시 등에서 착상을 얻어 이미지즘을 창시했다는 것"[43]은 잘 알려진 사실이다. 일본에서 영미 모더

---

41   김기림, 「『사슴』을 안고」, 『朝鮮日報』, 1936.1.29.
42   위의 글.
43   사나다 히로코[眞田博子], 『最初의 모더니스트 鄭芝溶－일본근대문학과의 비교고찰』,

니즘을 학습하고 쇼와 문화를 체험한 백석에게서 이미지스트로서의 면모를 읽는 것은 어렵지 않다.

백석의 방언주의는 앞장에서 살펴보았듯이 게일어(Gaelic)가 뒤섞인 아일랜드 영어를 쓰는 극작가 존 밀링턴 싱(J. M. Synge)과 일본의 근대 시인 다나카 후유지[田中冬二]의 영향을 받은 것으로 보고 있다.[44] 다나카 후유지의 서경시(敍景詩)는 지방의 풍물을 정감 있게 다룬 단아한 서정시편이 많다는 점에서 그와의 친근성을 감득할 수 있기 때문이다. 실제로 백석의 『사슴』 시편 중 '돌덜구의물'이나 '노루'장에 수록된 짧은 이미지즘 시편들은 지방 풍물을 다루었는데 마치 풍경화인 우키요에를 보는 것과 같은 착각을 불러일으킨다. 또 하이쿠의 규칙이라고 할 수 있는 계절어[季語]가 빠지지 않고 들어 있다. 즉물주의에 입각한 시각과 청각적 기법으로 물상(物象)의 정태(靜態)와 동태(動態)을 명확하게 묘사하고 있는 단형의 시는 절제되고 함축된 지성의 통제가 빛난다.

별많은밤

하누바람이불어서

푸른감이떨어진다 개가즞는다

―「靑柿」 전문(『사슴』, 1936)

역락, 2002, 104면.

[44] 유종호는 백석 초기의 완강한 방언주의와 고향 풍물 서경시에서 아일랜드 극작가 존 밀링턴 싱이나 일본의 근대 시인 다나카 후유지와의 친근성에 주목했다. 유종호, 『한국근대시사 1920~1945』, 민음사, 2011, 237~239면.

즉물적으로 사상(寫像)한 이 시는 여름밤의 정취를 보여준다. 모든 사물이 숨죽인 밤이라는 시간에 바람이 불고 푸른 감이 떨어지고 개가 짖는다. 계절 감각이 여름이라 보는 것은 '청시'라는 제목이 시사해주 듯 푸른 느낌을 주는 색감에다 '청시'가 덜 여문 푸른 감을 일컫기 때문이다.[45] "하누바람"인 '하늬바람'은 서북풍을 일컫는 시어로 머지않아 가을이 오겠다는 의미다. 방위적으로 북쪽에서 불어오니 백석에게는 고향에서 불어오는 바람을 의미하기도 한다. 이 짧은 시에 시각, 촉각, 청각 이미지가 함축적으로 제시되어 있다. 하이쿠와 같은 단형의 시로 계절 감각을 드러내는 착상은 정중동의 느낌을 주고 있어 선시(禪詩)풍의 감각이 살아 있다. 시각이라는 보이는 감각에서 보이지 않는 정중동의 느낌을 계절 감각을 통해서 드러낸다. 곧 다가올 가을의 기미가 느껴지는 여름밤의 정취를 명징하게 형상화하고 있다. 백석의 또 다른 시 「머루밤」을 보자.

불을끈방안에 횃대의하이얀옷이 멀리 추울것같이

개方位로 말방울소리가들려온다

---

45 이숭원은 이 시의 배경을 가을로 보고 있으나(이숭원, 『백석을 만나다』, 태학사, 2008, 123면) 이는 오독이다. 깊어가는 가을에 아직 덜 여문 청시(青柿)인 푸른 감은 어울리지 않는다. 오히려 이 시는 제목에서 유추할 수 있듯이, "하누바람"과 푸르다는 '青'의 이미지가 무더운 여름밤의 더위를 쫓아낼 수 있는 계절어에 가깝다. 뒤에 이어지는 "개가짖는다"란 표현에서도 알 수 있듯이 더위를 쫓는 듯한 감각적 표현이 이 시의 청량한 느낌을 살리고 있다고 볼 수 있다.

문을옆다 머루빛밤한울에

송이버슷의내음새가났다

―「머루밤」 전문(『사슴』, 1936)

칠흑 같은 밤을 "머루밤"으로 표현한 이 시 역시 계절적으로 늦가을의 풍취가 드러난다. 1연은 아직 겨울이 오지 않았기 때문에 가을이지만, 횃대에 걸려있는 "하이얀옷"에서 곧 다가올 겨울의 한기가 느껴진다. 이러한 옷의 빛깔에서 느껴지는 서늘한 시각은 늦가을의 쓸쓸한 서정을 불러일으킨다. 2연에 이르면 서북향 개방위[戌方]에서 장꾼들이 오는 기척인 말방울 소리가 들려온다. 장사치들의 고단한 삶이 응축되어 있어 사람에 대한 따뜻한 연정을 느끼게 한다. 3연의 "머루빛밤한울"은 칠흑의 밤이다. 밤이라는 시간은 시인에게 자신을 바라보게 한다. 여행길에서 자신을 바라보는 백석의 모습이 떠오른다. 4연에 "송이버슷내음새"라는 구절에서 계절적으로 가을이라는 것을 알 수 있다. 낯선 여행지에서 밤을 맞은 나그네 백석의 상태를 짐작하게 한다.[46] 어둠 속에서 말방울 소리가 들려오고, 방문을 여니 산촌의 칠흑 같은 밤의 정취가 풍겨온다. 여행 중에 산촌에서 가을밤을 맞은 고즈넉한 느낌이 그대로 전해진다. 역시 시각과 청각, 그리고 후각을 통해서 가을밤의 쓸쓸하고 적적한 정취를 그리고 있다. 여기에서도 알 수 있듯이

---

[46] 백석의 나그네 의식인 떠돌이 '유랑의식'은 『사슴』 시편에서 나오는 주된 정서다. 기행 시편과 만주 시편에서도 나오는 이러한 떠돌이 유랑의식은 17세기 일본 방랑시인 마쓰오 바쇼(松尾芭蕉, 1644~1694)나 중국의 이백(李白, 701~762), 두보(杜甫, 712~770) 같은 시인을 자기와 동일시한 측면도 보인다.

백석에게 선명한 이미지즘은 '감정 과잉(sentimentality)'을 드러내는 것이 아니라, 예민하고 감각적이며 지적인 '감수성(sensibilité)'을 표현하는 것이다.

'백석적 시풍'이라고 할 수 있는 이러한 오감을 이용한 즉물적인 지적 통제가 빛나는 이미지즘 계열의 시로는 「初冬日」을 비롯하여 '노루' 장에 실린 『사슴』 시편의 짧은 단시(短詩) 계열이 이에 속한다. 『사슴』 시편의 「初冬日」, 「夏畓」, 「寂境」, 「未明界」, 「城外」, 「秋日山朝」, 「曠原」, 「힌밤」, 「靑柿」, 「山비」, 「쓸쓸한길」, 「柘榴」, 「머루밤」, 「비」, 「노루」, 「彰義門外」 등 짧은 시들은 계절어가 포함되어 있다는 점에서 백석의 일본 체류 당시 하이쿠[俳句]나 단카[短歌] 등에서 영향을 받은 것으로 보인다.[47] 이러한 시들은 마쓰오 바쇼[芭蕉, 1644~1694]가 시를 묘사할 때 흔히 쓰는 '사비[寂]'와 통한다. '한적고담(閑寂枯淡)한 정취'인 예스러운 것, 한적한 것, 빛바랜 것, 은근한 것에 대한 사랑을 의미한다.[48] 백석 역시 「寂境」, 「城外」, 「曠原」, 「靑柿」, 「머루밤」, 「彰義門外」 등 짧은 서정 단시에서 자연의 생멸현상(生滅現象)을 인간사와 결부시키는 데서 오는 근원적인 '비애의 감정'을 우선시하는 '사비'의 세계가 드러난다.

47　백석의 시에는 계절어[季語]가 많다. 『사슴』 시편에 실린 단형시에서 나타나는 계절어를 살펴보면 다음과 같다.
　「비」(계절어-아카시아, 계절-늦봄), 「힌밤」(계절어-박, 계절-초가을), 「初冬日」(계절어-시라리타리, 계절-초겨울), 「夏畓」(계절어-개구리, 계절-여름), 「寂境」(계절어-눈, 계절-겨울), 「未明界」(계절어-추탕, 계절-가을). 「秋日山朝」(계절어-섶구슬, 계절-가을), 「曠原」(계절어-흙꽃, 계절-봄), 「靑柿」(계절어-푸른 감, 계절-여름), 「山비」(계절어-자벌기, 계절-초여름), 「쓸쓸한길」(계절어-수리취, 땅버들, 계절-봄), 「머루밤」(계절어-송이버섯, 계절-가을), 「彰義門外」(계절어-흰나비, 푸른알, 계절-늦봄).

48　유옥희, 『바쇼 하이쿠의 세계』, 보고사, 2002, 51~72면 참조.

그렇기 때문에 '쓸쓸함'과 '한적함'을 이미지와 결합하여 표현한 백석의 시에 대해 지적으로 통제된 모더니티를 품고 있다는 김기림의 평은 이를 두고 한 말일 것이다.

김기림이 백석의 단형시에서 절제된 지성의 통제와 이미지를 통한 모더니티를 발견했다면, 박용철(朴龍喆)은 백석의 시집『사슴』의 방언 구사에 대해 '모국어의 위대한 힘'이라고 고평하면서 다음과 같이 평한다.

> 白石氏의 詩集『사슴』一卷을 처음 대할때에 作品全體의 姿態를 우리 눈에서 가려버리도록 크게 앞에 서는것은 그 修整없는 平安道方言이다. 그러나 우리가 이 作品의 주는 바를 받아드리려는 好意를 가지고 이것을 熟讀한 結果는 解得하기 어려운 若干의 語彙를 그냥 包含한채로 그全體를 鑑味하는데 아모 支障이 없다는 母語의 偉大한 힘을 깨닷게된다.[49]

그는 더 나아가 방언이 가지고 있는 생명성에 주목한다.

> 修整없는方言에 依하야 表出된 鄕土生活의 詩篇들을 琢磨를 經한 寶石類의 藝術에 屬하는것이아니라 서슬이선 돌 生命의本源과 接近해 있는 藝術인 것이다. 그것의 힘은 鄕土趣味程度의 微溫한作爲가 아니고 鄕土의 生活이 제스사로의 强烈에 依하야 必然의表現의 衣裳을 입었다는데있다.[50]

박용철은 백석의 방언 구사가 생활에서 획득된 시어임을 밝히면서

49　박용철,「백석 시집『사슴』평」,『朝光』, 1936. 4, 327면.
50　위의 글, 329면.

그 자체가 살아있는 "생명의 본원에 접근해 있는 예술"이라 평한다. 그러면서 김기림의 모더니티가 "탁마를 경한 보석류의 예술"인지는 모르겠지만, 자신이 보기에는 백석 시의 특징은 리얼리티가 살아 있는 생활시라고 평가하고 있는 것이다.

백석의 방언주의에 대해 불편한 시선도 많았는데 오장환은 "나 보기의 白石은 詩人이 아니라 시를 작난(卽 享樂)하는 한 모―던 靑年에 그쳐버린다"고 혹평한다. "지방색이니 무어니 하는 미명하에 현대 난잡한 기계문명에 마비된 청년들은 그 변태적인 성격으로 이상한 사투리와 뻣뻣한 어휘에도 쾌감과 흥미를 느끼게 된다. 하나 이것은 결국 그들의 지성의 결함을 증명함이다. 크게 주의(主義)가 될 수 없는 것을 주의라는 보호색에 붙이어가지고 일부러 그것을 무리하게 강조하려고 하는 데에 더욱 모순이 있다"[51]고 평가한다. 그는 박용철의 백석 평을 평가절하하고 모던 청년인 백석의 시에서 방언의 사용은 "지성의 결함을 증명"하는 것일 뿐, 그 어떤 주의도 될 수 없음을 강조한다.

이와 같이 1930년대 중반 이후 방언의 사용에 대한 입장은 문단 내에서도 극명하게 나누어져 있었다. 모더니스트들은 시에서 방언을 구사하는 것을 지방주의 내지 향토주의로 규정하고 모더니티와 향토주의가 함께 공존할 수 없다는 시론을 펼쳤던 것이다. 이 점은 임화(林和)도 마찬가지였는데, 그는 『사슴』에 대하여 "현대화된 향토적 목가"로 평하고, "야릇한 방언", "난삽한 방언"을 통해 "민족적 과거에 대한 애착"[52]을 보이고 있다고 지적한다.

---

51   오장환, 「白石論」, 『風林』 5호, 1937, 4, 19면.
52   임화, 「文學上의 '地方主義' 問題」, 『朝光』 2권 10호, 1936.10, 174면.

당시 백석의 방언 구사에 대해서 평은 긍정적이기보다는 부정적인 평가가 더 많았다. 여러 요인이 있었겠지만, 임화의 평가에서 그 이유를 찾을 수 있다. 맑스주의자인 임화는 민족보다는 계급주의를 더 우위에 두고 방언에 대해 평했다. 그가 지적했듯이 "현대화된 향토적 목가"는 김기림이 지적한 모더니티와 일정 정도 궤를 같이 하면서도 방언의 구사가 '퇴영적'이라고 보았다. 임화의 "만일 조선문학의 특성을 '조선색'이나 '지방색'에서만 발견하랴는 자가 있다면 그는 조선문학을 식민지문학으로 고정화할냐는 자일 것이다. 우리는 조선문학의 세계적 수준, 세계문학적 의미를 갖는 조선문학의 생산을 위하여 노력하는 자이다"[53]라는 지적은 이를 두고 한 말일 것이다. 즉 문학의 지방주의가 아닌 문학의 세계주의를 지향한 임화의 시각으로 보자면 백석의 방언주의는 그가 지향한 세계주의와 불일치했던 것이다. 물론 이러한 임화의 지적은 일견 마르크스주의자다운 올바른 평가일 수 있지만, 백석의 방언 구사가 당시 시대적인 맥락에서 갖는 의미에 대해서는 함구하였다. 임화의 지적을 백석이 공감했는지는 분명치 않으나 『사슴』 이후 발표된 백석 시에서는 완강한 방언주의가 점차 자제되었다.

백석의 방언 구사는 시차(視差, parallax)[54]적 관점에서 보자면 크게 다음과 같이 문맥화되었다고 할 수 있다. 첫째, 당시 『朝鮮日報』에서 기획한 '향토문화를 찾아서' 등에서 보여주듯 조선심(朝鮮心)을 찾고자 하

---

53 위의 글, 175면.

54 '시차(視差)'의 사전적 의미는 '관찰자가 어떤 천체를 두 지점에서 보았을 때 대상의 위치가 달라 보이는 것'을 말한다. 슬라보예 지젝, 김서영 역, 『시차적 관점』, 마티, 2009, 39~40면.

는 향토애의 일환이라고 볼 수 있다. 조선적인 것의 전통을 과거의 생활 습속에서 찾고자 했던 기획과 무관하지 않다. 둘째, 앞서 밝혔듯이 정주(定州)라는 로컬이 그의 정신세계에 큰 영향을 주었기 때문에 그에게 방언은 곧 자기 자신뿐 아니라 서북인의 정체성이기도 했다. 셋째, '한국어 말살'이라는 식민지 조선에 대한 현실인식으로부터 그의 방언은 저항적 의미를 가졌다고 볼 수 있다. 임화의 지적과 달리 백석은 지방에 주목함으로써 오히려 자신의 정체성을 확인하고 조선적인 것을 발견함으로써 민족의 주체성을 세우고자 했던 것으로 보인다. 백석에게 방언은 정주발(發) 식민지 조선의 저항선이자 생명선이라고 할 수 있다.

그러나 일본제국의 시각에서 보자면 백석 시의 방언은 지방색을 드러내는 동시에 외지인의 생활 습속을 파악할 수 있는 민속적 내용이 된다. 어쩌면 맑스주의자이었던 오장환과 임화의 지적은 이러한 불편함을 직관한 결과였는지 모른다. 맑스주의자들의 현실인식으로는 백석의 토속적 방언의 시적 차용이 제국의 식민지로서의 지방적 특성을 모방(mimicry)으로 전유[55]하고자 하는 식민지 조선의 퇴영(후진성)을 그대로 보여주는 것으로 이해되었을 것이다.

이처럼 이 시기에 보여준 백석의 시세계에서 전통 지향, 방언, 토속적, 민속적 소재의 시적 차용 등이 나타나는데 이는 그의 민족의식의

---

[55] 파농에 의하면 식민지인은 식민지배인 되기라는 '흉내내기'를 통해서 자기도취에 이른다. 하지만 그것은 진정한 의미에서 식민지배인 되기가 아니다. 이러한 흉내내기 모방(mimicry)은 식민지인에 잠재된 헤겔의 '주인과 노예의 변증법'처럼 되기의 역전을 통해서 오히려 자기소외에 이르는 과정이기도 하다. 이에 대해서는 프란츠 파농, 이석호 역, 『검은 피부 하얀 가면』, 인간사랑, 1998, 23~51면 참조.

한 단면을 말해주는 것이지만, 다른 한편으로는 식민지 지방색의 특성을 보여주는 일본제국주의의 식민주의성과도 관련되어 있다. 이는 그의 만주국 체험과 해방 정국에서 보여준 자기비판과 무관하지 않을 것이다. 방언을 통해 지방성의 드러냄이 곧 식민지 지방성과 관련되어 있다는 임화와 오장환의 지적은 당시 시대 상황에서 보자면 충분히 근거 있는 비판이라 할 수 있다.

이상의 논의에서 알 수 있듯이 『사슴』 시편에 나타난 방언주의는 지방색을 드러내는 시적 장치이자, 오리엔탈리즘이 작동되는 지점이기도 하다. 백석의 시에는 하이쿠나 단카[短歌] 등에서 연상되는 '쓸쓸함을 정조'로 하는 '사비[寂]의 미학'이 느껴지는데 여기서 일본풍의 자포니즘(Japonism)적 취향을 읽을 수 있다. 형상화가 뛰어나다는 점에서는 쇼와 문학의 특성인 신감각적인 모더니티를 품고 있다고 할 수 있다. 따라서 그의 방언주의가 서북 방언의 지방성을 드러냄과 동시에 식민지 조선에 대한 민족적인 표현이자 생명선이기도 하다. 하지만 이러한 지적에도 불구하고 그의 민속적 관심은 제국과 식민지라는 위계에서 보자면 식민주의에 함몰될 수 있는 경계선에 서 있다. 백석의 시적 특징인 방언의 차용에서 이미지스트로서 모더니티를 품고 있는 전통주의자를 발견할 수 있다.

3. 이향(異鄕)적 존재[56]와 유폐된 자아

시집『사슴』에 수록된 백석의 시 중에서「柘榴」는 특이성을 지닌 작품이다.[57] '석류'를 노래한 이 시는 그의 시세계를 이해하는 데 중요한 위치를 차지하고 있다. 그의 대다수 시가 '다' 종결어미로 끝나는 데 반해,「柘榴」는 유일하게 명사형으로 끝을 맺은 시이다. 백석 시의 별격(別格)인 이 시는 이향적 존재로서의 백석 시의 특징과 정신을 보여주고 있다.

南方土 풀안돋은양지귀가본이다
해ㅅ비먹은저녁의 노을먹고 삶다

太古에나서
仙人圖가꿈이다
高山淨土에山藥캐다오다

달빛은異鄕

---

56 '이향(異鄕)적 존재'란 자기 고향이 아닌 타향에서 살아가는 존재로, 고향을 떠나 일정한 장소나 공간을 이동하며 살아가는 이주적 삶을 의미한다.

57 이 시는 한자음으로 '자류'이나 '석류'로 읽어야 한다. 고형진 편,『정본 백석 시집』(문학동네, 2007), 이동순·김문주·최동호의『백석 문학전집』1(서정시학, 2012), 김재용의『백석전집』개정증보판(실천문학사, 2012)에서는 '자류'로 표기하고 있지만 이는 '석류'로 바로잡아야 한다.

눈은 정기속에 어우러진싸움

ー「柘榴」 전문(『사슴』, 1936)

감각적 이미지로 석류가 여물어 터지는 모습을 관상(觀賞)한 이 시는 시집 『사슴』의 목차[58] 중 「靑柿」, 「山비」, 「쓸쓸한길」, 「柘榴」, 「머루밤」, 「비」, 「노루」 등 이미지즘 계열의 시가 실려 있는 '노루'라는 장에 실려 있다. 본문의 시 「노루」에서 따온 장에 배치된 「柘榴」는 예스러운 멋을 가진 제목만큼이나 백석 시에서도 별종으로 꼽힌다. 석류를 뜻하는 일본식 한자 '柘榴(ざくろ)'에서 따온 이 시는 이미지가 선명하게 드러난다는 점과 도가(道家)풍의 선(禪)적 관념이 뒤섞여 있는 것으로 보아서 일본 체류 당시 체득한 모티프에 의거하여 창작된 초기 시로 보인다. "仙人圖가꿈이다"와 "달빛은異鄕"라는 세속과 멀리한 은일(隱逸)적 정서에서 이 무렵 백석의 정신적 세계와 자의식을 엿볼 수 있다.

이 시에는 석류가 "남방토"에서 햇빛 받으며 산다고 했지만 실제로 석류는 지중해를 비롯하여 서아시아가 원산지인 이주(移住) 관목이다. 다산(多産)을 상징하여 양지바른 인가(人家) 주변이나 관상용으로 화분에 심어 키웠다. 일조량이 많은 여름철에 열매가 열리기 시작하여 가을이 되면 익어 벌어져 석류알이 영롱한 보석빛처럼 반짝인다.

문일평의 『화하만필(花下漫筆)』에서 보면 "석류는 본래 서역(西域)의 산물"로 지금의 페르시아 지역인 "안석국(安石國)에서 가져왔다"[59]고 하

---

[58] 백석의 첫 시집 『사슴』 목차는 '얼럭소새끼의영각', '돌덜구의물', '노루', '국수당넘어' 등 4개의 장으로 나누어져 있다. 이중 '노루'에는 「靑柿」, 「山비」, 「쓸쓸한길」, 「柘榴」, 「머루밤」, 「女僧」, 「修羅」, 「비」, 「노루」가 실렸다.

고, 강희안(姜希顔)의 『양화소록(養花素綠)』에 "유화(榴花)가 본디 안석국에서 들어왔기 때문에 이름을 안석류(安石榴)라 하고 또는 해외 신라국(新羅國)에서 온 것을 해류(海榴)라고 한다. 이 꽃은 받침이 다 진홍빛이고 꽃잎이 마치 조알처럼 빽빽하게 들어박혔다. 이 꽃은 천엽(千葉)도 있고, 황화(黃花)도 있고, 홍화백록(紅花白綠)도 있고, 백화홍록(白花紅綠)도 있으니 화품(花品) 중에는 가장 기이한 것이다"[60]라고 기록되어 있다.

석류는 풀도 돋지 않는 열사의 메마른 땅인 "남방토" 태생으로 그곳의 토양에서 자라는 관목이다. 2연에 제시한 "仙人圖"는 세속을 떠나서 숲이나 산에 은거하는 이가 등장하는 그림을 말한다. 석류가 꿈꾸는 삶은 세속과 절연된 고고한 삶임을 알 수 있다. "고산정토(高山淨土)"에서 "산약(山藥)"이나 캐며 유유자적하는 도인풍의 삶이 바로 그것이다. 현실 세계와 유리된 은일하고 선적인 삶에는 지상을 초월한 신성한 종교성까지 엿보인다. 정지용의 시 「九城洞」에서 노래한 "꽃도 / 귀향 사는 곳"으로 「白鹿潭」의 "고산식물(高山植物)"이 살고 있는 신성한 장소이자 거처가 아닐 수 없다.

그런데 이 시의 고갱이는 3연에 있다. "달빛"을 "이향(異鄕)"으로 표현했다. "눈"은 "싸움"이라고 했다. 여기에서 눈이 사람의 눈[目]을 뜻하는지, 석류꽃의 눈(꽃)을 뜻하는지, 겨울에 내려 쌓인 눈[雪]을 뜻하는지는 문맥으로 보면 모호하다. 소재가 석류라는 것을 전제하면 눈은 석류 안에 가득 찬 알갱이 정도로 해석이 가능하다. 다만 '남방토'와 '이향'이라는 시어를 통해서 토착식물이 아닌 이주한 귀화식물로 석류를 대상

---

59   文一平, 『花下漫筆』, 三星文化財團, 1972, 93면.

60   강희안, 이병훈 역, 『양화소록』, 을유문화사, 2009, 83면.

화하고 있다. 고향을 떠난 시인이 처한 상황과 동병상련이라고 할까, 이 시에서는 백석의 이향적 삶을 읽을 수 있다.

백석은 어쩌면 이 시에서 시인이라는 운명을 자각했는지 모른다. 그야말로 '고산정토'의 고고한 삶과 '산약'이나 캐면서 살아가는 시인의 은밀한 세계가 바로 석류를 통해서 표상된 것으로 보인다. 즉 일본 유학 생활 이후의 삶에서 그는 '이향적 존재'로서 자신의 위치를 자각하고 있었던 것으로 보인다. 그렇기 때문에 태생적 삶에서 벗어나 낯설고, 유폐된 현실과 싸워야 하는 존재 조건을 가진 석류를 통해 자신을 보았던 것이 아닐까? 석류는 '이향적 존재'로서의 시인 백석이 처한 현실을 상징적으로 보여주고 있다고 말할 수 있다. 이는 곧 동화(assimilation)와 투사(projection)의 원리를 통해서 객체를 자기 자신과 동일시하려는 태도이다.[61]

백석의 이러한 '이향적 존재'로서의 자기 정체성은 앞서 살펴본 이산 의식과 함께 그의 시정신의 줄기를 형성한다. 가령 그의 『사슴』 시편의 「女僧」, 「修羅」을 비롯하여 만주 이주 시기에 쓴 시 「국수」, 「흰 바람벽이 있어」, 「藻塘에서」, 「杜甫나李白같이」, 「南新義州柳洞朴時逢方」 등에서 나타나듯이 백석 시에는 이향과 이산성이 내면화되어 있다. 그뿐만 아니라 그의 시에서 나타나는 장소 심상과 음식에서 비롯되는 후각과 미각 심상에 대한 환기 역시 이를 뒷받침하고 있다. 이향적 존재임을 자각할 때 백석이 떠올린 것은 고향에서의 장소 체험과 음식이었던 것이다. 장소에 대한 기억과 고향의 맛과 냄새는 이향적 존

---

61   김준오, 『詩論』, 삼지원, 1982, 341~342면.

재로서의 자신의 처지를 더욱 부각시킨다. 물론 이러한 이향적 존재로
서의 자기 규정은 강력한 귀환 의식을 내포하고 있다.

그런데 주목되는 것은 이 시기 백석 시세계의 특징 중 하나가 현실 생
활과 격리된 유폐된 자의식의 세계로 향하고 있다는 것이다. 이러한 경
향은 주로 산(촌) 이미지와 맞닿아 있으며 「寂境」, 「秋日山朝」, 「쓸쓸한
길」, 「머루밤」 등에서 나타나는 주된 정서이다. 다음의 시 「寂境」을 보자.

신살구를 잘도먹드니 눈오는아츰
나어린안해는 첫아들을낳었다

人家멀은山중에
까치는 베나무에서즞는다

컴컴한부엌에서는 늙은홀아버의시아부지가 미역국을끄린다
그마음의 외딸은집에서도 산국을끄린다

―「寂境」 전문(『사슴』, 1936)

이 시는 한적(閑寂)한 깊은 산지를 배경으로 출산의 기쁨을 그리고 있
다. 마침 "눈오는아츰"이다. 인적 드문 깊은 산중과 눈 내리는 아침이
조화를 이루며 하얀 눈이 선명하고 깨끗한 회화적 이미지를 느끼게 한
다. "人家멀은山중에"아이가 태어났으니 기쁜 소식이 아닐 수 없다.
"신살구"를 "잘도 먹더니"라고 한 것으로 보아 이때는 살구가 자랄 무
렵인 6, 7월이고 아기가 태어난 때는 "눈오는아츰"으로 이르면 11월이

고, 늦어도 1월경이다. 온 사위가 정경(淨境)에 쌓여 있는 "人家멀은山
중"에서 태어난 "첫아들"이다. 늙은 홀아비인 '시아버지'가 몸소 산모를
위해 "미역국"을 끓이는 장면 또한 정겹다. 아이의 우렁찬 목소리가 '적
경'에 쌓인 눈이 내리는 산촌을 일깨우는 듯한 묘미를 이 시는 가지고
있다. 아이의 탄생만큼 기쁜 일은 없다. 그래서인지 2연은 '아침 까치
가 울면 길조'라는 속담을 떠올리게 한다. 까치조차 생명 탄생의 기쁨
을 함께 누리는 산중의 '마음'을 느낄 수 있다. 미물조차 이웃지간이 되
는 산촌의 따뜻한 정을 일깨우고 있는 것이다. 여기에서 마지막 행 "마
음"을 '마을'의 오식[62]으로 볼 수도 있지만, 원본 그대로 "마음"으로 해
도 의미가 부자연스럽지 않다. 앞 절에서 나이 어린 산모가 첫아이를
낳고 까치조차 이를 반길 뿐 아니라, 산국을 끓이는 늙은 홀아비의 기
쁜 마음을 헤아려보면 인적 드문 산촌에 태어난 아이의 생명 탄생을 기
뻐하는 마음은 모두 같기 때문이다. 따라서 "그 마음의 외딴은 집"은 외
딴 산촌 공동체의 따뜻한 정을 노래한 시로 이해해도 좋다. 이 시에서
고요하고 한적한 마을의 풍경에 생명 탄생을 알리는 아이의 울음소리
가 '생기'를 불러일으킨다. 때 묻지 않은 정갈한 순백의 마음과 산촌 외
딴 마을의 온정이 그대로 드러난다. 산촌의 분위기는 마치 종교처럼
신성하다. 시인은 이 시에서 모든 것과 격절(隔絶)된 산촌의 풍경을 통
해서 조선의 인정을 그리고 있다. 그런데 왜 이 시기 백석의 시세계에
서는 산촌에 유폐된 자아의 그림자가 어른거리는가이다. 다음의 시에

---

[62] 「寂境」에서 '마음'을 기존의 논문에서는 대부분 '마을'의 오기로 보고 있다. 이숭원은 '마
음'을 '마을'의 오기로 보고, "산국을 끓이는 그 외딴 집을 "나어린안해"의 친정집"으로 단
정한다. 이숭원, 『백석을 만나다』, 태학사, 2008, 97면.

서도 이점은 확인된다.

아츰볕에 섭구슬이한가로히익는 곬작에서 꿩은울어 山울림과작난을한다

山마루를탄사람들은 새ㅅ군들인가

파―란한울에 떨어질것같이

웃음소리가 더러 山밑까지들린다

巡禮중이 山을올라간다

어제ㅅ밤은 이山절에 齋가들었다

무리돌이굴어날이는건 중의발굼치에선가

―「秋日山朝」 전문(『사슴』, 1936)

거적장사하나 山뒤ㅅ넢비탈을올은다

아―딿으는사람도없시 쓸쓸한 쓸쓸한길이다

山가마귀만 울며날고

도적개ㄴ가 개하나 어정어정따러간다

이스라치전이드나 머루전이드나

수리취 땅버들의 하이얀복이 서러웁다

뚜물같이흐린날 東風이설렌다

―「쓸쓸한길」 전문(『사슴』, 1936)

가을 산에서 정적을 깨는 활기찬 아침 전경을 포착한 「秋日山朝」는 어딘지 모르게 고요한 적요(寂寥)를 머금고 있다. 산길에서 시적 화자는 소리를 통하여 가을 산의 정취를 탐색하고 있다. "섶구슬이 한가로이 익는" 고즈넉한 골짜기에서 '꿩' 울음소리를 듣고 산중 가득 나무꾼들의 웃음소리를 듣는다. 순례에 나선 중은 때마침 산 위에 있는 절로 올라가고 있다. "어제ㅅ밤은 이山절에 齋가들었다"라는 것으로 보아서 죽은 이의 영혼을 천도(薦度)하는 의식인 재(齋)를 올려다는 뜻이다. 망자(亡者)가 사바세계를 벗어나 극락세계로 왕생하기를 발원하는 의미인 것이다. 이는 곧 일체중생의 영혼까지도 모두 극락왕생하기를 기원하는 염원이기도 하다. 절에 재가 든 것을 알고 있는 것으로 봐서 시적 화자는 산 중의 절에서 묵고 내려오는 길이다. 이 시는 죽음과 삶 사이에 시적 화자의 위치를 통해 공간을 확보하고 있다. 곧이어 4연에서 이어지는 선시(禪詩)풍의 마무리는 이러한 효과를 극대화하고 있다. 바삐 절에 올라가는 중의 발에 채인 잔돌 굴러 내리는 소리만이 가을 산의 정적을 깨우며 불현듯 삶과 죽음의 의미를 일깨우고 있다. 가을 산길을 홀로 걷는 시인의 발걸음이 더없이 쓸쓸한 풍경으로 다가온다.

「쓸쓸한길」에서도 홀로 거적장사[63]를 지켜보는 시인의 모습이 아련

---

[63] '거적장사'에 대한 어석에 대해서 송준은 '짚으로 엮거나, 새끼와 짚으로 걸어서 자리처럼 만든 물건을 팔러 다니는 장사꾼'(송준, 『백석시전집』, 학영사, 1995, 240면)으로, 이숭원은 '거적을 덮어 지내는 초라한 장사'(이숭원, 『백석 시의 심층적 탐구』, 태학사, 2006, 193면)로 보고 있다. 필자는 짚으로 만든 거적을 파는 장사꾼으로 보았다. 그 이유는 거적장사가 거적을 팔기 위해서는 마을이나 장거리를 가야하는데 산비탈을 오르고 있는 것으로 보아서 산 속 제(祭)를 지내는 곳에서 거적 주문을 받아 갖다 주는 모습으로 해석이 가능하기 때문이다. 뒤에 이어진 "딸으는사람도없시", "山가마귀만 울고", "하이얀복이 서러웁다"라는 표현에서는 쓸쓸하고 불길하면서 서러운 정서가 느껴진다. 따라서 죽은 사람을 거적에 말아서 땅에 묻으러 가는 초라한 장사(葬事)로 해석하기보다는, 인근

하다. "쓸쓸한 쓸쓸한길"을 걷고 있는 것이 거적장사인지 시인 자신인지 분간하기 어렵다. "山가마귀만 울며날고", "뚜물같이흐린" 스산한 바람만이 부는 산길에 서 있는 시인의 모습이 「秋日山朝」와 같이 적요의 이미지와 마주하고 있다. "수리취 땅버들의 하이얀복이 서러웁다"라고 했으니 쓸쓸함과 서러움이 한층 시적 화자의 정서를 강화하고 있다. 마치 세속을 벗어나 애상(哀傷)에 젖어 산 속을 거니는 세상과 등진 자의 모습인 것이다. 이와 같이 식민지 조선을 여행하면서 느끼는 정조인 '쓸쓸한 비애미'는 현실 세계에서 벗어나 탈속적(脫俗的)이고 초속적(超俗的)인 세계에 이끌린 결과로 파악할 수 있다. 그것은 가라타니 고진[柄谷行人]이 언급한 바 있듯이 "'풍경'이 고독하고 내면적인 상태와 긴밀하게 연결되어 있"으며 "주위의 외적인 것에 무관심한 '내적 인간(inter man)'에 의해", "풍경은 오히려 '바깥'을 보지 않는 자에 의해 발견된 것"[64]이라는 지적과 무관치 않다. 즉 백석에게 풍경의 발견은 표면적으로는 조선미를 말해주는 것이지만 그것은 곧 내면으로 자신을 유폐시키려는 자의 또 다른 모습과 만난다.

이 시들이 창작된 시기는 동아시아 정세로 보면 중일전쟁(1937) 전야로 일본 파시즘이 본격화되고 대동아공영권이라는 논리를 내세워 강압적인 통치가 가속화되면서 식민지 조선의 현실이 더욱 암담(暗澹)해지고 있었다. 다른 한편으로는 식민지 근대의 도시화가 진행되던 시기이다. 이 당시 정지용은 1935년 발표된 첫 시집 『鄭芝溶詩集』에서 고향

에 장사를 지내는 묘소에서 주문 받은 거적을 갖다 주는 거적장사로 해석하는 것이 자연스럽다.

64　가라타니 고진[柄谷行人], 박유하 역, 『일본근대문학의 기원』, 민음사, 1997, 36면.

을 떠난 자의 도시적 삶의 비애를 그리거나, 낯선 문물과 풍경들을 보면서 비애미를 관조적으로 표현했다. 반면에 백석은 경성에 있는『朝鮮日報』에서 일하면서도 그의 시적 대상은 주로 적경에 쌓인 산촌을 장소로 그리고 있다. 번잡하고 시끄러운 도시의 세련미가 아니라 고즈넉하며 향토적인 이미지를 오감으로 체득할 수 있는 오랜 전통이 숨 쉬는 장소를 시의 소재로 취했다. 이른바 도시 문명과 상대적으로 떨어져 있는 산 이미지를 통해 '격절의 미학'을 펼쳤던 것이다. 이러한 시로는 「山地」, 「쓸쓸한길」, 「寂境」, 「山谷」, 「山宿」 등이 있다.

그런데 시집『사슴』이 발간된 전후로 백석의 시에는 유난히 '적막강산'이라고 할 수 있는 '산'을 소재로 한 시들이 많다. 이는 자아가 한 점 소묘로 남는 정지용이『白鹿潭』(1941)에서 「長壽山 1」, 「長壽山 2」, 「白鹿潭」, 「毘盧峯」, 「九城洞」, 「玉流洞」, 「溫井」 등 '산 시편'을 통해 보여 준 세계와 유사하다. 정지용이 적경에 쌓인 장수산의 깊은 밤 "깊은산 고요가 차라리 뼈를 저리우는데 눈과 밤이 조히보담 희고녀!"[65]라고 하면서 "시름은 바람도 일지 않는 고요에 심히 흔들리우노니 오오 견듸란다 차고 兀然히 슬픔도 꿈도 없이 長壽山속 겨울 한밤내―"[66]라는 토로에서 백석의 「寂境」을 떠올리는 것은 어렵지 않다. 마치 백석의 시집『사슴』(1936)을 읽은 정지용의 해득(解得)인지 몰라도 정지용의 산 시편이 내면 지향의 관조적인 동양적 정신주의의 발현으로 나타났다면, 백석의 산 이미지는 유폐된 자아가 소요(逍遙)하는 산촌의 일상 풍경에 주목하고 있다. 이러한 인식은 둘 다 '현실의식 및 역사의식의 결핍'[67]에

---

65   정지용, 「長壽山 1」, 『白鹿潭』, 백양당, 1946, 12면.
66   위의 글, 12면.

서 비롯된 것으로 파악할 수 있지만, 오히려 정치적 감각이 은폐되어 있다고도 볼 수 있다.[68] 이들의 순수 지향에는 식민지 조선의 현실이 이미지를 통한 자연미로 그려지고 있지만, 이 둘 사이에는 근원적으로 '경험의 질서화'[69]라는 측면에서 차이가 있다. 즉 '적경'에 처한 식민지 조선의 현실에 대해 정지용은 '견딤의 미학'으로 대응했다면 백석에게 는 붙박지 못한 이향(異鄕)적 존재의 특징인 '유랑의 미학'이 발견된다. 이는 1930년대 후반 '전통의 발견'과 '조선적인 것'에 대한 탐구에 관심 을 보인 정지용과 백석의 공통점이기도 하지만 동시에 차이점이기도 하다.[70]

『사슴』을 평하면서 김기림이 지적했듯이 "냉담에 필적하는 불발의 정신"의 또 다른 표현인 그의 이러한 미적 태도는 당시 조선적인 것에 대한 비극적 인식에서 비롯된 것으로 보인다. 김기림이 '속도감'을 표 상으로 모더니티를 표현했다면, 정지용은 '속도'와 '전통' 사이를, 백석 은 '전통'에서 모더니티의 숨결을 느꼈던 것이다. 즉 미적 자율성 위에 세워진 '전통 중시'가 백석의 미적 인식이자 태도라고 할 수 있다. 김기

67　김재홍은 정지용의 정신주의에는 현실의식과 역사의식이 결핍되어 있다고 지적한다. 김재홍, 『한국현대시인 연구』 2, 일지사, 2007, 86면.

68　정지용은 '산' 이름을 소재로 「長壽山 1」, 「長壽山 2」, 「白鹿潭」, 「毘盧峯」, 「九城洞」, 「玉流洞」, 「朝餐」, 「비」, 「忍冬茶」, 「붉은손」, 「꽃과벗」, 「瀑布」, 「溫井」, 「삽사리」, 「나븨」, 「진달래」, 「호랑나븨」, 「禮裝」, 「春雪」, 「小曲」 등 20편의 시를 썼다. 정지용은 "일본놈 들이 무서워서 산으로 바다로 회피하며 시를 썼다"라고 했다. 鄭芝溶, 『散文』, 同志社, 1949, 31면.

69　김준오, 『현대시의 방법론과 모더니티』, 새미, 2009, 186면.

70　정지용은 『文章』 5호에 「시의 擁護」라는 산문을 발표하면서 "고전적인 것을 진부로 속단 하는 자는, 별안간 뛰어드는 야만일 뿐이다"라며 "우수한 전통이야말로 비약의 발디딘 곳"이라고 하며 전통적인 것을 옹호한다. 정지용, 「詩의 擁護」, 『文章』 5호, 1939.6, 126면.

림이 지적한 바와 같이 그의 시에서 '유니크(unique)'한 점이 있다면 바로 이를 두고 한 말일 것이다.[71] 이러한 백석 시의 독특성은 앞장에서 살펴보았듯이 백석의 쇼와 체험과 무관하지 않다.

백석의 유학 시절(1930~1934)은 쇼와 초기에 해당된다. 이른바 일본에서 '쇼와 10년대'라고 불리는 이 시기는 크게 '일본적인 것'에 대한 논의와 '고전으로 돌아가자'라는 기운이 높았다. '마르크스주의 패퇴'로 인한 '국학적(國學的) 사상'이 이 시기에 발현되었다.[72] 이와 같은 '쇼와 10년대'의 역사인식은 한편으로는 '일본주의'나 '고전'의 부흥으로, 다른 한편으로는 마르크스주의를 포함한 '역사의식'의 종국적인 형태인 '근대의 초극'으로 나타났다. '역사인식'의 초극은 '근대의 초극' 즉 '비극'을 '근대'의 숙명으로 바라봄으로써 생겨난 '초극' 내지 '도피'를 위한 제언이었다. 쇼와 초년 이래의 '불안'에서 시작하여 '전향'을 편력한 일본의 지성이 종국에 이르러 발견한 역사적 자각의 형태가 바로 '초극'의 이론이었던 것이다. 즉 전쟁이라는 권력의 발동에 의해 고양된 개체의 의식이 일종의 '비역사주의'로 수렴해가는 과정을 선명하게 보여주는 것이라 할 수 있다.[73]

---

71 김기림, 「'사슴'을 안고」, 『조선일보』, 1936.1.29.
72 이에나가 사부로[家永三郎], 연구공간 '수유+너머' 일본근대사상팀 역, 『근대 일본 사상사』, 소명출판, 2006, 325~326면.
73 위의 책, 334면.

4. 식민지 조선 기행과 조선미의 창안

1) '삼방'과 '통영' 기행 시초

시집 『사슴』 출간 이후 백석은 세 부류의 기행 '시초(詩抄)'를 연작 기행시[74]의 형태로 남겼다. 함흥의 영생고보 교사 재직 시절(1936.4~1938.12)과 만주행 이전에 발표한 「南行詩抄」(『朝鮮日報』, 1936.3.5~8), 「咸州詩抄」(『朝光』 3권 10호, 1937.10), 「西行詩抄」(『朝鮮日報』, 1939.11.8~11)가 그것이다. 이 세 부류의 기행 시초는 1930년대 중반 이후의 식민지 근대의 조선 여행이라는 점에서 의미심장하게 다가온다.

백석은 「南行詩抄」과 「咸州詩抄」, 「西行詩抄」 이외에도 삼방 약수터를 다룬 「山地」와 「三防」을 비롯하여 여행하는 도중에 들렀던 장소에

---

[74] 백석이 남긴 '기행시편'의 장소는 크게 일본 이즈반도 지방, 남해 지방, 관서 · 관북(평안도, 함경도) 지방, 만주 지방으로 나눌 수 있다. 이러한 장소 이동은 그의 행적과 관련되어 있으며, 일제강점기 그의 정체성은 이향적 존재이자, 이주자로서의 유랑의 삶에 의해 형성된 것이라는 점을 말해준다. 백석이 만주국행 이전에 발표한 국내 기행시편 「統營」, 「曠原」, 「연자ㅅ간」, 「湯藥」, 「三防」은 『사슴』에 수록되어 있다. 『조선일보』 근무 당시에 통영 일대를 여행하고 쓴 연작시 「南行詩抄」 4편 「昌原道」, 「統營」, 「固城街道」, 「三千浦」 등은 『朝鮮日報』(1936.3.5~8)에 「南行詩抄」로 연재하였다. 1936년 4월 『조선일보』를 그만두고 함흥 영생고보로 부임한 이후 함경도 함주(咸州)를 배경으로 한 연작시 「咸州詩抄」 5편 「北關」, 「노루」, 「古寺」, 「膳友辭」, 「山谷」 등은 『朝光』 3권 10호(1937.10)에, 1938년 함경도 여행에서 쓴 연작시 「山中吟」 4편 「山宿」, 「饗樂」, 「夜半」, 「白樺」 등은 『朝光』 4권 3호(1938.3)에 발표하였다. '북관' 지방을 여행하고 창작한 「夕陽」, 「故鄉」, 「絶望」은 『삼천리문학』 2집(1938.4)에 게재하였고, 평안도 바다를 풍경으로 한 연작 기행시 「물닭의소리」 연작시 「三湖」, 「物界里」, 「大山洞」, 「南響」, 「夜雨小懷」, 「꼴두기」 등은 『朝光』 4권 10호(1938.10)에, 「咸南道安」은 『文章』 1권 9호(1939.10)에, 관서 지방 일대를 배경으로 한 연작시 「西行詩抄」 4편, 「球場路」, 「北新」, 「八院」, 「月林장」은 『조선일보』(1939.11.8~11)에 발표하였다.

서 영감을 얻은 시 「酒幕」, 「統營」,[75] 「寂境」, 「未明界」, 「城外」, 「秋日山
朝」, 「曠原」, 「쓸쓸한길」, 「머루밤」, 「女僧」, 「修羅」, 「노루」, 「절간의소
이야기」, 「오금덩이라는곧」, 「柿崎의바다」, 「연자ㅅ간」, 「黃日」, 「바
다」, 「秋夜一景」, 「山中吟」 연작, 「夕陽」, 「故鄕」, 「絶望」, 「물닭의소리」
연작, 「멧새소리」, 「安東」, 「咸南道安」 등의 기행시편을 남겼다. 이들
작품은 '시초'와는 별개의 독립된 작품이지만, 시상의 전개와 흐름을
보면 기행시의 특성이 반영되어 있어 '시초'의 연장선에 놓여있다고 할
수 있다. 『사슴』 시편을 포함하여 그의 유랑과 같은 기행 행적은 가히
조선-일본-조선-만주국을 넘나드는 동아시아적 기행이었다.

이즈반도(伊豆반도, 柿崎 바다, 伊豆國湊街道) → 정주(정주성) → 통영
(이순신 충렬사, 세병관) → 평안도 → 함흥(원산 해수욕장, 석왕사, 삼방
약수터, 송도 해수욕장) → 만주국(安東) → 함북(귀주사)일대 → 만주국
(新京) → 만주국(安東) → 신의주

* ( )는 관광지 및 명승고적

기행지는 남해, 함경도, 평안도 지방뿐만 아니라 만주국에까지 이르
고 있다. 여행은 철도를 이용했으며[76] 때로 산촌 깊이 갈 때는 도보(徒

---

75 백석은 「統營」이라는 제목의 시를 모두 3편 발표했다. 시기별로 1935년 12월 『朝光』에
   발표한 「統營」에서는 「伊豆國湊街道」와 같은 쓸쓸한 비애미가 묻어 나오고 있고, 1936년
   1월 23일 『朝鮮日報』에 발표한 「統營」은 연모의 정이 드러나 있다. 반면에 1936년 3월 6
   일자 『朝鮮日報』에 실린 「統營」에는 통영에 대한 비애미와 연모의 정은 사라지고, 풍경
   이 자리한다.
76 당시 철도는 부산 신경(新京) 직통 급행이 개설되어 있었다. 부산-경성-평양-安東-奉天
   -新京까지 직통으로 철도 여행을 할 수 있었다. 조선총독부 철도국은 잡지 등에 대륙철

步)로 이동했다. 만주국에 있는 안동은 당시 일본 만철의 출발지였으며, 조선인은 신의주를 거쳐 압록강을 건너면 갈 수 있었다. 함북 귀주사는 정주에서 기차로 갈 수 있는 함경도의 명승고적이다. 원산 해수욕장과 석왕사, 삼방 약수터, 송도 해수욕장이 있는 원산은 경성에서 경원선을 타고 갈 수 있었다. '삼방' 약수는 약효험이 좋기로 유명세를 타서, 인근에 무학대사(無學大師)가 이성계(李成桂)가 꾼 꿈이 왕이 될 징조라고 해석하여 이름 붙여진 석왕사(釋王寺)와 원산 송도원(松濤園) 해수욕장을 다녀오는 길에 들르던 여름철 피서 관광여행 코스 중 하나였다. 당시 석왕사는 조선총독부가 발간한 「조선고적도보」와, 일본인들이 만든 엽서에 소개될 정도로 유명했다. '조선의 명소', '조선풍경', '조선경원선(京元線)' 등으로 홍보되면서 당시 경성에서 함흥까지 기차로 갈 수 있는 관광 명소였다. 근처에 함흥 해수욕장, 송도원 해수욕장이 있으며, 삼방 약수터는 여름이면 인근 해수욕장에서 온 사람들로 북적였다. 이곳은 1930년대 이광수·주요한·방인근·모윤숙(毛允淑) 등 문인들이 여름철에 즐겨 찾는 여행 코스 중 하나이기도 했다.[77] 백석은 '삼방'과 관련해서 두 편의 시를 남겼다.

갈부던같은 藥水터의山거리

旅人宿이 다래나무지팽이와같이 많다

도 광고를 게재해서 홍보했다. 모던일본사, 『일본잡지 모던일본과 조선 1940 ─ 영인 『모던일본』 조선판 1940년』, 어문학사, 2009. 206면.

77 방인근, 『黃昏을 가는 길 ─ 人生懺悔 60년』, 삼중당, 1963, 114·172면.

시내ㅅ물이 버러지소리를하며 흐르고

대낮이라도 山옆에서는

승냥이가 개울물 흐르듯 운다

소와말은 도로 山으로 돌아갔다

염소만이 아직 된비가오면 山개울에놓인다리를건너 人家근처로 뛰여온다

벼랑탁의 어두운 그늘에 아츰이면

부헝이가 무거웁게 날러온다

낮이되면 더무거웁게 날러가버린다

山넘어十五里서 나무뒝치차고 싸리신신고 山비에촉촉이 젖어서 藥물을
        받으러오는 山아이도 있다

아비가 앓른가부다

다래먹고 앓른가부다

아래ㅅ마을에서는 애기무당이 작두를타며 굿을하는때가 많다

―「山地」 전문(『朝光』 1권 1호, 1935.11)

갈부던같은 藥水터의山거리엔 나무그릇과 다래나무짚팽이가많다

山넘어十五里서 나무뒝치차고 싸리신신고 山비에촉촉이젖어서 藥물을

받으려오는 두멧아이들도있다

아레ㅅ마을에서는 애기무당이 작두를타며 굿을하는때가많다

―「三防」 전문(『사슴』, 1936)

　함경남도 안변군(安邊郡)에 있는 '삼방약수(三防藥水)' 터를 모티프로 창작된 이 두 편의 시는 백석의 미의식을 엿볼 수 있어 흥미롭다. 「三防」은 시집 『사슴』에 게재되었지만, 「山地」가 먼저 창작되었고 「山防」 이후에 개작하여 게재된 것으로 보고 있다.[78] 『사슴』에 실린 「三防」은 「山地」 1연과 5연, 7연을 차용해서 개작한 것이다. 「山地」를 「三防」으로 개작한 이유는 여러 요인이 있겠지만 무엇보다도 구체적인 형상과 간결성 및 감각성을 중시하는 이미지즘의 시법을 구사하기 위한 것으로 보인다. 이로 인하여 「三防」은 「山地」보다 행과 연이 짧지만 오히려 시 창작의 직접적인 배경인 '삼방'을 제목으로 삼아 구체성을 드러냈다. 둘째로는 『사슴』 시편의 특징 중 하나인 단시(短詩) 위주의 운율과 선명한 이미지를 살리기 위해 시도한 것으로 보인다. 그래서 「三防」은 「山地」에 비해 시의 형태를 간결하고 압축적으로 제시하고 있어 시적

---

[78] 고형진, 이숭원, 이지나는 「三防」이 「山地」의 개작으로 보았다. 「三防」의 "미학적 의도가 더 개입한 형태"(이숭원, 『백석을 만나다』, 태학사, 2008, 200면), "시적 화자의 상상이나 감정이 지나치게 개입된 시행들을 삭제하고 불필요한 반복을 줄여 외형적으로 완결된 모습을 보이면서 내용의 응집력을 높이고 있다"(이지나, 『백석 시의 원전비평』, 깊은샘, 2006, 55면), "개작된 시에서는 완전히 인간의 삶의 체취와 호흡이 묻어나는 세계로 이동"하고 있으며 "구체적인 생활 현장을 쫓아가는 백석의 시적 태도를 분명하게 확인"할 수 있다(고형진, 『백석 시 바로읽기』, 현대문학, 2006, 27면) 등의 평가가 이를 뒷받침한다.

긴장을 높이고 있다.

「山地」 1연에서 알 수 있듯이 당시 삼방 약수터의 초입에는 여인숙이 많았던 모양이다. 약수를 마시러 오는 관광객들로 북적였을 것이고 나이 든 관광객을 대상으로 나무 그릇이나 다래나무 줄기로 만든 지팡이를 많이 팔았을 것이다. 그래서 가게에서 내놓은 "다래나무지팽이"만큼 여인숙이 많다고 한 것이다. 2・3・4연은 깊은 산중에 왠지 모를 음습한 기운이 무겁게 짓누른다. 5・6・7연에 이르면 아픈 아버지의 병을 치료하기 위해 약수를 받으러 온 산골 아이와 죽은 원혼의 넋을 천도하는 굿을 하는지 애기무당이 나온다. 전해 내려오는 민간요법이나 무속에 기대어 살아가는 산촌 사람들의 생활이 드러난다. 이처럼 이 두 편의 시에서 시선을 사로잡은 것은 자연에 가까운 산간벽지의 반문명적인 삶이다. 문명으로부터 벗어난 야생적이고 원초적인 삶이 생생하다. 그의 기행 체험이 원시적인 것, 토속적인 것, 무속적인 조선의 미를 표현하고자 했던 시적 태도를 엿볼 수 있다.

이와 같이 향토적이고, 토속적인 지방색을 드러내는 '조선적인 것의 표상'을 보여주는 백석 시의 특징은 '통영'을 소재로 한 시에서도 드러난다. 동일한 제목으로 세 편의 시를 창작할 만큼 기행시의 첫머리에 놓여있는 「統營」은 조선적인 것의 특색을 보여주고 있어 흥미롭다.

옛날엔 統制使가있었다는 낡은港口의 처녀들에겐 옛날이가지않은 千姬
　　라는이름이 많다
미억오리같이말라서 굴껍지처럼말없이사랑하다죽는다는
이千姬의하나를 나는어늬오랜客主집의 생선가시가있는마루방에서맞났다

저문六月의 바다가에선 조개도울을저녁 소라방등이붉으레한뜰에 김넴

새나는실비가날렸다

—「統營」 전문(『朝光』 1권 2호, 1935.12)

한 편의 사랑시를 연상케 하는 이 시는 단시지만 백석 시의 장기인 역사적 사실을 모티프로 한 이야기성이 응축되어 있다. 비록 "낡은항구"로 표상되어 있지만 통영은 충청도, 전라도, 경상도 삼도수군통제사(三道水軍統制使)가 있어 삼도수군을 총 지휘했던 곳이다. 또 통제영의 세병관(洗兵館)과 한산도(閑山島) 제승당(制勝堂)이 있는 곳이다. 임진왜란 당시 삼도수군통제사로 있었던 충무공(忠武公) 이순신(李舜臣, 1545~1598)의 위업을 기리기 위해 위패를 모신 충렬사(忠烈祠)가 있는 '통영'이라는 역사적 장소도 만만치 않지만, '항구'라는 장소성도 이 시의 비극성을 한층 강화하고 있다. 실비가 내리는 6월 초여름 생기발랄한 바다의 풍경과 대비된다.

그런데 이 시에서 문제적인 시어는 "천희(千姬)"라고 할 수 있다. 이 시에 나오는 '千姬'에 대해서 김명인은 실제의 인명(人名)일 수도 있으나 '처니-千姬'로 연결되는 음상(音相)의 전이로 볼 수 있다고 하면서, 실제로 통영 지방에서는 시집가지 않은 처녀를 '처니' 또는 '천히'라고 부른다고 했다.[79] 그러나 거기에 더해서 일본 쇼와 문화에 영향을 받은 백석의 일본 체험으로 미루어볼 때, 이 시에 나오는 '천희'는 일본에서 흔히 평범한 여자를 일컫는 이름이거나, 기구한 운명의 여성을 상징하

---

[79] 김명인, 「30년대 시의 구조 연구」, 고려대 박사논문, 1985, 133면.

는 이름으로 불리는 '센 히메'를 의미하는 것으로 보인다. '천희'는 일본 식으로 읽으면 '센 히메'가 된다. 실존 인물이기도 한 '千姬', 즉 '센 히메[千姬, 1597~1666]'는 도요토미 시대에 태어나 파란한 일생을 산 여성이다. 센 히메는 도쿠가와 히데타다[德川秀忠, 1579~1632]와 스겐인[崇源院] 사이의 맏딸로 태어났다. 외할머니는 오다 노부나가의 여동생 오이찌[お市]이다. 일본의 천하통일의 기초를 놓았던 오다 노부나가[織田信長, 1534~1582] 가(家)와 천한 집에서 태어나 하급무사로 출발하여 일본을 천하통일한 도요토미 히데요시[豊臣秀吉, 1536~1598] 가, 그리고 친가로 쇼군시대를 연 도쿠가와 이에야스[德川家康, 1543~1616] 가와 밀접하게 관련을 맺은 여인이다. 센 히메는 7살 때 도요토미 히데요시의 아들인 히데요리[豊臣秀頼, 1593~1615]와 결혼했다. 남편인 히데요리는 센 히메와 함께 오사카성[大坂城]에서 시어머니인 요도도노[淀殿]와 함께 살았다. 요도도노는 센 히메의 어머니인 스겐인의 동생이다. 센 히메가 19살 때인 1615년에 친할아버지인 도쿠가와 이에야스는 오사카성을 함락했고, 남편 히데요리는 자결한다. 이로 인하여 도요토미 가문은 몰락하게 되고 센 히메는 혼다 타다가츠[本多忠勝, 1548~1610]의 손자 타다도키[本多忠刻, 1596~1626]와 재혼한다. 그녀는 히메지성[姫路城]에서 딸 가츠히메와 아들 고치요를 낳고 원만한 결혼 생활을 한다. 하지만 고치요는 3살에 죽고 5년 후에 남편도 결핵으로 죽는다. 어머니 스겐인도 같은 해에 죽자 센 히메는 머리를 깎고 여승이 되어 에도[江戸]로 돌아왔고 남은 여생을 살았다.[80]

---

80   일본어 위키백과 문서 참조. http://ja.wikipedia.org/wiki/%E5%8D%83%E5%A7%AB

센 히메는 운명적 사랑과 기구한 삶을 산 에도시대 풍운의 여인상이
다. 센 히메의 운명적인 사랑과 기구한 삶이 떠오르는 이 시에서 "낡은
港口의처녀"로 대변되는 '천희'는 센 히메의 표상으로 보인다. 에도 시
대의 명문 가문에서 태어났지만, '천희(千姬)'는 이름에서 풍겨져 나오
듯 '흔하고 평범함'의 표상인 동시에 '기구한 운명을 상징'하는 여성상
이기도 하다. 그런 처녀를 비오는 6월에 "소라방등"이 켜진 뜰이 보이
는 객줏집 마루방에서 만난 것으로 보아, 이 처녀는 객줏집 처녀로 보
인다. 당시 통영에서는 일본인의 이주어업이 활기를 띠면서 일본인들
이 어업권은 물론이고 어장까지 독점하고 있었다. 수산물 유통 구조는
객주제도(客主制度)로 이루어졌다.[81] 통영이 항구이고 인근에 어장을 관
리하는 어장주들의 객줏집[82]이 많았다. 객줏집 처녀들은 항구라는 특
성으로 인하여 떠나고 들어오는 사람들과의 교류가 빈번했을 것이다.
몸과 마음이 미역 줄기나 굴 껍데기처럼 바싹 마르는 사랑을 나누지만
결국에는 이루어질 수 없는 서글픈 사랑으로 남았을 것이다.

이 시에서 쇼와 문화의 영향이 감지된다. 당시 일본의 대중문화의
아이콘인 '센 히메'를 모티프로 삼았거니와 일본 체험을 담은 「柿崎의
바다」와 「伊豆國湊街道」와 성격이 매우 유사하다. 「伊豆國湊街道」와
「柿崎의바다」가 이즈반도의 풍토에 따른 고유한 특색을 드러내고 있
듯이 이 시 역시 "넷날엔 統制使가있었다"는 "항구"와 "客主집"을 통해

---

81   통영군사편찬위원회, 『統營郡史』, 통영군사편찬위원회, 1986, 546~554면 참조.
82   객줏집(客主-)은 '여관과 식당을 겸한 옛날식 술집'(송준, 『시인 백석』 1, 앞의 책, 155면)
      을 의미하지 않는다. 통영에서 오랫동안 산 분들에 의하면 객줏집은 오늘날로 말하면 도
      매 집에 해당된다. 어장주와 상인을 연결하는 중개상인인 도매상 집이다. 상인들이 이곳
      에서 숙식을 해결하기도 한다.

통영이라는 지방색의 특성을 드러내고 있다.[83] 풍토와 역사에 대한 백석의 관심을 보여주고 있다.

여기에 더하여 백석은 「統營」이라는 동일한 제목으로 또 하나의 사랑시를 1936년 1월 23일자 『朝鮮日報』에 발표한다. 이 시 역시 통영 지방의 특색인 '갓', '호루기', '아가미 젓', '어장주', '동백꽃', '명정샘' 등을 통해서 통영에 각인된 사랑하는 사람에 대한 연모지정(戀慕之情)을 그리고 있다.

舊馬山의 선창에선 조아하는사람이 울며날이는배에 올라서오는 물길이

　　　반날

갓나는고당은 갓갓기도하다

바람맛도 짭짭한 물맛도짭짤한

전북에 해삼에 도미 가재미의 생선이조코

파래에 아개미에 호루기의 젓갈이조코

새벽녁의거리엔 쾅쾅 북이울고

83　이 시 「統營」은 「柿崎의바다」와 시적 전개와 이미지가 유사하다는 점에서 쌍으로 읽어도 무방하다. 김윤식은 이 두 시를 방법론적 측면에서 동일하다고 보고 있다. 또한 백석의 시에서 '일본어, 일본풍물'이 많이 들어 있다고 지적하면서, 그의 시를 민중적이라든가 민족어가 들어 있다든가, 식민지 시대 뿌리 뽑힌 민중의 삶을 담고 있다는 것은 피상적인 관찰이라고 지적한다. 김윤식, 「백석론―허무의 늪 건너기」, 『백석』, 새미, 1996, 208~209면.

뱀새ㅅ것 바다에선 뿡뿡 배가울고

자다가도 일어나 바다로 가고십흔곳이다

집집이 아이만한 피도안간 대구를말리는곳
황화장사령감이 일본말을 잘도하는곳
처녀들은 모두 漁場主한테 시집을가고십허한다는곳
山넘어로가는길 돌각담에 갸웃하는 처녀는 錦이라든이갓고
내가들은 馬山客主집의 어린딸은 蘭이라는이갓고

蘭이라는이는 明井골에산다든데
明井골은 山을넘어 柊柏나무푸르른 甘露가튼 물이솟는 明井샘이잇는 마
　　을인데
샘터엔 오구작작 물을깃는처녀며 새악시들 가운데 내가조아하는 그이가
　　잇슬것만갓고
내가조아하는 그이는 푸른가지붉게붉게 柊柏꼿 피는철엔 타관시집을 갈
　　것만가튼데
긴토시끼고 큰머리언고 오불고불 넘엣거리로가는 女人은 平安道서오신
　　듯한데柊栢꼿피는철이 그언제요

녯 장수모신 날근사당의 돌층게에 주저안저서 나는 이저녁 울듯울듯 閑
　　山島바다에 뱃사공이되여가며
녕나즌집 담나즌집 마당만노픈집에서 열나흘달을업고 손방아만찟는 내

사람을생각한다

—〈南行詩抄〉—

—「統營」 전문(『朝鮮日報』, 1936.1.23)

‘남행시초(南行詩抄)’라는 부제를 달고 있는 이 시는 백석이 구(舊)마산에서 배를 타고 통영에 가서 체험한 것을 모티프로 해서 창작된 것이다. 이 시는 ‘통영’을 제목으로 한 3편의 작품 중 가장 구체적인 시상의 전개를 보이고 있는 작품이다. 시집 『사슴』에 발표한 「統營」이 항구에서 살아가는 기구하고 파란한 삶을 사는 여성에 주목했다면, 이 시는 당시 경남 통영 출신인 박경련(朴景蓮)에 대한 흠모의 연정을 그린 사랑시로 알려져 있다.[84]

뜻풀이를 하면 다음과 같다. 구마산 항구에서 “물길이반날”이니 통영까지 반나절이 걸리는 거리다. 당시 마산에는 구(舊)마산과 신(新)마산이 있었는데 신마산에는 일본인이, 구마산에는 조선인이 살았다. 당시 부산에서 출발하여 구마산을 거쳐 통영으로 가는 여객선이 있었다. “갓나는고당은 갓갓기도하다”[85]는 ‘갓나는 고장은 갓같기도 하다’란 뜻으로 통영 바다에서 통영을 바라보면 삼도수군통제영과 세병관이 자리한 통영의 진산(鎭山) ‘안뒤산’인 ‘여황산(艅艎山)’이 갓 모양으로 생긴 것을 직감적으로 표현한 것으로 보인다.

84　송준, 『남신의주 유동 박시봉방―백석 일대기』 1, 지나, 1994, 153~155면; 박태일, 「백석과 신현중, 그리고 경남문학」, 『지역문학연구』 4, 1999, 경남부산지역문학회, 27~31면 참조.

85　송준은 ‘갓갓기도’를 ‘가깝기도’로 어석 풀이를 하고 있다. 송준, 『백석 시 전집』, 흰당나귀, 2012, 496면.

통영 인근 해역은 전복에 해삼, 대구, 도미, 가자미, 멸치 등이 특산물일 정도로 많이 잡히는 곳이니 예나 지금이나 시장에 이들 생선이 주로 많다. 백석은 통영에서 파래, 아가미,[86] 호루기 젓갈[87] 등이 나온 밥상을 받았을 것이다. "새벽녘의거리엔 꽝꽝 북이울고" 있다는 것은 새롭게 진수한 배의 첫 출항을 알리는 북소리가 난다는 것을 의미한다. 이는 배를 진수하거나 출어할 때 무사조업과 풍어를 기원하기 위해 선주가 용왕께 고사를 지내는 이른바 '뱃고사'인 선신제(船神祭)를 올린다는 것을 알리기 위해 울리는 북소리인 것이다.[88] "밤새ㅅ것 바다에선 뿡뿡 배가울고" 있다는 것은 고동소리가 울리고 있음을 의미하다. 이는 배들이 밤새 조업 중임을 암시한다.

---

[86] 대구모젓이나 대구알젓으로 만든 젓갈을 의미한다. 통영에서는 젓으로 대구, 멸치, 메기, 볼락, 전어밤, 갈치 아가미젓 등이 있는데, 예로부터 통영에는 대구모젓과 대구알젓이 특산 명물로 유명했다. 통영군사편찬위원회, 『統營郡史』, 통영군사편찬위원회, 1986, 729~730면.

[87] '호루기'는 살오징어목에 속하는 새끼 오징어의 통영 방언이다. 필자가 통영에서 현장조사를 통해서 확인한 바로는 호루기는 통영에서는 '호래기', '호리기', '호르래기'라기도 한다. 호루기도 종류가 많다. 참호루기, 쇠호루기, 며르래기, 포르래기 등 크기와 빛깔, 모양에 따라 여러 종류가 있다. 예전에는 호루기젓을 많이 담갔다. '멸치 반 호루기 반'이라는 얘기가 날정도로 멸치를 잡을 때 반은 호루기가 올라왔다고 했다. 하지만 지금은 호루기가 귀하고, 젓 또한 담지 않는다. 그대신 꼴뚜기로 젓을 담근다. 흔히 꼴두기젓을 호루기젓이라고 하지만 호루기와 꼴뚜기는 다르다. 호루기는 꼴뚜기에 비해 길이가 좀 길고, 색깔도 좀 더 희다. '호루기젓'은 통영의 특산물이다. 지금은 호루기가 많이 잡히지 않아 거의 없다. 이숭원과 송준은 '주꾸미와 비슷하게 생긴 해산물'이라고 풀이하고 있으나(이숭원, 『백석을 만나다』, 태학사, 2008, 207면; 송준, 앞의 책, 606면), 이것은 잘못된 어석이다. 주꾸미와 꼴뚜기는 호루기와 생긴 모양부터가 다르다. 필자가 통영 중앙시장에서 젓갈을 팔고 있는 노인에게 물어보니 꼴뚜기와 호루기는 다르다고 말했다.

[88] 선신(船神)은 배를 건조했을 때와 첫 출어 때 모셔진다. 배를 진수할 때 무당을 초빙하여 돼지머리를 바쳐 고사를 지낸 다음 배에다 청죽(靑竹) 깃발을 달고 북과 징, 꽹과리를 두들기면서 무사조업(無事操業)과 풍어(豊漁)를 기원한다. 통영군사편찬위원회, 앞의 책, 1218~219면 참조.

　“집집이 아이만한 피도안간 대구를말리는곳”이란 이곳이 항구와 인접해 있는 곳이라 생물 대구를 말린다는 뜻이다. 머리는 염장을 해서 아가미젓으로 만들었다. “황화장사령감이 일본말을 잘도하는곳”은 1930년 중반에는 일본인이 통영에 상당수가 거주하면서 상권과 어업권 등을 가지고 있는 터라 이들에게 일용 잡화 등을 파는 장사꾼이 일본어에 능통하다는 것을 의미한다. 당시 통영은 수산업이 흥성하게 발달된 곳이라서 어장주(漁場主)나 객줏집이 많았을 것이고 당연히 처녀들은 돈 많은 어장주에 시집을 가고 싶었을 것이다. 객줏집은 어장에서 파래, 전복 등 어패류 등을 받아 대처로 보내는 역할을 했다.

　7연에 나오는 “명정골”은 충무공 이순신 사당인 충렬사 앞 마을 이름이다. 충렬사 입구 앞에 물맛 좋은 명정(明井)샘이 있다. 명정샘은 일정(日井)과 월정(月井)이라는 두 개의 샘이 한 쌍의 부부샘으로 되어 있는데 이곳에는 우물터가 있다. “오구작작”은 물을 긷고 빨래를 하는 여인들의 왁자지껄하게 입방아를 찧는 모습이다. “柊栢”은 한자어의 음인 ‘종백’이 아니라 ‘동백’으로 읽어야 한다.[89] 명정골이나 충렬사 입구에 동백나무가 있다.[90] 충렬사 경내의 동백은 주로 4월에 피나, 때에 따라서는 2, 3월에 늦게는 5월에도 핀다.[91] “긴토시끼고 큰머리언고 오불고

---

[89]　‘柊栢’은 한자음으로는 ‘종백’이나 ‘동백’으로 읽어야 한다. 이러한 표기 방식은 박용래가 1946년 일본에서 귀국하여 ‘동백시인회(柊栢詩人會)’를 조직하고 『동백(柊栢)』이라는 동인지 발간(이문구, 「朴龍來 略傳」, 『먼 바다』, 창작과비평사, 1984, 246~248면)에서도 사용된 용례가 있다.

[90]　필자가 현장답사를 위해 방문한 충렬사에는 지금도 입구에 수령이 400년 넘은 동백나무가 있었다.

[91]　충렬사 관리자에게 동백꽃 피는 시기를 물어보니 매년 다르다며 2, 3월에 피다가도 5월에 피기도 한다고 한다.

불 넘엣거리로 가는 여인은 平安道서오신듯”은 ‘토시’를 꼈다는 것으로
보아서 어항에서 일하는 동네 여인이며, “넘엣거리”는 지금의 ‘명정고
개’로 보인다. 같은 동향의 사람을 만나 동백꽃 피는 계절을 물어본 모
양이다. “넷 장수모신 날근사당의 돌층게에 주저안자서”는 충렬사 돌
계단을 의미하고, 저녁때쯤 사당에서 마주보이는 한산도를 바라보며
상념에 잠겼던 것 같다. 통영에 주저앉아 여인과 살기를 소망하는 상
상도 해보고, “손방아만찧는 내사람을생각한다”에서 “손방아”는 손으
로 낟가리 등을 찧을 수 있는 절구를 의미[92]하니, 여기에서 “내사람은”
장래의 부인이 될 사람이거나 아니면 기존 연구에서 제기하고 있는 당
시 통영에 살았던 박경련일 수도 있다. 하지만 굳이 박경련이라고 하
기보다는 장래에 결혼을 할 사람 정도로 해석해도 무방하다.

이 시에서는 “천희” 대신 “금”, “란” 등 조선식의 이름이 나온다. 또한
『朝光』에 발표된 「統營」에 비해 좀 더 구체성을 띠고 있다. 동백꽃 피
는 계절에 타관으로 시집을 간다는 여인에 대한 안타까운 연모지정이
묻어나는 시이다. 백석은 동백꽃이 피는 계절에 시집을 간다는 말을
듣고, 평안도 여인에게 이 고장에 동백꽃이 언제 피는가라고 물었을 것
이다. 저녁 무렵 충렬사 사당 돌계단에 앉아 연정을 떠올리며 비애에
젖어 통영 바다를 바라보는 시인을 생각하게 한다.

92　고형진은 손방아를 ‘디딜방아’의 방언으로 어휘 풀이를 하고 있다. 고형진, 『정본 백석
　　시집』, 문학동네, 2007, 69면.

2) 조선 여행과 조선적인 것의 재현

『사슴』 발간 이후 백석은 1936년 조선일보 기자직을 그만두고 캐나다 선교사가 설립한 함흥에 있는 기독교계 학교인 영생고보 영어 교사로 취직한다.[93] 영생고보에는 아오야마 출신 선배인 시인 김동명이 교사로 있었다. 백석은 함흥 영생고보에 재직(1936~1938)하다 그만두고 다시 경성으로 돌아와 잠시 조선일보에서 기자로 생활(1939)하다가 사직한다. 그리고 1940년 만주국으로 가기 전까지 식민지 조선을 여행하면서 기행 시초를 남긴다. 「南行詩抄」, 「咸州詩抄」, 「山中吟」, 「安東」, 「咸南道安」, 「西行詩抄」 등 이 시기에 창작된 기행시편이다. 이 시편들은 남해를 비롯하여 의주, 삭주, 구성, 정주 등 평북 지방의 국경과 함경도에 이르기까지 식민지 조선의 생활 풍속과 현실을 보여주는 르포르타주와 같다. 기행문 형식을 빌린 시이지만 직접 발로 취재하고 겪은 사실을 토대로 창작한 르포 형식의 기행시를 연상케 한다. 여기에 기행과 어울리는 '맛'의 진경을 펼치는 이른바 '풍미(風味)의 미학'을 보여준다.[94] 또한 이러한 기행시에는 앞에서 살펴본 「定州城」처럼 명승(名勝)·고적(古跡)을 그린 '경(景)'의 풍경이 펼쳐진다. 이중 「南行詩抄」는 통영을 중심으로 창원, 고성, 삼천포로 이어진다. 이른바 남해(南海)의 4경(景)을 풍속적 차원에서 길 이미지로 정경화했다. 한적한 시골길, 갓, 화륜선, 품

---

93 백석의 '생애연보'에서는 1936년 4월 조선일보사를 사직하고 함흥에 있는 영생여고보 영어 교사로 부임한 것으로 되어 있다. 교사로서 백석의 첫 근무지는 영생고보이기에 바로 잡아야 한다. 이동순·김문주·최동호 편, 『백석문학전집』 1(시), 서정시학, 2012, 353면.

94 소래섭은 백석의 시에서 음식과 관련한 '맛'의 미학에 주목했다. 소래섭, 「백석 시에 나타난 음식의 의미 연구」, 서울대 박사논문, 2008; 소래섭, 『백석의 맛』, 프로네시스, 2009.

바타령, 건반밥을 말리는 마을 등의 풍경이 「昌原道」, 「統營」, 「固城街道」, 「三千浦」 등 시편을 통해 파노라마처럼 생생하게 묘사되어 있다. 여행자의 관찰적 시선으로 일상적인 풍미를 표현한 르포형 기행시다.

솔포기에 숨엇다
토끼나 꿩을 놀래주고십흔 山허리의길은

업데서 따스하니 손녹히고십흔 길이다

개덜이고 호이호이 희파람불며
시름노코 가고십흔 길이다

궤나리봇짐벗고 따ㅅ불노코안저
담배한대 피우고십흔길이다

승냥이 줄레줄레 달고가며
덕신덕신 이야기하고십흔 길이다

덕거머리총각은 정든님업고오고십흘길이다

—「昌原道」 전문(『朝鮮日報』, 1936.3.5)

統營장 낫대들엇다

갓한닙쓰고 건시한접사고 홍공단단기한감끈코 술한병바더들고

화룬선 만저보려 선창갓다

오다 가수내 들어가는 주막압혜
문둥이 품마타령 듯다가

열닐혜달이 올라서
나루배타고 판데목 지나간다 간다

―徐丙織氏에게―

―「統營」 전문(『朝鮮日報』, 1936.3.6)

固城장 가는길
해는둥둥놉고

개한아 얼린하지안은 마을은
해발은 마당귀에 맷방석하나
빩아코 노락코
눈이시울은 곱기도한 건반밥
아 진달래 개나리 한창퓌엿구나

가까이 잔치가잇서서
곱디고흔 건반밥을 말리우는마을은

얼마나 즐거운 마을인가

어쩐지 당홍치마 노란저고리입은 새악시들이

웃고살을것만가튼 마을이다

―「固城街道」 전문(『조선일보』, 1936.3.7)

이 시들은 신문사에 '조춘(早春)'을 주제로 기획한 기행 취재 때 창작된 것으로 보인다. 「南行詩抄」가 부제로 붙어 있는 것에서도 알 수 있듯이 '남행'의 목적이 조춘 여행이라는 것을 알 수 있다. "따스하니 손 녹히고 싶은 길"과 "개나리 진달래"가 피어 있는 마을을 지나며 봄을 맞는 정취를 그리고 있다. 이미 일본에서 조춘을 체험한 경험이 있기에 백석다운 기획이 아닐 수 없다. 그렇기 때문에 이들 시에서 보듯 여행의 풍미와 봄이 오는 계절을 회화적 면모로 인상적으로 그리고 있는 것이다. 남행시초 중 하나인 「三千浦」에서 "졸레졸레 도야지새끼들이간다 / 귀밋이 재릿재릿하니 벗이 담복 따사로운거리다 // 재ㅅ덤이에 까치올으고 아이올으고 아지랑이올으고 (…중략…) 아 모도들 따사로히 가난하니" 초봄을 맞는 시골 마을의 전경이 펼쳐진다.

관찰적 시선으로 조선의 봄을 담은 이 기행시편에서 백석의 정신적 분위기를 엿볼 수 있다. 흔히 기행시가 '길'이라는 모티프를 통하여 인생의 의미를 묻는 것이라면 백석의 기행에는 나그네, 여행자, 유랑, 떠돌이 의식 등이 배어 있다. 그렇기 때문에 쓸쓸하고 고적한 정서가 짙게 배어나면서 관찰자의 시선이 드러나 있다. 이미지즘의 특징이라고 할 수 있는 표현에서 기교를 부린 것도 눈에 띈다. 그런데 이러한 관찰에는 식민지 조선의 현실이 빠진 채 단순한 풍경만을 재현하고 있다. 백석은 "시름노코 가고십흔 길" 위에서 "당홍치마 노란저고리입은 새악시들이 / 웃고살을것만가튼 마을"을 본다. 평화로운 조선의 가도를 따라 여행자의 흥취가 있을 뿐이다. 이를 통하여 식민지 조선의 현실은 탈역사화되고 평화로운 조선의 풍경을 상상하게 한다. 이는 백석의 「南行詩抄」가 투어리즘(tourism)의 기획이기 때문이기도 하다. 이와 같은 기행시의 관찰자적 시선은 「咸州詩抄」인 「北關」, 「노루」, 「古寺」, 「膳友辭」, 「山谷」이라는 제목을 붙인 연작 기행시에서도 나타난다. 다음 시를 보자.

거리에는 모밀내가 낫다
부처를 위하는 정갈한 노친네의 내음새가튼 모밀내가 낫다

어쩐지 香山부처님이 가까웁다는 거린데
국수집에서는 농짝가튼 도야지를 잡어걸고 국수에 치는 도야지고기는
돗바늘가튼 털이 드문드문 백엿다
나는 이 털도 안뽑은 도야지 고기를 물구럼이 바라보며
또 털도 안뽑는 고기를 시껌언 맨모밀국수에 언저서 한입에 끌컥 삼키는
사람들을 바라보며
나는 문득 가슴에 뜨끈한것을 느끼며
小獸林王을 생각한다 廣開土大王을 생각한다

—「北新」 전문(『朝鮮日報』, 1939.11.9)

明太창난젖에 고추무거리에 막칼질한무이를 뷔벼익힌것을

이 투박한 北關을 한없이 끼밀고있노라면

쓸쓸하니 무릎은 꿀어진다

시큼한 배척한 퀴퀴한 이 내음새속에

나는 가느슥히 女眞의 살내음새를 맡는다

얼근한 비릿한 구릿한 이 맛속에선

깜아득히 新羅백성의 鄕愁도 맛본다.

—「北關」 전문(『朝光』 3권 10호, 1937.10)

「北新」이나 「北關」에서 나타나듯 미각을 자극하는 풍미를 노래하는 것처럼 보이지만 은연중에 북방을 호령했던 고구려의 '소수림왕과 광개토대왕', '여진의 살내음', '신라 백성의 향수'에서 서북 지방의 고토의식이 드러나 있다. 따라서 그의 조선적인 것의 추구는 곧 조선미의 로컬리티를 의미하지만 동시에 고토의식이 작동된다. 이러한 의식의 저변에는 두말할 나위 없이 서북 지방에 대한 본향(本鄕) 의식이 뿌리 깊게 자리하고 있다. 과거 서북이 만주와 반도의 북부에 위치하였던 대제국인 고구려의 고토였다는 영토의식을 드러낸다. 그런데 이들 기행시에는 어딘지 모르게 역사의식이 침윤(浸潤)되어 있지 않다. '소수림왕', '광개토왕', '여진의 살내음' 등의 표현은 역사의식에서 비롯되었다기보다는 고대(古代)적인 것으로의 회귀라는 소재적인 측면에서 접근한 것으로 보인다. 왜냐하면 그의 역사인식에는 어딘지 모르게 당대 현실과의 대결하기 보다는 퇴영적인 형태를 보이는 과거 역사로 회피하고자 하는 측면이 강하게 작용하고 있기 때문이다. 이는 1930년대 후반에 대두한 '조선적인 것'의 기획들과도 무관하지 않을 것이다. 정지용(鄭芝溶)·이태준(李泰俊)·이병기(李秉岐) 등의 '문장파'가 보여준 고전주의와 전통주의가 가지고 있는 정치적 함의와도 깊이 연관되어 있다.[95] 이와 같은 맥락에서 보자면 백석에게 장소(성)의 시적 배치는 조선미의 로컬리티를 반영하는 관심사이기도 하지만, 지방색을 드러내는 식민지 조선의 '조선적인 것'의 착안에서 비롯된 식민주의의 시선이 다분히 표출된 것으로 볼 수 있다. 즉 조선적인 것의 기획은 토속·역사·음식·무속 등 볼거리를 제공해주는 투어리즘의 일환인 것이다.

이처럼 백석에게 '조선적인 것'의 시적 탐구는 곧 장소(성)의 확장으로 나타나는데, 이는 1940년 그의 만주 이주 시기에 나타나는 장소적 상상력과도 밀접하게 연동된다. 즉 백석에게 장소의 회복은 곧 전통과 영토의 회복으로 나타난다. 이점은 신채호와 최남선 등이 만주를 민족의 역사로 삼아야 한다고 주장한 것과 상통한다. 이러한 고토회복론은 근대 민족주의가 형성되기 시작했던 만주 / 간도 담론과 더불어 제기되어 대한제국기에는 민족주의적 영토관으로 재구성된 바 있다.[96] 따라서 이 시기 식민지 조선에서 조선적인 것은 일본 제국의 욕망이 투영된 제

---

[95]　1930년대 후반 '전통의 추구와 조선적인 것'에 관해서는 김윤식, 「『문장』지의 세계관」 (『한국근대문학사상비판』, 일지사, 1984)과 황종연, 「한국문학의 근대와 반근대 – 1930년대 후반기 문학의 전통주의 연구」(동국대 박사논문, 1991) 참조.

[96]　이에 대해서는 은정태, 「대한제국기 '간도문제'의 추이와 '식민화'」(『역사문제연구』 17호, 역사문제연구소, 2007, 95～96면)와 김기훈, 「간도 담론의 역사적 검토」(『근대 만주 자료의 탐색』, 동북아역사재단, 2009, 95～97면) 참조.

도적 장치 아래 찾아진 것이기 때문에 자기 모순적인 성격이 강하게 드러날 수밖에 없다. 조선적인 것의 모색은 민족 동일성 회복이 절실히 요청되는 시대 압력에 의한 것이지만, 그 시대 압력은 식민 지배 논리로 귀착될 위험성을 안고 있다.[97] 또한 1930년대 고전부흥론이 민족적 허무주의에 사로잡힌 근대주의자들에게 조선 문화의 재인식을 촉구하는 계기를 부여하기는 했지만, 그것은 "마르크시즘이든 모더니즘이든 간에 세계문학과의 연대 속에서 근대성을 추구했던 종래의 문학운동으로부터의 퇴각이라는 색채가 강"하게 작용한 결과이기도 했다. 더욱이 복고주의에 가까운 퇴각은 "일제의 가혹한 탄압에 의해 문학적 진보의 기반이 와해된 당시의 정치적, 사회적 환경을 불가항력적인 것으로 받아들임으로써" 은연중에 수락하거나 그것을 회피하려는 일환이었다는 점에서 문제를 가진다.[98] 요컨대 복고주의적 조류에 지나치게 경사함으로써 정치적, 이념적 관심을 버리고 민족의 독자성-고유성-특수성에 함몰됐다는 것이 고전부흥론의 결정적인 한계인 것이다. "고전부흥운동의 가장 중요한 테제는 조선적인 것의 옹호이지만 그것은 사실상 과거의 문화유산에 대한 합리적 과학적 인식 이전에 감상적인 회고에 속하는 것이다. 고전부흥운동이 조장한 것은 결국 탁월한 의미에서의 전통 지향적 문학운동과는 동떨어진, 조선적인 것에의 감상적 도취 혹은 고전적인 것의 낭만적 사유화"[99]라는 지적은 일견 타당성을 가진다.

<段>

97 김병구, 「고전부흥의 기획과 '조선적인 것'의 형성」, 『'조선적인 것'의 형성과 근대 문화 담론』, 소명출판, 2007, 31~33면.

98 황종연, 「1930년대 고전부흥운동의 문학사적 의의」, 동국대 한국문학연구소 편, 『한국 문학과 근대성의 형성』, 아세아문화사, 2001, 341~342면.

99 위의 글, 393면.

그러나 무엇보다도 이 시기 백석 시에 대한 평가에 있어 다음과 같은 김기림의 말은 의미심장하다. 김기림은 「'東洋'에 관한 斷章」(『文章』, 1941.4)에서 원시숭배와 소아동경(小兒憧憬)이 발생하는 심리적 근거에는 '인공적인 너무나 인공적인 물질문명과 그 교지(狡智)에 대한 강한 항의(抗議)가 숨어 있었다'고 지적한다.[100] 이러한 지적을 백석에게 적용한다면 『사슴』 시편에서 보여준 그의 유년에 대한 동경과 체험 지향이 반근대주의자로서의 백석의 면모를 보여주는 것이자 근대성에 대한 저항선이 숨겨져 있다고 본다. 동시에 그의 조선적인 것에 대한 탐구는 조선의 현실과 갈등이 소거된 낭만적 사유화라는 지적에서 자유로울 수 없다. 앞에서도 살펴보았듯이 백석이 '시초'에서 보여준 '조선적인 것'의 드러냄은 조선미의 로컬리티에서 비롯된다. 이러한 그의 미의식은 핍진한 당대 현실과의 치열한 대결보다는 갈등이나 모순이 소거된 채 동양주의와 전통론에 입각하여 전개되고 있는 것이다.

물론 이러한 인식 태도는 1930년대 중반의 시대 상황과 긴밀하게 연계되어 있다. 일본뿐만 아니라 조선 문단에서조차 프롤레타리아 문학이 사라지고, 대동아전쟁이라는 명목으로 수행된 침략 전쟁이 맹위를 떨치면서 행해진 일제의 정치적 압박과 무관하지 않다. 이로 인하여 당시 문단에서는 불가피하게 자연 회귀, 토속적이고 민속적인 것으로의 회귀와 조선적인 것과 고대 회귀, 동양적인 것으로의 회귀 풍조가 유행했던 것이다.

따라서 위의 지적에서 볼 수 있듯이 초기 『사슴』 시편에서 보여준 그

100　김기림, 「'東洋'에 關한 斷章」, 『文章』 3권 4호, 1941.4.

의 완강한 방언주의와 함께 전통적인 것, 조선적인 것에 대한 상고적 태도는 제국/식민지인 식민주의 지방성의 한 특징으로 비춰질 수 있는 동시성을 내포하고 있다. 원시적이고 민속적이며 자연 회귀와 고대 회귀 등은 과거의 퇴영적인 표상이지만 동시에 식민지 현실이라는 한계 상황이 배면에 깔려 있다는 것을 간과할 수 없다. 백석은 이러한 식민지 근대의 위계적 질서에서 살았다. 식민지 지식인이 겪었을 정신세계의 강박과 분열은 자기 존재의 불안으로 작용했을 것이다. 그것은 곧 낭만의 사유화라는 기행적인 삶에서 자기 존재를 유폐시키고 비역사주의로 향하는 길이기도 하다. 기행시편에 드러난 조선적인 것에 대한 상고적(복고적) 태도와 만주 이주 시기에 쓴 「北方에서－鄭玄雄에게」 등에 나타난 고토의식은 어떤 식으로든 백석의 정신세계와 연결되어 있다.

백석은 1936~1939년 「南行詩抄」를 비롯하여 「咸州詩抄」, 「西行詩抄」 등 기행시편을 통해 조선적인 것, 지방적인 것에 관심을 보인다. 이를 통해 백석은 원시적인 것, 토속적인 것, 민속적인 것에 의미를 부여하고, 그 속에서 머물기를 좋아한다. 근대 문명의 세례를 받은 백석에게 반근대적인 성향이 발견되는 것은 그의 특이성을 말해주지만 다른 한편 그의 조선적인 것의 지향은 제국과 식민지 간의 위계와 무관하지 않다. 이러한 시적 체험은 그로 하여금 보다 근원적이고 원초적인 삶에 대한 동경과 본연성의 체험으로 다가가게 했을 것이다. 그가 기행시편에서 보인 고토의식은 이러한 근원에 대한 동경과 관심의 반영이라 할 수 있으며, 그것은 곧 시인으로서 새로운 시적 영토의 갈망으로 작용되었을 것이다. 여기에 1930년대 후반의 국내외적인 정치적 압박은 백석에게 탈주라는 방식으로 만주행을 결행하게 했을 것으로 보인다. 당시 만주는 다중적인 공간이었다. 일제의 정치적 욕망의 장이자 다문화 협화주의를 내세운 해방 기능까지 동시에 작동되던 장(場)이었다.

이 장에서는 1940년 만주국으로 이주한 이주자 백석의 내면 풍경과 해방 직후 자기비판과 그가 도달한 자기 구원으로서의 도정을 살펴보고자 한다. 이 시기 그의 시세계에서 나타나는 영적인 종교성을 통하여 그가 도달한 시정신의 세계를 살펴보고자 한다.

1. 만주 이주와 고토의식

경성(京城)에서 『女性』지 편집 일을 하던 백석은 1940년부터 1945년까지 만주로 이주해 생활하면서 작품 활동을 한다. 이 시기는 백석의 문학 생애에서 절정기라고 할 만큼 작품의 성취도뿐만 아니라, 품격도 이전의 시와는 변별되는 면모를 보이고 있다.

백석이 만주로 간 것은 1940년 1월경이다. 그의 나이 29세 때이다. 만주는 중국의 동북 지역으로 1931년 9·18사변 후 일제가 청나라 마지막 황제인 푸이[溥儀]를 내세워 세운 위만주국(僞滿洲國)이 있던 곳이다. 형식적으로는 정무원과 만주국 군대가 있는 독립국이지만 실질적으로 일본의 관동군과 만철(滿鐵)이 정치·경제적으로 지배한 곳이었다. 일제는 만주에 관동군을 주둔시키고 국책으로 대대적인 농업이민

정책을 펼쳤다. 일본인을 대상으로 한 농업이민정책은 ① 일본의 동북 지배를 강화하는 인구적인 기반 확립 ② 공황으로 피폐한 농촌 구제 ③ 공황을 통해 격화된 농촌의 계급 관계의 모순 완화 등이 목표였다.[1]

백석이 만주에 와서 처음으로 정착한 집은 만주국 수도에 속해 있는 변두리로 조선인촌인 매지정(梅枝町)과 멀지 않은 '구시가(舊市街) 동삼마로(東三馬路) 시영주택(市營住宅) 35번지 황씨집'이었다. 백석은 이 집에서 친구인 이형주(李荊珠)[2]와 방을 같이 썼는데 가히 토굴 같은 집이었다.

滿洲는住宅難이甚하다. 더욱이新京은더욱至毒하다. 그러나집이 업다업다해도 아마朝鮮서야 이러케까지 업슬러야업다.

新京人口가 大槪四十萬程度라는 말을 드럿는대 市街地로 보아서는 四十萬人이 이러케까지 住宅難으로 들목길마큼 좁은것도 아니다. (…중략…) 길거리에서 나의잇는房門까지굴을지나고 골목쟁이를 건너서가는것은처음 滿洲를왓슬째는 놀랏다. 그러나지금은벌서나의神經에 그것이適應하게되엿는지 滿洲人의쌀내줄이 너울너울달인손골목쟁이를기어서 드러가는것이그리 苦痛을늣기지안케까지되엿스나 한번문을쑥열면 바로 그곳이부억간이다.

집의 구조한것이 본래한식구가 살여고지은것이 아니라 滿洲人이살도록 된집을 될수잇스면 방을 만이취하려는식으로 햇스니 결국 이모냥으로된

---

1   오카베 마키오, 『제국 일본의 교두보─만주국의 탄생과 유산』, 어문학사, 2009, 228~229면.

2   이형주는 본명이 이갑기(李甲基)로 당시 『滿鮮日報』 기자로 재직하고 있었으며, 이형주(李荊珠), 초형(楚荊) 등의 필명을 사용하였다.

모양이다.

이부억간을지나서 그마즌편에 토굴가튼 방이잇스니 이것이바로 나의거처다. (…중략…) 방은 한평은되리라 나의키가 五尺八寸될듯말듯한것이 어느편으로누어도 겨우 발은 뻐칠수잇스니 그러나 이런곳에도 나한사람이잇는것이아니다. 그야 한사람이면 그래도 못견델것은아니나 한坪이못되는곳에 사람이 두사람이 거처를한다.[3]

백석은 이 집에서 벗어나려고 주말이면 신경 근교의 러시아인들이 사는 집을 구하러 다니기도 했고, 나중에는 동삼마로 근처에 있는 국도의원(國道醫院) 1층으로 거처를 옮겼다고 한다. 만 28세의 젊은 백석이 고향 정주를 떠나 경성-일본-함흥을 거쳐 다시 경성에서 조선일보『女性』지의 편집을 하다 직장 생활을 그만두고 만주로 간 것이다.[4]

3　楚荊,「尋家記―滿洲初創記의 一齣」,『滿鮮日報』, 1940.4.16～4.17. 이 글은 4월 16～23일까지 5회에 걸쳐 연재된 글로 함께 방을 쓴 백석에 관한 이야기가 나온다. 신경(新京)의 주택난을 심하다며 관성자(寬城子)에서 새로운 집을 구하기로 한 내용이다.
당시 조선인 중상층이 매지정(梅枝町) 등 조일통(朝日通) 일본영사관 부근에 주로 거주한 반면 조선인 하층은 일본인이 거의 거주하지 않는 관성자(寬城子), 팔리보(八里堡) 등 외곽 지역에 거주했다. 王艶麗,「白石의 '滿洲'詩篇 硏究―'滿洲' 體驗을 中心으로」, 인하대 석사논문, 2010.8, 22면.

4　흔히 이 시기를 '만주 체류'로 보거나 '만주 체험'으로 보는 견해가 있으나 이 글에서는 백석의 만주체험을 '만주 이주'로 보고 있으며 '이주자'로 규정하고자 한다. 1940년대 초 백석을 규정하는 것은 시인 이외에도 '이주자'라는 정체성이다. 이 시기를 단순한 체류에 의한 만주체험으로 볼 것인지, 아니면 이주에 의한 '이주자'로 볼 것인지에 따라 그의 만주 이주 시기 시편에 대한 분석도 다르다. 체험이 단순히 보고 겪은 사실에 피상적으로 머물러 있다면, 존재 자체가 이주자인 경우 생활에서 느끼는 실감은 더욱 절실하기 때문이다. 또한 유랑(流浪)으로 보는 견해가 있으나 1940년 만주국행을 감행한 백석에 대한 올바른 규정이 아니라고 본다. 유랑이 유민(流民)적 상황에서 발생되거나 떠돌이를 의미한다면 이주는 자기 필요성에 의한 목적의식을 갖고 월경을 한 것이다. 따라서 이 글에서는 백석의 만주국행을 월경(越境)으로 보고 '이주자'로 규정하고자 한다.

일찍이 최남선은 만주 신경에 있는 동북사범대학에서 교편을 잡고 있었으며, 이광수·유진오(兪鎭午)·이육사(李陸史) 등이 이곳에 다녀갔다. 청마(靑馬) 유치환(柳致環)은 가족과 함께 만주 연수현(延壽縣)으로 이주해 정미소를 운영했으며, 선배 문인인 염상섭과 박팔양 등은 만선일보사에 재직했다. 백석의 절친한 벗 허준(許俊)도 교사 자리를 구해 만주로 이주해 온 곳이기도 했다. 본래 살던 지역을 떠나 다른 지역으로 이동하여 정착한 것을 이주라고 했을 때 이들은 일자리를 찾아 이주한 예이다. 만주는 시인 유치환이 「哈爾濱道裡公園」에서 읊었듯이, "五月도 섣달 같이 흐리고 슬픈 季候 / 사람의 솜씨로 꾸며진곳밧 하나 업시 / 크나큰 느름나무만 하늘도 어두이 들어 서서 / 머리우에 가마귀쎄 終日을 바람에 우짓는"곳이다.[5] 이주민의 비애를 노래한 이 시는 춥고 음산한 거친 땅에 대한 이미지를 담고 있다. 박팔양은 『滿洲詩人集』(1942.9.29)에서 "우리가 滿洲를 사랑하는 心情은 이땅이나라의 大氣를 呼吸하고 살아온 우리가 아니면 想像하기도 어려우리라 남이야 무어라 하거나 滿洲는우리를 길러준 어버이요 사랑하여 안어준안해이다"[6]라고 밝히고 있다. 만주국을 어버이와 아내에 견줄 만큼 애착이 대단했다는 것을 알 수 있다. 즉 새로운 땅에서 터를 닦고 새 삶을 시작하는 염원이 가득 담겨 있다. 또한 만주는 예로부터 발해(渤海)와 고구려(高句麗)의 혼이 떠도는 땅이었다. 자기 나라를 떠나 물 다르고 인정 다른 곳에서 산다는 것은 쉬운 일은 아니지만 당시 문인들에게 만주는 거칠고 광활한 땅이자, 새로운 삶을 시작하는 기회의 공간이기도 했다. 만주

---

5   유치환, 「哈爾濱道裡公園」, 『滿洲詩人集』, 第一協和俱樂部文化部, 1942.9.29.
6   박팔양, 「序」, 『滿洲詩人集』, 第一協和俱樂部文化部, 1942.9.29.

로 간다는 것은 곧 "일을 하러 가고 희망을 갖고 간다"는 의미이기도 했기 때문이다.[7]

백석이 만주국으로 이주한 이유에 대해서는 여러 설이 있다. ① 시인으로서 타고난 방랑벽, ② 결혼 파탄설, ③ 연애 도피설 등을 주된 원인으로 꼽고 있다. 이들 논의들은 대개 젊은 백석의 개인적인 방랑기나 연애 문제, 가족사의 불화 등에서 만주행의 이유를 찾고 있다.[8] 물론

---

[7] 1930년대 후반 지식인들에게 만주는 "일을 하러 가고 희망을 갖고 간다"는 이른바 기회의 땅'으로 인식되고 있었다.(함대훈, 「南北滿洲遍踏記」, 『朝光』, 1937.7) 만주를 '기회의 땅'으로 인식하고 있다는 것은 경제이주의 성격이 강하다. 당시 『조선일보』, 『동아일보』, 『조광』 등에는 만주를 다루는 기행문과 특집이 자주 게재되었다. 이는 1937년 이후 조선총독부가 만주국 이주를 정책적으로 홍보하기 위한 것으로 볼 수 있다. 또한 유치진이 "滿洲國開拓이란 종래의 단순한 이민이 아니오, 大東亞建設의 설계도에서 건축되는 새로운 생활의 방식인 줄 나는 생각"한다는 표현에서도 알 수 있듯이 당시 지식인의 이민은 대동아건설이라는 일제의 국책 이주와 그 맥락을 함께한다고 볼 수 있다.(유치진, 「作家 開拓地 行(前記)」, 『大東亞』 14권 제5호, 1942.7.1, 122면) 한편, 1930년 중반 이후 조선인 만주 이주는 농업 이주뿐만 아니라, 도시 이주도 활발하게 이루어졌다. 이러한 배경에는 ① 산미증식계획과 농민층 분해로 인한 몰락 농민과 인구 과잉에 따른 인구배출 압력이 존재했고 ② 과잉인구 해소와 조선인 불만 무마를 위해 조선총독부가 일본정부나 관동군보다 더 적극적으로 조선인 만주이민정책을 펼친 것도 한 요인이고 ③ 운송수단인 철도의 증설로 도시화 기반이 형성되고 ④ 만주에서 격화되는 항일무장투쟁에 이끌려서, 혹은 정반대로 만주의 산업 발전과 근대적 도시의 출현에 대한 기대에 이끌려 '기회의 땅'으로 진출하고자 하는 동기에서 이주를 결행했다. 이 당시 만주국 신경 도시 이주 조선인은 1932년 3,332명에서 1942년 2만 971명으로 증가했다.(김경일 외, 『동아시아의 민족이산과 도시』, 역사비평사, 2004, 22~23면)

[8] 이와 같은 견해를 밝힌 논자로는 서준섭(「白石과 滿洲－1940년대의 백석 시 재론」, 『한중인문과학연구』 19호, 한중인문학회, 2006, 269면), 심원섭(「자기 인식 과정으로서의 만주 여정－백석의 만주 체험」, 『세계한국어문학』 6호, 세계한국어문학회, 2011, 191~200면), 王艶麗(「白石의 '滿洲'詩篇 研究－'滿洲' 體驗을 中心으로」, 인하대 석사논문, 2010.8, 19면), 이경수(「백석의 기행시편에 나타난 장소의 심상지리」, 『민족문화연구』 53호, 고려대 민족문화연구원, 2010, 362면) 등이 있다. 곽효환(『가난한 내가 아름다운 나타샤를 사랑해서』, 교보문고, 2012, 218면)은 만주 유랑 시편을 '시원의 북방을 회복하려는 노력의 좌절과 이로 인한 유랑과 체념'이라는 관점에서 파악했다. 반면에 김재용(「만주 시절의 백석과 현대성 비판」, 『만주연구』 14호, 만주학회, 2012, 162면)은 내선일체의 억압 및

1937년 초혼을 시작으로 1940년 1월 만주로 가기 직전까지 결혼과 파혼, 연애로 점철된 그의 결혼 이후의 행적은 자야(子夜) 여사의 증언처럼 순탄치 않은 것으로 보인다. 그녀의 지적처럼 생각지도 않은 결혼 생활에 지친 백석에게 만주는 새로운 탈출구였는지 모른다. 절친한 벗 허준과 정현웅(鄭玄雄, 1911~1976)에게 말한 '시 백 편을 얻어 오리라'는 백석의 당찬 포부에서 보여주듯 지친 심신을 달래고 새로운 삶에 대한 탈출구를 문학에서 찾고자 한 것으로 보인다. 이를 근거로 추측해보면 ① 결혼과 연애 등 실연으로 인한 도피, ② 새로운 갱생(更生)으로서의 개척적인 삶에 대한 동경, ③ 북방(만주)에 대한 동경, ④ 문학적 영토 확장, ⑤ 창씨개명, 강제징집 등 식민지 조선의 위기 고조로부터의 도피, ⑥ 새로운 일자리 등이 복합적으로 작용하면서 만주행을 결행했을 가능성이 크다.

만주는 이미 1930년대 이주한 최남선(崔南善)·염상섭(廉想涉)·박팔양(朴八陽)·안수길(安壽吉) 등이 정착한 곳이다. 문인들에게 만주는 비록 가난과 굶주림, 온갖 치욕이 서려 있고 마적과 사기꾼이 들끓는 곳이었지만 한편으로는 꽤 매력적인 곳이었다. 앞선 선배 문인들의 행적을 볼 때 만주는 나라를 빼앗긴 울분을 떨쳐버리고 새로운 삶을 찾기에 적합한 공간이자, 일자리가 있는 '갱생과 기회의 땅'이었다.

백석은 1940년 3월 만주국 정무원 경제부에 취직한다. 만주국 정무원은 토지 개간 등 국책사업을 펼치던 핵심 부서였다. 일본의 아오야마학원 영어사범과 출신으로 영어 교사였으며, 서울에서 『女性』지 편

'북방' 공간에 대한 관심으로 보고 있다.

집을 맡았던 그가 영하 40도를 오르내리는 동토 땅에서 찾은 일자리는 만주국 국책사업을 수행하는 핵심 부서였다. 지금까지 해온 일과는 전혀 다른 일자리였다. 백석은 그해 「수박씨, 호박씨」, 「北方에서—鄭玄雄에게」, 「許俊」 등 3편의 시를 쓴다. 만주국의 생활을 접은 그 다음해인 1941년 「『호박꽃초롱』序詩」, 「歸農」, 「국수」, 「흰 바람벽이 있어」, 「촌에서 온 아이」, 「澡塘에서」, 「杜甫나李白같이」 등을 발표한다.[9] 짧은 시기에 많은 작품을 쓴 셈이다. 그러고는 긴 침묵을 지키다가 백석 시의 절창이라고 알려진 「南新義州柳洞朴時逢方」이 해방 직후에 발표되었다. 무슨 연유인지 1942년 이후에 대한 행적은 알려진 바가 없다. 다만 분명한 것은 그가 만주 신경을 떠나 안동(지금의 단둥)에서 생활하면서 세상에 자신의 존재를 더 이상 드러내길 꺼렸다는 사실이다. 백촌기행(白村夔行)이라고 성씨를 일본식으로 개명했다고도 하고,[10] 평양 변호사 딸인 문경옥과 결혼 생활을 하고 번역 일을 했으며, 징용을 피해 광산에서 일했다는 소식이 전해질 뿐이다.[11]

---

[9] 백석의 만주 이주 시기 쓴 시편으로는 「수박씨, 호박씨」, 「北方에서—鄭玄雄에게」, 「許俊」, 「『호박꽃 초롱』序詩」, 「歸農」, 「국수」, 「흰 바람벽이 있어」, 「촌에서 온 아이」, 「澡塘에서」, 「杜甫나李白같이」 등 10편이다. 王艶麗는 「국수」를 만주에서 쓴 다른 시편과 분위기, 내용 등 면에서 연계성이 약하다는 이유로 '만주 시편'에서 제외 시켰다.(王艶麗, 앞의 글, 10면) 하지만 이는 이주자에 대한 이해 부족에서 비롯된 것이다. 이주자가 타국에서 겪는 가장 큰 문제는 음식 적응이며, 이주자에게 고향의 음식을 떠올리는 것은 극히 자연스러운 일로 존재 자체가 이주자라는 것을 의미한다.

[10] 남창룡은 『만주제국 조선인』(신세림, 2000)에서 백석이 만주국 경제부와 안동(安東) 세관에 근무했으며 만주국 건국공로훈장을 받았다고 밝히고 있다. 또한 '만주제국 조선인 인명사전'에 만주국에서 활동하거나 친일행적을 한 친일파 및 만주제국 정부산하기관 간부 및 훈장 수여자로 이광수, 최남선과 함께 김팔봉, 민태원, 박팔양, 백석 등을 함께 게재하고 있다. 남창룡, 『만주제국 조선인』, 신세림, 2000, 58, 148면.

[11] 王艶麗, 앞의 글, 43면.

2. 이주자의 내면 풍경

　이주 초기 만주국에서 백석의 행적은 여러모로 확인된다. 백석은 만주 이주 후 현지에 정착하기 위해 노력했던 것 같다. 그가 현지에 적응하는 데 『滿鮮日報』 편집국장이었던 홍양명(洪陽明) 등 일본에서 유학한 지식인들의 도움이 컸다.[12]

　백석이 만주 이주 후 최초로 모습을 나타낸 것은 1940년 4월 '만주문화협회(滿洲文化協會)' 주최로 만선일보 학예부에서 열린 '내선만문화좌담회(內鮮滿文化座談會)'(1940.4.5~10)이다. 이 좌담회의 참석자는 만일문화협회(滿日文化協會) 일본인 관료와 작가 3명, 만계(滿系) 작가 2명, 선계(鮮系) 작가 4명이었다. 국무부 경제부에 있었던 백석은 협화회(協和會) 홍보과에 있었던 시인 박팔양, 방송국에 있었던 극작가 김영팔, 만주문활회(滿洲文活會)로 참가한 작가 今村榮治, 만선일보 이갑기(李甲基) 등과 함께 선계로 참여했다. 신문사에서 주최한 문화 좌담회이지만, 실제로는 만주국의 '오족협화(五族協和)'와 '왕도낙토(王道樂土)'에 대한 홍보와 선전이 목적이었다.[13]

12　이에 대해서는 당시 『滿鮮日報』 편집기자 고재기(高在騏)의 증언, 「백석 '방랑의 만주시대' 복원」, 『경향신문』, 1998.2.5 참조.

13　당시 만주는 마찰·상극을 끌어안은 각 민족이 생활했고, 다양한 방향에서 서로 분쟁하는 위태로운 곳이었다. 그로 인하여 침략하는 일본제국주의와 저항하는 중국의 반제·민족운동의 상극이 대립 축을 이루고 있었고, 그 틈새에서 갈등을 겪는 조선인, 중화민국으로부터 분리 독립을 지향하는 몽골인 등 다양한 대립점으로 둘러싸인 지역이 바로 만주였다. 이러한 상황에서 일본이 대륙에 진출하기 위해 들고 나온 것이 바로 '오족협화'였다. 이에 대해서는 요네타니 마사후미[米谷匡史], 『아시아/일본 : 사이(間)에서 근대의 폭력을 생각한다』(그린비, 2010, 154면) 참조.

다민족·다문화를 지향하는 '오족협화(五族協和)'는 일본의 대동아공영권을 주창하는 것과 그 맥을 같이한다. 물론 그 본질은 일본의 다문화제국론의 일환으로 일종의 동화(同化)정책이라고 해야 할 것이다. 일본 이주민을 일등공민(公民), 조선 이주민을 이등공민으로 하여 한족, 몽골인, 만주족을 동화하고자 총력을 펼치던 시기다.

조선 각처에서도 만주국으로의 이주를 대대적으로 선전하거나 홍보했다. 1939년에만 전국적으로 3천 가구 1만 5천 명 이상이 '만주 드림'을 꿈꾸며 이주를 떠났다.[14] 당시 조선에서 식민지 정책의 수탈 체제가 노골화되면서 가장 고통 받는 것은 농민이었다. 이들은 한 평의 땅뙈기라도 보장된 만주로 대거 이주를 택했다. 식민지로 전락한 나라 잃은 불운도 한몫 했지만 먹고살기 위하여 떠날 수밖에 없는 경우가 더 많았다. 이들은 대개 넓은 만주 땅을 개간하고 그곳에서 정주하기 위해서 조선을 떠났다. 한편 강화된 식민지 정책으로 이중삼중의 고통을 받는 대상 중에 하나는 문인 등 지식인이었다. 한글 사용의 포기는 물론이고 창씨개명까지 강요당하자 상대적으로 자유로운 만주 대륙은 새로운 갱생의 공간으로 떠올랐다. 여기에 만주국의 신경은 근대식 모던 도시로 지식인 사이에서는 한 번쯤 가보고 싶은 곳으로 널리 알려져 있었다.

이를 반영하듯, 당시 잡지들도 '만주 특집호'를 기획하면서 '만주 드림'을 부추겼다. 백석의 절친한 친구였던 함대훈은 1939년 7월 『朝光』에 다음과 같이 만주국으로의 이주를 장려하는 글을 쓴다.

---

14   孫春日, 『中國朝鮮族移民史』, 中華書局, 2009, 531면.

滿洲國이 建國한지六年 그동안 여기 넓고긴 道路가 秩序整然히 째었다. 이 建設이滿洲人도 아니오 朝鮮人도 아니오 日本人이다. 日本人의 偉力은 이마침 크다. 이제 支那事變이 長期戰에 갔으나 이 滿洲事變으로부터 八年. 建國으로부터 六年에 이만한 建設面을 보면 支那에 대한 것도 넉넉히 短時 日에 建設할 것이라 보는 것이 여기와서 더 느낄 수 있다.[15]

한편, 좌담회에서 백석은 "지금 만주인문단의 현황을 말하자면, 현세 (現勢)나 문학경향이 어떻습니까?"라고 한마디 질문만 하고 침묵을 지킨 다. 아마도 그것은 이 좌담회의 방향이 '문화를 통한 오족협화'이었고, '만주국협화회'의 강령에서도 나타나듯 궁극적으로는 '동아연맹의 결성 을 창도한다'는 이데올로기에 동의할 수 없다는 암묵적인 태도라 할 수 있을 것이다. 이러한 태도는 『滿鮮日報』(1940.5.9~10)에 게재된 백석의 글 「슬픔과眞實」에서 선배 시인 박팔양의 시집 『麗水詩抄』(서울 : 박문서 점, 1940)에 대한 감상문을 통해 밝히고 있듯 "詩人은슬픈사람입니다. 세 상의 온갖슬프지 안흔것에 슬퍼할줄아는 魂입니다"라며 자신의 심정을 내비치는 데에서 당시 백석의 처지와 상태를 엿볼 수 있다. 이즈음 유달 리 '슬픔'을 강조한 그의 발언을 보면 이주 초기 가졌던 만주에 대한 환상 에서 점점 멀어지고 있다는 것을 알 수 있다. 이러한 백석의 태도는 그가 쓴 시 「北方에서—鄭玄雄에게」에서도 드러난다.

아득한 녯날에 나는 떠났다

夫餘를 肅愼을 渤海를 女眞을 遼를 金을,

興安嶺을 陰山을 아무우르를 숭가리를.

범과 사슴과 너구리를 배반하고

송어와 메기와 개구리를 속이고 나는 떠났다.

나는 그때

자작나무와 익갈나무의 슬퍼하든것을 기억한다

갈대와 장풍의 붙드든 말도 잊지않었다

오로촌이 멧돌을 잡어 나를 잔치해 보내든것도

쏠론이 십리길을 딸어나와 울든것도 잊지않었다.

나는 그때

아모 익이지못할 슬픔도 시름도 없이

다만 게을리 먼 앞대로 떠나나왔다

그리하여 따사한 해ㅅ귀에서 하이얀 옷을 입고 매끄러운 밥을먹고 단샘
　　　을 마시고 낮잠을 잤다

밤에는 먼 개소리에 놀라나고

아츰에는 지나가는 사람마다에게 절을 하면서도

나는 나의 부끄러움을 알지못했다.

그 동안 돌비는 깨어지고 많은 은금보화는 땅에 묻히고 가마귀도 긴 족보
　　　를 이루었는데

이리하야 또 한 아득한 새 녯날이 비롯하는때

이제는 참으로 익이지못할 슬픔과 시름에 쫓겨

나는 나의 넷 한울로 땅으로 ―나의 胎盤으로 돌아왔으나

이미 해는 늙고 달은 파리하고 바람은 미치고 보래구름만 혼자 넋없이 떠
　　도는데

아, 나의 조상은 형제는 일가친척은 정다운 이웃은 그리운것은 사랑하는
　　것은 우럴으는것은 나의 자랑은 나의 힘은 없다 바람과 물과 세월과
　　같이 지나가고 없다.

―「北方에서―鄭玄雄에게」 전문(『文章』 2권 6호, 1940.7)

　　동시대 백석의 절친한 친구였으며 『東亞日報』, 『朝鮮日報』, 『朝光』, 『女性』 등의 신문과 잡지에 수많은 삽화와 표지화를 그린 화가 정현웅에게 헌정한 이 시는 무엇보다도 북방적 상상력에 "거침없는 시적 어조와 웅대한 서사적 화폭"[16]이 이채롭다. "鄭玄雄에게"라는 부제가 붙은 이 시는 영생고보 교사 시절 학생들을 이끌고 만주 여행을 다녀와서 썼다는 「安東」의 분위기와 사뭇 다르다. 「安東」이 "異邦거리는 / 비오듯 안개가 나리는속에 / 안개가튼 비가 나리는속에 // (…중략…) 손톱을 시펄하니 길우고 기나긴 창꽈쯔를 즐즐 끌고시펏다 / 饅頭꼭갈을 눌러쓰고 곰방대를 물고가고시펏다 / 이왕이면 좁내노픈 취항梨돌배 움퍽움퍽 씹으며 머리채 츠렁츠렁 발굽을차는 꾸냥과 가즈런히 雙馬車 몰아가고

16　윤영천, 『형상과 비전』, 소명출판, 2008, 23면.

시퍗다"며 이국 풍물에 대한 호기심이 한껏 드러나 있는 반면, 「北方에서—鄭玄雄에게」는 자신의 처지에 대한 "슬픔과 시름"의 상념이 펼쳐진다. 또한 "어진 사람이 많은 나라에 와서 / 어진 사람의 즛을 어진 사람의 마음을 배워서 / 수박씨 닦은 것을 호박씨 닦은 것을 입으로 앞니빨로 밝는다"며 만주에서 생활하면서 겪은 경험 쓴 「수박씨, 호박씨」와도 다르다. 「安東」이 만주체험에 대한 소회를 이국(異國) 풍경으로 다룬 시라면 「수박씨, 호박씨」는 만주 이주 초기 생활하면서 발견한 중국인들의 여유로운 일상을 그리고 있다. 또한 노자(老子)와 공자(孔子) 그리고 '귀거래사(歸去來辭)'를 읊었던 도연명(陶淵明, 365~427) 등을 떠올리며 이주 초 정착기에 나타나는 호기심과 중국풍 이경(異景)에 대한 취향이 드러나 있다. 낯선 문물이나 풍경에 반응하는 이주자의 시선이라 할 수 있다.

그러나 「北方에서—鄭玄雄에게」라는 시에 이르면 비애미가 짙게 깔리기 시작한다. "이제는 참으로 이기지 못할 슬픔과 시름에 쫓겨 / 나는 나의 녯 한울로 땅으로—나의 胎盤으로 돌아왔으나", "아, 나의 조상은 형제는 일가친척은 정다운 이웃은 그리운 것은 사랑하는 것은 우러르는 것은 나의 자랑은 나의 힘은 없다 바람과 물과 세월과 같이 지나가고 없다"며 자신이 처한 현실에 대한 비애와 회의가 가득하다. 그것은 무엇을 의미하는 것일까? 북방인 만주는 먼 조상까지 거슬러 올라가면 다 같은 친척, 가족이라는 바람과 희망을 가지고 온 땅이지만 실제로 와보니 전혀 다른 나라라는 인식이다. 즉 조선적인 것의 기원이자, 신화적 상상력의 시원이었던 옛 선조의 땅이라는 기대감이 이제는 '자랑할 것도 힘도 없다'는 상실감으로 바뀌고 있다. 그리하여 "일가친척은 정다운 이웃은 그리운 것은 사랑하는 것은 우러르는 것은 나의 자랑은 나의 힘은 없다"며 친구 하나 없다는 쓸쓸함과 부재의식이 내면에 자리 잡는다. 만주국은 더 이상 자신을 주인(손님, hôte)으로 받아들이지 않는다. 낯선 타자인 이방인에 대한 '환대'의 기대가 사라진 자리에는 낯선 경계마저 느끼게 한다.[17] 이처럼 「安東」, 「수박씨, 호박씨」와는 다르게 「北方에서—鄭玄雄에게」에서는 대상에 대한 관찰에서 벗어나 자의식 속으로 빠져들고 있다.

그런데 정작 이 시가 문제적인 것은 다른 데 있다. "북방시편의 가장 높은 단계에 올라있다고 평가"[18]되는 이 시에는 창세기를 연상시키는 상상력과 함께 자기 고백과 자기 속죄의식이 드러난다.

아득한 넷날에 나는 떠났다

夫餘를 肅愼을 渤海를 女眞을 遼를 金을,

興安嶺을 陰山을 아무우르를 숭가리를.

범과 사슴과 너구리를 **배반하고**

송어와 메기와 개구리를 **속이고** 나는 떠났다. (강조는 필자)

옛적 만주를 터전으로 살았던 북방 민족의 시원을 시사해주는 이 시는, 먼 조상으로 거슬러 가면 다 같은 친척이고 가족이자 친구라는 족(族)적 상상력을 드러내고 있다. 유종호는 "겨레 조상들이 옛 터전을 버리고 떠날 때 자연과의 합일 속에서 짐승들과 친화적 근린(近隣)관계를

---

17 이방인은 '주인(손님, hôte)'이자 동시에 '원쉬(敵)'라는 이중적인 의미를 가진다. 자크 데리다(Jacques Derrida), 남수인 역, 『환대에 대하여』, 동문선, 2004, 10면.
18 유종호, 『다시 읽는 한국시인』, 문학동네, 2002, 238면.

형성하고 있었기 때문에 "범과 사슴과 너구리를 배반하고 / 송어와 메기와 개구리를 속이고 나는 떠났다"는 개성적이고 해학적 대목이 가능"하다며 해석[19]하고 있지만, 백석의 상상력은 여기서 끝나지 않는다. 바로 "배반하고", "속이고"라는 대목에 주목한다면 "떠났다"는 행위는 곧 삶의 터전을 버리고 떠난 자의 원죄의식으로 해석이 가능하다. 여기에서 "나"는 '나' 개인일 수 있고, '조상'일 수 있다. "범과 사슴과 너구리"와 "송어와 메기와 개구리"를 배반하고 떠났다고 했으니, 그것은 오랜 삶의 터전인 낙원을 떠난 자(조상)의 자기 속죄의식과 연결된다. 이러한 죄의식은 2연과 3연에까지 이어진다. "자작나무와 익갈나무"가 슬퍼하고, "갈대와 장풍"이 붙드는 것조차 뿌리치고, 한민족의 시원으로 지목되는 오르촌[鄂倫春]족과 쏠론[索倫]족[20]이 잔치를 베풀고 배웅을 하며 보냈지만, "나"는 "슬픔도 시름도 없이" 떠나온 것에 대한 "부끄러움을 알지 못했다"고 고백한다. 수렵·유목적인 이주의 삶에서 "하이얀 옷을 입고 매끄러운 밥을먹고 단샘"을 먹는 정주한 삶으로 살아올 때까지 자신이 떠난 시원에 대해 부끄러움이 없이 살아왔다는 것을 의미한다. 하지만 4연에 오면 돌연 자신의 나태와 안일로 인한 부끄러움은 "슬픔과 시름"에 쫓겨 왔다는 자각에 이른다.

> 그동안 돌비는 깨어지고 많은 은금보화는 땅에 묻히고 가마귀도 긴 족보를 이루었는데

19　위의 책, 240면.
20　홍정선, 「민족의 시원을 향한 시인의 눈길」, 『제국의 추억, 식민의 기억─식민지시대 동아시아의 언어 문학 종교』, 동아시아한국학 국제학술회의 발제문, 2009.12.3, 2면.

이리하야 또 한 아득한 새 녯날이 비롯하는때

이제는 참으로 익이지못할 슬픔과 시름에 쫓겨

나는 나의 녯 한울로 땅으로 ―나의 胎盤으로 돌아왔으나

삶의 터전에서 정든 것과 이별하고 오랜 시공간을 거쳐 모든 것을 버리고 떠나 온 것에 대한 부끄러움을 자각한 순간, "나의 녯 한울로 땅으로 ―나의 胎盤"으로 돌아온 시원으로의 귀환을 드러내고 있다.

이미 해는 늙고 달은 파리하고 바람은 미치고 보래구름만 혼자 넋없이 떠
도는데

아, 나의 조상은 형제는 일가친척은 정다운 이웃은 그리운것은 사랑하는
것은 우럴으는것은 나의 자랑은 나의 힘은 없다 바람과 물과 세월과
같이 지나가고 없다.

하지만 이미 때가 늦었다는 자책이 다음 5・6연으로 이어져 있다. "달은 파리하고 바람은 미"친 시대 현실은 "보래구름만 혼자 넋없이 떠도는" 개인의 슬픔과 시름만이 남는다. 민족의 시원에서 출발하여 부락을 이루고 민족을 이룬 역사는 "돌비"로 남지 않고 "깨어지고", "은금보화"를 누리던 부귀영화조차 사라지고 없다는 인식에 도달한다. 즉 "돌비"를 지키고, "은금보화"를 소중히 여겨 지켰더라면 결코 슬픔과 시름에 잠겨 있지 않았을 거라는 자기 고백이라고 할 수 있다. 결국에는 지켜야 할 모든 것은 이미 사라져 없어지고 뿔뿔이 흩어져 "나"라는

개인만이 남아 있다는 자기 고백과 자책이야말로 자기 속죄의식에 다름 아니다. 조상의 기원인 북방에까지 찾아왔으나 결국에는 개인사나 민족사의 환란(患亂)이 고토에서조차 벗어날 수 없다는 비애미를 한층 머금고 있다.

이런 정서적 배경에는 그의 만주국 이주가 만족스럽지 않다는 부재(不在)와 결여(缺如) 의식이 자리한다. 이를 설명해줄 단서 중 하나가 그의 돌연한 사직이다. 백석은 1940년 3월에서 9월까지 근무한 만주국 경제부를 그만둔다. 직접적 이유는 창씨개명을 요구하는 일본인 상급자의 요구를 거부한 것이라고 알려져 있다. 그 사건은 백석에게 깊은 절망감을 안겨준다. 겉으로는 '오족협화'를 외치면서 속으로는 '일만일체(日滿一體)'와 '내선일체(內鮮一體)'를 강요하는 일본의 의도를 확인한 순간 그는 더 이상 그곳에 있을 수 없었을 것이다. "산골로 가는것은 세상한테 지는것이아니다 / 세상같은건 더러워 버리는것이다"라고 「나와 나타샤와 힌당나귀」에서 읊은 것과 같은 맥락이라고 할 수 있다. 자야 여사의 증언이 말해주듯 그는 사표를 던지고 나올지언정 "호락호락 순순히 창씨개명을 받아들일 품성"[21]이 아니었다. 거기에 성격상 까다로운 결벽증이 한몫했을 것으로 본다.[22] 백석은 이 시기 그의 근황을 엿볼 수 있는 「歸農」을 발표한다.

---

21   김자야, 『내 사랑 백석』, 문학동네, 1995, 176~177면.

22   백석의 성격을 평할 때 그의 '까다로운 결벽증'을 지적한다. 이는 백석이 아오야마학원 유학시절 겪은 위생체험으로 체득한 문화의 감각 곧 생활의 감각에 기인한 것이라고 할 수 있다. 일본 유학생의 이러한 정결함과 불결함에 대한 결벽증이 곧 수치의 문화를 낳게 된다. 김윤식, 『李光洙와 그의 時代』1, 한길사, 1986, 150~152면.

白狗屯의 눈녹이는 밭가운데 땅풀리는 밭가운데

촌부자 老王하고 같이 서서

밭최뚝에 즘부러진 땅버들의 버들개지 피여나는데서

볕은 장글장글 따사롭고 바람은 솔솔 보드라운데

나는 땅님자 老王한데 석상디기 밭을 얻는다

老王은 집에 말과 나귀며 오리에 닭도 우울거리고

고방엔 그득히 감자에 콩곡석도 들여 쌓이고

老王은 채매도 힘이들고 하루종일 百鈴鳥 소리나 들으려고

밭을 오늘 나한테 주는것이고.

나는 이젠 귀치않은 測量도 文書도 실증이 나고

낮에는 마음놓고 낮잠도 한잠 자고싶어서.

아전노릇을 그만두고 밭을 老王한데 얻는것이다.

날은 챙챙 좋기도 좋은데

눈도 녹으며 술렁거리고 버들도 잎트며 수선거리고

저한쪽 마을에는 마돗에 닭개즘생도 들떠들고

또 아이어른 행길에 뜰악에 사람도 웅성웅성 흥성거려

나는 가슴이 이무슨흥에 벅차오며

이봄에는 이밭에 감자 강냉이 수박에 오이며 당콩에 마눌과 파도 심그리
　　라 생각 한다

수박이 열면 수박을 먹으며 팔며

감자가 앉으면 감자를 먹으며 팔며

까막까치나 두더쥐 돗벌기가 와서 먹으면 먹는대로 두어두고

도적이 조금 걸어가도 걸어가는대로 두어두고

아, 老王, 나는 이렇게 생각하노라

나는 老王을 보고 웃어말한다

이리하여 老王은 밭을 주어 마음이 한가하고

나는 밭을 얻어 마음이 편안하고

디퍽 디퍽 눈을 밟으며 터벅터벅 흙도 덮으며

사물사물 해볕은 목덜미에 간지로워서

老王은 팔짱을 끼고 이랑을 걸어

나는 뒤짐을 지고 고랑을 걸어

밭을 나와 밭뚝을 돌아 도랑을 건너 행길을 돌아

집웅에 바람벽에 울바주에 볕살 쇠리쇠리한 마을을 가르치며

老王은 나귀를 타고 앞에 가고

나는 노새를 타고 뒤에 따르고

마을 끝 虫王廟에 虫王을 찾어뵈려 가는길이다

土神廟에 土神도 찾어뵈려 가는길이다

―「歸農」 전문(『朝光』 7권 4호, 1941.4)

한 편의 '귀거래사'를 연상케 하는 이 시를 백석은 1941년 4월 『朝光』
7권 4호에 발표한다.[23] 시의 배경은 봄으로 그가 사직한 1940년 9월 이
후 실직의 나날을 보내며 겨울이 지나 봄이 오는 길목에서 이 시를 썼

던 것으로 보인다. "白狗屯의 눈녹이는 밭가운데 땅풀리는 밭가운데 / 촌부자 老王하고 같이 서서 / 밭최뚝에 즘부러진 땅버들의 버들개지 피여나는데서" 땅주인인 노왕에게 밭을 얻어 농사라도 지어볼까 궁리 하는 것이 이 시의 출발이다. 그가 밭을 얻고자 하는 것은 "測量도 文書 도 실증이 나고 / 낮에는 마음놓고 낮잠도 한잠 자고싶어서 / 아전노릇 을 그만두고 밭을 老王한데 얻는것이다." 그리고 "수박", "감자"를 심고 그것을 팔기도 하며 유유자적 농사꾼으로 살고자 하는 마음이 그려져 있다. 물론 그가 실제로 농사를 지었는지는 확인할 길이 없다. 도연명 이 귀거래사를 읊으며 관직을 내려놓고 귀향했듯이, 그 역시 귀향하고 자 하는 상념이 이 시에 투영된 것으로 보인다. 실제로 「수박씨, 호박 씨」, 「澡塘에서」, 「흰 바람벽이 있어」 등 그의 시에서 나타난 도연명에 대한 언급은 예사롭지 않다. 그것은 현지에서 생활하면서 끊임없이 부 딪치는 현실과의 갈등에서 초연하게 벗어나고자 하는 시적 욕구로 보 인다. 그만큼 이 시는 실직 이후 새로운 삶을 찾아가고자 하는 백석의 처지와 상황을 그대로 재현한 것처럼 생생하다.

---

23 이 시는 만주 이주를 홍보하는 듯한 표층적 구조를 가지고 있다. 귀농해서 과거의 삶을 청산하고 새로운 삶의 방법을 찾는 지식인(관리직)의 낭만적 낙관이 깔려 있다. 여기에 서 만주는 '시련의 장소'가 아니라, 개척의 장소, 재생의 장소로 재탄생된다. 당시는 만주 국의 협화를 선전하기 위한 '국책문학'이 적극 장려되던 때로 낙토개척이라는 슬로건을 내세운 당시 분위기와 무관하지 않다. 이러한 인식의 저변에는 만주라는 공간과 만주국 이라는 실체가 식민지 조선인에게 '식민지적 무의식'과 '식민주의적 의식'이 동일하게 실 현되는 장소라는 것을 의미하고, '식민지적 무의식'이 두만강을 건너감으로써 '식민주의 적 의식'으로 바뀌는 주체의식의 아이러니컬한 질적 변화는 민족주의의 저항성이 제국 의 논리 하에서 순치되어 가는(to be domesticated)과정이기도 한 것이라는 지적은 경청 할 만하다. 와타나베 나오키[渡辺直紀], 「식민지 조선의 프롤레타리아 농민문학과 '만주' ―협화'의 서사와 '재발명된 농본주의」, 와타나베 나오키 · 황호덕 · 김응교 편, 『전쟁하 는 신민, 식민지의 국민문학―식민지 말 조선의 담론과 표상』, 소명출판, 2010, 140면.

한편, 이 시에는 "나"와 "老王" 사이의 관계가 돈독하게 그려져 있다. 당시 만주국에서 일본인 / 조선인 / 중국인의 관계는 대립과 협력이라는 긴장 관계에 놓여 있었다는 것을 고려한다면 중국인에 대한 호의는 예외적이다.

하지만 「歸農」은 단순히 귀향하여 농사나 지으며 세상을 잊어버리고 싶은 심정을 그린 것이 아니다. 「수박씨, 호박씨」에서 나오듯 "오두미(五斗米)"를 버리지 못하고, 얄팍한 관리 봉급에 굽신굽신거리며 살고 있는 당시 자신의 처지가 어쩌면 이 시를 쓰게 했는지 모른다. 그렇기 때문에 오히려 현지에 적응하고자 하는 이주민으로서의 백석을 읽을 수 있다. 실제로 백석의 신경 생활은 실직한 이후 궁핍했던 것으로 보인다. 여러 지인이 증언하고 있듯이 그는 결벽증이 심했고 성격이 까다로워서 좀처럼 남에게 손을 벌리지 않았다. 사람을 만나도 쉽게 사귀거나 교제를 주도하는 성격이 아니었다. 사교 능력이 없는 그에게 그나마 들어온 일감은 번역 일이었다. 지인들의 도움으로 『滿鮮日報』에 번역소설 「훗새벽」을 비롯해 「슬품과 眞實」(『滿鮮日報』, 1940.5.9~10), 「朝鮮人과 饒舌」(『滿鮮日報』, 1940.5.25~26) 등 산문을 실을 수 있었다.[24]

이 시기에 그의 처지나 심경을 말해주는 시로 「歸農」, 「澡塘에서」, 「杜甫나李白같이」, 「흰 바람벽이 있어」 등이 있다. 「歸農」이 농사나 짓겠다는 낭만적인 호기가 있다면, 「澡塘에서」나 「杜甫나李白같이」에서는 정착한 이주자로서의 백석을 볼 수 있다. 『사슴』이나 '기행 시초'에

---

24   고재기, 「백석 '방랑의 만주시대' 복원」, 『경향신문』, 1998.2.5.

서 보듯 백석의 시 창작 방식은 체험을 드러내는 것이다. 만주 이주 시기 시편 역시 백석의 솔직한 속내가 그대로 시에 나타난다. 가령 「수박씨, 호박씨」가 이주 초기 중국인의 일상적인 삶을 외경으로 그린 것이라고 하면, 「澡塘에서」나 「杜甫나李白같이」는 실제 생활 속에 느낀 일상을 쓴 시이다.

나는 支那나라사람들과 가치 묵욕을 한다

무슨 殷이며 商이며 越이며하는 나라사람들의 후손들과 가치

한물통안에 들어 묵욕을 한다

서로 나라가 달은 사람인데

다들 쪽발가벗고 가치 물에 몸을 녹히고 있는것은

대대로 조상도 서로 모르고 말도 제각금 틀리고 먹고입는것도 모도 달은데

이렇게 발가들벗고 한물에 몸을 씻는것은

생각하면 쓸쓸한 일이다

—「澡塘에서」 부분(『人文評論』 3권 3호, 1941.4)

오늘은 正月보름이다

대보름 명절인데

나는 멀리 고향을 나서 남의나라 쓸쓸한 객고에 있는 신세로다

녯날 杜甫나 李白같은 이나라의 詩人도

먼 타관에 나서 이 날을 맞은일이 있었을것이다

오늘 고향의 내집에 있는다면

새옷을입고 새신도 신고 떡과 고기도 억병 먹고

일가친척들과 서로 몰여 즐거이 웃음으로 지날것이였만

나는 오늘 때묻은 입듯옷에 마른물고기 한토막으로

혼자 외로히 앉어 이것저것 쓸쓸한 생각을하는것이다

녯날 그 杜甫나 李白같은 이나라의 詩人도

이날 이렇게 마른물고기 한토막으로 외로히 쓸쓸한 생각을 한적도 있었

을것이다

나는 이제 어늬 먼 윈진 거리에 한고향사람의 조그마한 가업집이 있는것

을 생각 하고

이집에가서 그 맛스러운 떡국이라도 한그릇 사먹으리라한다

우리네 조상들이 먼먼 녯날로 부터 대대로 이날엔 의례히 그러하며 오듯이

먼 타관에 난 그 杜甫나 李白같은 이나라의 詩人도

이날은 그어늬 한고향 사람의 주막이나 飯館을 찾어가서

그 조상들이 대대로 하든 본대로 元宵라는떡을 입에대며

스스로 마음을 느꾸어 위안하지 않었을것인가

그러면서 이 마음이 맑은 녯 詩人들은

먼훗날 그들의 먼 훗자손 들도

그들의 본을 따서 이날에는 元宵를 먹을것을

외로히 타관에 나서도 이 元宵를 먹을것을 생각하며

그들이 아득하니 슬펐을듯이

나도 떡국을 노코 아득하니 슬플것이로다

아, 이 正月대보름 명절인데

거리에는 오독독이 탕탕 터지고 胡弓소리 삘 삘 높아서

내쓸쓸한 마음엔 작고 이 나라의 녯詩人들이 그들의 쓸쓸한 마음들이 생

각난다

내 쓸쓸한 마음은 아마 杜甫나 李白같은 사람들의 마음인지도 모를것이다

아모려나 이것은 넷투의 쓸쓸한 마음이다

―「杜甫나李白같이」 전문(『人文評論』 3권 3호, 1941.4)

「藻塘에서」는 공중목욕탕에서 목욕을 하면서 느끼는 중국인에 대한 소회를 묘사하고 있다면, 「杜甫나李白같이」는 정월대보름 명절에 느끼는 쓸쓸함이 묻어난다. 두 시 모두 생활인으로서의 일상적 삶을 다루고 있다는 점에서 동일하다. 「藻塘에서」가 중국인과 동질감을 가지려는 심사가 그려져 있다면, 「杜甫나李白같이」는 객지를 떠도는 이주민의 "쓸쓸"함이 주된 정서다.

1941년 음력 1월 15일에 쓴 것으로 보이는 이 시는 정월대보름 명절에 고향을 떠나 가족과 헤어져 살고 있는 자신의 처지를 되돌아보는 시다. 때마침 "거리에는 오독독이 탕탕 터지고 胡弓소리 삘뺄높"지만 마음은 "쓸쓸"하다. 집집마다 꽃등이 달려있고 거리에는 폭죽이 터지는 즐거운 풍경과는 다르게 시인의 마음은 "쓸쓸"함이 가득하다. 원소절(元宵節)은 탕원(湯圓)을 먹으며 가족이 화합하는 날이지만 정작 타관을 떠도는 자신은 떡국을 함께 먹을 가족이 없다. 가족의 화목도, 만사형통도 소망할 수 없는 자신의 처지는 마치 고향을 떠나 유랑하며 살았던 두보나 이백과 다를 바 없다. 시인의 정체성을 확인하는 대목이기도 하다. "쓸쓸한 마음"의 내면은 원소절의 즐거운 풍경과 대비되면서 심리적인 갈등상태에 놓여 있다. 만주국이 내세웠던 민족협화와 왕조낙토 등의 환상이 깨지면서 이주자로서의 희망은 사라져버리고, 시인이

라는 고독한 운명에 처해 있는 자신을 발견하게 된다. 그것은 이방인
이 되어 이방의 거리에서 느끼는 소외의 다른 표현이다.

3. 종교적 속죄의식의 드러남[25]

　1940년대 만주 '이주 시기' 백석 시를 이해하기 위해서는 각별한 독법
이 요구된다. 만주 이주 시기에 와서 쓴 그의 시세계는 그 전과 다르게
변모하고 있기 때문이다. 만주 이주 이전의 시가 주로 관찰에 의해 형
성된 정서가 주된 것이라면 만주 이주 시기 백석의 시에는 내면의 고백
과 슬픔의 비애가 유달리 눈에 띈다. 「힌 바람벽이 있어」에 이르면 「安
東」이나 「수박씨, 호박씨」 등에서 보인 낭만성은 제거되고 이주자로서
생활에서 겪는 비애가 한층 강화되어 나타난다. 또한 시어에서 "사랑",
"가난", "쓸쓸" 등이 자주 반복되고, 유난히 "한울"이라는 시어와 함께
고백과 참회조의 정서가 시에 전면적으로 등장한다.[26] 가령 「北方에서
―鄭玄雄에게」, 「許俊」, 「『호박꽃초롱』序詩」, 「촌에서 온 아이」, 「힌
바람벽이 있어」에서 쓴 시어인 "한울", "하눌", "하늘"은 지시적인 의미

25　하이데거에 의하면 '드러남(Lichtung)'이란 '숨음(Verbergung)'의 '드러남'을 의미한다. 역
　　설적인 방식으로 존재자는 '드러내면서 감추는 것'으로 자신을 드러낸다. 이때 '드러남/
　　숨음'은 비동시적 동시성으로 생기(生起)한다. 이에 대해서는 김형효, 『하이데거와 화엄
　　의 사유』(청계출판사, 2002, 663∼710면)와 M. 하이데거의 『예술 작품의 근원』(오병남·
　　민형원 역, 예전사, 1996, 64∼70면) 참조.
26　'한울'과 '사랑'이라는 시어가 사용된 용례에 대해서는 '부록 5'와 '부록 6' 참조.

로 쓰이기도 했지만, 경우에 따라서는 "한울"과 "하눌"은 '하느님'의 뜻
으로도 해석될 수 있어 '신(神)'을 대화의 상대로 불러내고 있는 듯한 느
낌을 준다. 또한 「南新義州柳洞朴時逢方」의 경우에는 한 편의 신앙 고
백과 같은 자기 고백이 들어 있다. 먼저 「흰 바람벽이 있어」를 보자.

오늘저녁 이 좁다란방의 흰 바람벽에

어쩐지 쓸쓸한것만이 오고 간다

이 흰 바람벽에

히미한 十五燭전등이 지치운 불빛을 내어던지고

때글은 다낡은 무명샷쯔가 어두운 그림자를 쉬이고

그리고 또 달디단 따끈한 감주나 한잔 먹고싶다고 생각하는 내 가지가지

외로운 생각이 헤매인다

그런데 이것은 또 어인일인가

이 흰 바람벽에

내 가난한 늙은 어머니가 있다

내 가난한 늙은 어머니가

이렇게 시퍼러둥둥하니 추운날인데 차디찬 물에 손은 담그고 무이며 배

추를 씿고 있다

또 내 사랑하는 사람이 있다

내 사랑하는 어여쁜 사람이

어늬 먼 앞대 조용한 개포가의 나즈막한 집에서

그의 지아비와 마조 앉어 대구국을 끓여놓고 저녁을 먹는다

벌서 어린것도 생겨서 옆에 끼고 저녁을 먹는다

그런데 또 이즈막하야 어늬사이엔가

이 힌 바람벽엔

내 쓸쓸한 얼골을 쳐다보며

이러한 글자들이 지나간다

　　—나는 이 세상에서 가난하고 외롭고 높고 쓸쓸하니 살어가도록 태어났다

그리고 이세상을 살어가는데

내 가슴은 너무도 많이 뜨거운것으로 호젓한것으로 사랑으로 슬픔으

로 가득찬다

그리고 이번에는 나를 위로하는듯이 나를 울력하는듯이

눈질을하며 주먹질을하며 이런 글자들이 지나간다

　　—하눌이 이세상을 내일적에 그가 가장 귀해하고 사랑하는것들은 모두

가난하고 외롭고 높고 쓸쓸하니 그리고 언제나 넘치는 사랑과 슬픔속에

살도록 만드신것이다

초생달과 바구지꽃과 짝새와 당나귀가 그러하듯이

그리고 또 「프랑시쓰・쨈」과 陶淵明과 「라이넬・마리아・릴케」가 그

러하듯이

—「힌 바람벽이 있어」 전문(『文章』 3권 4호, 1941.4)

고향으로의 환류(還流)의식이 있는 이 시 역시 「杜甫나李白같이」처
럼 객지에서 고향을 떠올리며 내면의 심경을 표현하고 있다. 텅 빈 방
에서 머릿속에 떠오르는 갖가지 상념에는 고향의 가족과 음식이 있다.
흔히 이주자들이 겪는 어려움 중 하나는 음식이다. 고향을 떠나 살다
보면 가장 먼저 고향의 음식을 그리워한다. 이를 증명이라도 하듯 1941

년 4월 『문장』 3권 4호에 함께 발표한 「국수」가 이를 잘 보여준다.

한겨울에 "가난한 엄매는 밤중에 김치가재미로 가고", "아, 이 반가운 것은 무엇인가 / 이 히수무레하고 부드럽고 수수하고 슴슴한것은 무엇인가 / 겨울밤 쩡 하니 닉은 동티미국을 좋아하고 얼얼한 댕추가루를 좋아하고 싱싱한 산꿩의 고기를 좋아하고 / 그리고 담배내음새 탄수내음새 또 수육을 삶는 육수국 내음새 자욱한 더북한 삽방 쩔쩔 끓는 아르궅을 좋아하는 이것은 무엇인가"하며 고향의 음식인 국수[27]를 떠올린다.

그런데 「藻塘에서」나 「杜甫나李白같이」에서 보인 "쓸쓸"함이 「흰 바람벽이 있어」에서는 유난히 반복되어 나타난다. "쓸쓸한 얼굴"과 "쓸쓸하니 살아가도록 태어났다"든가, "가난하고 외롭고 높고 쓸쓸하니" 살도록 만든 것은 무엇이었을까. 그것은 호명(呼名)된 "프랑시쓰·쨈'과 陶淵明과 '라이넬·마리아·릴케'"처럼 가난하게 살아가는 한 시인의 운명이지만, 달리 말하면 그가 처한 이주자로서의 자기 정체성에 대한 성찰이라고도 할 수 있다. 일을 찾아왔지만 자신의 뜻대로 되지 못한 식민지 지식인의 처지가 비애미로 그려져 있다. 이방인과 같은 이주자의 외롭고 쓸쓸한 정서인 것이다. 이를 말해주듯 "저녁"과 "흰 바람벽"이라는 색채와 촉각 이미지는 한층 "쓸쓸"한 이국에서의 비애적 정서를 강화시키고 있다. 그리고 "이 흰 바람벽에 / 희미한 十五燭전등이 지치운 불빛을 내어던지고 / 때글은 다닑은 무명샷쯔가 어두운 그림자를 쉬"인다. 자신의 분신이라고 할 수 있는 "지치운 불빛"과 "어두

27　평안도 방언에서는 '냉면'을 '국수'라고 한다. 정주군지편찬위원회,『定州郡誌』, 定州郡誌編纂委員會, 1975, 138면.

운 그림자"가 차디찬 바람벽에 흔들리고 있다. 마치 방에 유폐된 자의 절망과 "힌 바람벽"으로 표상되는 공포가 촉각적으로 예리하게 포착된 이 시는 만주 이주 시기의 절정(絶頂)으로 보인다.

그러나 무엇보다 이 시에서 비상히 주목되는 대목은 "힌 바람벽"이 다. "힌 바람벽"에 어리는 "때글은 다닭은 무명샷쯔가 어두운 그림자", "가난한 늙은 어머니"와 "대구국을 끓여놓고" 저녁을 먹는 "내 사랑하는 어여쁜 사람"과 "지아비"와 "어린것"이 한 방 안에 형상돼 있다. "그런데 또 이즈막하야 어늬사이엔가 / 이 힌 바람벽엔 / 내 쓸쓸한 얼골을 쳐다보며 / 이러한 글자들이 지나간다"라는 대목에서 '나'라는 인식을 강조한다. 그런데 여기에서 주목되는 것은 "힌"색의 이미지이다. 백색의 이미지는 마치 흰 벽으로 둘러쳐진 성소(聖所)와 같은 경건함을 준다. 바로 여기에서 내가 내 자신을 향하여 설위하는 동학의 '향아설위(向我設位)'를 연상하게 하는 장면이 나타난다.[28] 해월(海月) 최시형(崔時亨, 1827~1898)의 사상이기도 한 향아설위는 제사 지낼 때 밥그릇을 벽을 향해 놓는 향벽설위(向壁設位)가 아니라 나를 향해 놓으라는 의미다. 신령한 존재자로서의 '나'라는 인식을 강조한 것이다. 빈 방에서 '벽'을 향하여 상념에 젖어 있다가 나를 향해 자신의 내면을 들여다보는 행위는 마치 엄숙한 종교적 제의를 떠오르게 한다. 이는 동시에 수운(水雲) 최제우(崔濟愚, 1824~1864)가 말하는 '내유신령 외유기화(內有神靈 外有氣化)'로서 모든 게 자신과 무관하지 않으며 한 생명의 움직임이라는 것과 자신의 본모습을 발견하는 것이 서로 관계맺음으로서 서로 다르지

---

[28]   김지하, 『김지하전집』 1, 실천문학사, 2002, 161~166면 참조.

않다는 인식의 깨침을 의미한다.[29] 어떤 의미로는 「흰 바람벽이 있어」에 이르면 백석은 이미 자신의 내면을 바라보는 성찰을 통해서 자신의 의지와는 다른 그 어떤 신성(神性)과 마주하고 있었던 것으로 여겨진다. 마치 벌거벗은 생명인 '호모 사케르(homo sacer)'로서의 자기 인식에 도달한 자를 떠올리게 한다.[30]

　우선 눈에 띄는 대목이 "나는 이 세상에서 가난하고 외롭고 높고 쓸쓸하니 살어가도록 태어났다."와 "하눌이 이세상을 내일적에 그가 가장 귀해하고 사랑하는것들은 모두 / 가난하고 외롭고 높고 쓸쓸하니 그리고 언제나 넘치는 사랑과 슬픔속에 / 살도록 만드신것이다"라는 고백이다. 여기에서 "하눌"은 하늘을 지시하는 것이지만 꼭 그렇게만 볼 수는 없다. 그다음 구절인 "내일적에"와 "그가 가장 귀해하고 사랑하는 것들"에 걸리기 때문이다. 분명 시인의 의식 속에 신에 대한 상정 없이는 가능하지 않은 구절이다. 따라서 "하눌"은 영적인 신의 총체로 해석이 가능하다. 즉 근대 초기 개신교나 동학에서 하늘에 계신 주재신을 하늘님, 하느님, 한울님, 하날님, 하눌님, 한님, 하나님 등 다양하게 호칭해 온 것을 보면 그렇게 볼 수 있는 여지가 없는 것은 아니다. "하눌이 이세상을 내일적에 그가 가장 귀해하고 사랑하는것들은 모두 / 가난하고 외롭고 높고 쓸쓸하니 그리고 언제나 넘치는 사랑과 슬픔속에 / 살도록 만드신것이다"라는 시행을 읽다보면 한편의 요약된 마태복음을

29　위의 책, 65~68면 참조.

30　조르즈 아감벤에 의하면 사케르(sacer)는 '벌거벗은'이라는 의미와 함께 '성스러운' 의미를 동시에 갖고 있다. 조르조 아감벤, 박진우 역, 『호모 사케르―주권 권력과 벌거벗은 생명』, 새물결, 2008, 45·156면.

읽는 듯한 종교적인 경건함을 불러일으킨다. 여기서 가난은 단순하게 지시적 의미로 쓰이지 않았다는 느낌을 주는데, 성경에서는 가난한 자를 물질적으로나 정신적으로 결핍된 자로 본다. 물질적으로 가난한 자는 부유함이나 재산이 없음은 물론 그날그날의 생활필수품조차 결핍된 사람이며, 정신적으로 가난한 자란 마음이 가난한 자로서 자기 속에 선한 것이 없음을 겸손하게 시인한 사람이다. 그러므로 그들은 조건 없이 돌보시는 하나님의 은혜를 바랐고, 예수는 이러한 사람을 "심령이 가난한 자는 복이 있나니"(마태복음 5:3), "가난한 자는 복이 있나니"(누가복음 6:20)라고 표현하면서 특히 가난한 자를 복되다고 하였다.[31] 이러한 백석의 태도는 다음 글에서 좀 더 직접적으로 드러나고 있다.

사람이 한일을 오래두고 일삼는것은 얼마나이어려운 일입니까. 더욱히 그일이 놉고 참되고 아름다운 일일 째 얼마나 어려운 일이겟습니까. 일즉히 眞實로 놉고 貴한것이 무엇인지를 알고이것에 마음을 제사들오어이것이 아니면 安心하지 못하고 立命하지못하고 이것이 아니면 즐겁지안은째에 박그로얼마나 큰艱難과 苦痛이 오는것입니까. 俗된세상에서가난하고 핍박을밧어凄凉한것도 이째문입니다. (…중략…) 놉은 시름이잇고 놉흔슬품이잇는 魂은福된것이 아니겟습니까. 眞實로 人生을 사랑하고生命을아끼는 마음이라면 어쩌케 슬프고 시름차지아니하겟습니까. 詩人은슬픈사람입니다. 세상의 온갓슬프지 안흔것에 슬퍼할줄아는 魂입니다. (…중략…) 이러케 眞實로 슬픈精神에게야 俗된 세상에그득찬 근심과 수고가 그 무엇

---

31   진영섭, 「신약성서에 나타난 가난한 자」, 『기독교사상』 34권 5호, 대한기독교서회, 1990, 24~30면 참조.

이겟습니까. 詩人은 眞實로 슬프고 근심스럽고 괴로운탓에 이가운데서 즐거움이 그 마음을 往來하는 것입니다.

―「슬픔과眞實―麗水朴八陽氏詩抄讀後感」 부분[32]

백석은 이 글에서 "속된 세상"에 "높은 시름"과 "높은 슬픔"이 있는 시인을 "복"된 자로 높이고 있다.[33] 즉 고통과 슬픔을 통해 진실하고자 하는 자만이 복을 누릴 수 있는데, 바로 그런 자가 시인이라는 존재다. '산상수훈(山上垂訓)'을 떠올리게 하는 이 글은 시인이란 존재가 "艱難과 고통" 속에서 살아가는 것은 곧 "하눌"님의 뜻과 마음이자 곧 시인 자신의

---

32 『滿鮮日報』, 1940.5.9.

33 백석에게 '슬픔'과 '복'된 등은 기독교적 가치관이 들어 있는 표현으로, 고통, 슬픔, 희생, 핍박 등을 전제로 얻을 수 있는 복을 의미한다. 오산학교 시절 전교생이 외웠다는 '산상수훈'과 관련되어 있다고 할 수 있다. 산상수훈은 ① 심령이 가난한 자 ② 애통하는 자 ③ 온유한 자 ④ 의에 주리고 목마른 자 ⑤ 긍휼히 여기는 자 ⑥ 마음이 깨끗한 자 ⑦ 화평케 하는 자 ⑧ 의를 위하여 핍박을 받는 자 등 팔복을 제시하고 있다. 이러한 마태복음 5장(5:3~10)에 나오는 산상수훈의 내용을 모티프로 「八福」이라는 시를 쓴 윤동주와 유사성을 드러내고 있다.

　슬퍼 하는자는 복이 있나니
　슬퍼 하는자는 복이 있나니
　슬퍼 하는자는 복이 있나니
　슬퍼 하는자는 복이 있나니
　슬퍼 하는자는 복이 있나니
　슬퍼 하는자는 복이 있나니
　슬퍼 하는자는 복이 있나니
　슬퍼 하는자는 복이 있나니

　저히가 永遠히 슬플것이오

―윤동주, 「八福―마태福音 五章 三~十二」 전문
(왕신영 외 편, 『사진판 윤동주 자필 시고전집』, 민음사, 2002, 170면)

마음이기도 하다는 뜻을 내포하고 있다. 이 "슬픈 사람"인 시인이야말로 '영적으로 가난한 자'이다. 이러한 '심령이 가난한 자'만이 신의 사랑을 받아 영적 구원을 받는다. 따라서 이 시기에 이르면 백석은 '영적 가난'을 참된 예술의 태도로 기리고 있는 것으로 보인다. 이러한 태도는 「흰 바람벽이 있어」 외에도 「許俊」, 「『호박꽃초롱』序詩」 등에서도 나타나는데, 가령 「許俊」에서 "그 맑고 거룩한 눈물의 나라에서 온 사람이여 / 그 따사하고 살틀한 볓살의 나라에서 온 사람이여 // 눈물의 또 볓살의 나라에서 당신은 / 이세상에 나드리를 온 것이다 / 쓸쓸한 나드리를 단기려 온것이다"라든지, 「『호박꽃초롱』序詩」에서는 "한울"은 "시인을 사랑한다. // 한울은 / 이러한 시인이 우리들속에 있는것을 더욱 사랑"한다는 표현에서도 확인된다. 백석이 생각하기에는 프랑시스 잠(Francis Jammes, 1868~1938)과 라이너 마리아 릴케(Rainer Maria Rilke, 1875~1926)나 도연명, 허준, 강소천(姜小泉, 1915~1963) 등은 모두 물질적으로 소유하려는 자가 아니기 때문에 진실로 복된 삶을 사는 영적으로 가난한 인물들인 것이다.

또한 「흰 바람벽이 있어」에서는 고난과 고독의 이미지가 있다. "가난"하고 "외롭고" "쓸쓸"하기 때문에 겪는 어려움을 토로하고 있다. 이는 영육(靈肉)이 함께 겪는 괴로움과 외로움을 의미한다. 즉 직접적으로 어떤 사실을 가지고 영육의 괴로움과 외로움을 고하지 않았지만 "가난"하고 "외롭고" "쓸쓸"한 내면에는 만주국 이주 이후 백석이 느끼는 실존적 불안과 연관되어 있어 보인다. 이는 당시 백석의 처지와 무관하지 않으리라 본다. 아마도 이 당시 백석은 만주국 국무원 경제부를 그만두고 나와 물질적으로 궁핍했을 뿐만 아니라, 시인으로서도 자기 위기에 봉착했던 것으로 추측된다. 실제로 백석은 1941년 만주 시편을 『朝光』, 『文章』, 『人文評論』 등에 발표한 「歸農」, 「국수」, 「흰 바람벽이 있어」, 「촌에서 온 아이」, 「澡塘에서」, 「杜甫나李白같이」를 끝으로 해방 이후 「南新義州柳洞朴時逢方」이 발표되기까지 더 이상 시인으로서 작품 활동을 하지 않는다. 요컨대 그가 언급한 시인인 두보나이백, 프랑시스 잠과, 도연명, 라이너 마리아 릴케 등이 시인이라는 천명을 받고 가난하게 이 세상에 태어난 자들로 "하눌"이 "가장 귀해하고 사랑하는"자들이기 때문에 "사랑과 슬픔속에 살도록 만드신것"이라는 숙명을 그 역시 받아들이고 있는 것이다. 이는 곧 예술가로서의 운명이자 영적으로 가난한 삶을 살아가도록 한 상태를 깨달음으로써 가능한 세계이기도 하다. 결국 이러한 자기 삶의 부정과 자기 구원의 문제는 백석으로 하여금 최후의 절창이라고 알려진 「南新義州柳洞朴時逢方」을 완성시키는 계기로 작용했을 것으로 보인다.

백석의 만주 시편이 창작된 1940년대는 암흑기로 일본의 군국주의가 전시 체제로 돌입하면서 식민지 조선인에 대한 탄압이 극에 달했던 시기다. 태평양전쟁(1941)을 일으킨 일본은 강력한 전시 체제 하에서 한민족 말살정책으로 일관했다. 조선어의 공식적인 사용을 금지시켰고 창씨개명과 신사참배를 강요함으로서 종교적 자유를 완전히 박탈하고자 했다.

신사참배로 대두된 기독교 탄압은 한국 교회의 기독민족주의를 와해시키려는 정책이었으며, 이로 인하여 한국 교회는 백기를 들고 신사참배에 동참할 것을 결의하는 등 순교와 해체의 길로 나갔다.[34] 이런 점을 염두에 두고 시를 다시 살펴보면 예사롭지 않다. 표층적으로 들어나지는 않았지만 종교적 색채가 심층에 깔려 있음이 확인된다.

이 시기에 이르면 백석에게 만주국은 더 이상 '갱생과 기회의 땅'이 아니다. 예전에 친구를 만나면 "만주로 떠나겠다"고 원대한 꿈을 꿨던 '낙토(樂土)'이자 옛 부여와 발해의 '고토(古土)'도 아니다. 그저 한없이 "쓸쓸"하고, "외롭고", 다 낡은 "무명샷쯔"에 "어두운 그림자"조차 쉴 곳이 없는 초라한 행색으로 극한까지 떠밀려온 벌거벗은 고독자인 자기 자신이 있을 뿐이다. 이러한 자기 정체성은 「北方에서—鄭玄雄에게」에서 "아, 나의 조상은 형제는 일가친척은 정다운 이웃은 그리운 것은 사랑하는 것은 우러르는 것은 나의 자랑은 나의 힘"은 그저 "바람과 물과 세월과 같이 지나가고 없다"는 절망적인 상황 인식에 이른다.

백석은 1942년 신경에서의 곤궁한 생활을 정리하고 안동으로 간다. 1940~1941년 만주『滿鮮日報』에서 학예부 문예 담당 편집자였던 고재기(高在騏)의 증언에 의하면 안동으로 간 것은 그곳에서 자리 잡고 있었던 염상섭의 도움이 컸다고 한다.[35] 그리고 해방이 될 때까지 번역일 이외에는 어떠한 창작활동도 하지 않는다. 고향 정주가 지척인데도 돌아가지 않았다. 안동에서 결혼을 하고 세관 등에서 일을 하다가 징용을 피해 광산으로 들어갔다고 전해진다.[36] 그리고는 해방 직후까지 그의 행적은 더 이상 확인되지 않는다.

---

34 이만열, 「한국 기독교사 특강」, 『한국 기독교와 민족의식』, 지식산업사, 1991, 188~190면 참조.

35 고재기, 「백석 '방랑의 만주시대' 복원」, 『경향신문』, 1998. 2. 5.

36 王艷麗, 앞의 글, 43~44면.

4. 만주로부터의 귀환과 자기 구원의 시혼

1945년 일본이 패망하면서 조선은 해방을 맞는다. 남북 분단의 씨앗이 된 얄타회담 결과로 38선이 그어지고 남쪽은 미군이 북쪽은 소련군이 주둔했다. 이 와중에 해방을 맞아 만주에서 살았던 이주민의 귀환 행렬이 이어졌다. 허준 소설 「殘燈」(1946)은 바로 이런 해방 공간의 을씨년스러운 모습을 그려내고 있다.

> 장춘서 회령까지 스무 하루를 두고 온 여정이었다.
>
> 우로를 막을 아무런 장비도 없는 무개화차 속에서 아무렇게나 내어 팽겨친 오또기 모양으로 가로 서기도 하고 모로 서기도 하고 혹은 팔을 끼고 엉거주춤 주저앉아서 서로 얼굴을 비비대고 졸다가는 매연(煤煙)에 저언 남의 얼굴에다 거언 침을 지르르 흘려주기질과 차에 오를 때마다 떼밀고 잡아 채고 곤두박질을 하면서 오는 짝패이다가도 하루아침 홀연이 오는 별리(別離)의 맛을 보지 않고는 한로(寒露)와 탄진(炭塵) 속에 건너 매어진 마음의 닻줄이 얼마만한것인가를 알고 살기 힘든듯 하였다.[37]

북한에 주둔하기 위해서 신경에서 내려오는 소련 군대와 함께 어떤 이는 모포 한 장으로 어떤 이는 맨손으로 귀환한다. 풍찬노숙을 하며 때로는 차편이 없어 몇 날이고 기다렸다. 그러다 습한 방에서, 함께 내려오는 귀환자

---

37   허준, 『殘燈』, 을유문화사, 1946, 2면.

들의 틈에 끼어 새우잠을 잤다. 거리는 기차를 타기 위해 밀려든 귀환자들로 북적였고, 소련의 장갑차가 있는 국경 지역은 스산했다.

차는 역시 군용이었다. 자동차 장갑차 대포 같은 병기가 실렸음은 물론 시량(柴糧)인지 천막을 쳐서 내용을 가리운 차까지 치면 한 삼십여 개도 더 될 차로 맨 뒤끝에는 서너 개 유개 화차도 달려 있었다.[38]

만주 신경에서 회령을 거쳐 서울로 귀환하는 과정을 그린 이 소설을 보면, 해방 직후 상황이 눈앞에 보이듯 선명하게 펼쳐진다. 이 소설에서 주인공이 만주 신경에 대해 평하는 대목은 만주국이 신세계라는 인식이 깔려 있다. 그래서인지 귀환하는 과정을 보면 주인공 "나"는 서울로 돌아오는 과정이 결코 행복하지 않다. 의아스러울 정도로 해방을 맞은 기쁨은 찾아볼 수가 없고 그저 황량하고 스산한 분위기가 소설을 지배한다.

그렇다면 시인 백석에게 해방이란 어떤 의미였을까? 1945년 8·15 해방은 일제의 패망이고, 만주국의 붕괴이며, 소련과 미국의 승리를 의미하지만, 백석에게는 무엇이었을까? 백석은 1945년 안동에서 해방을 맞고 귀환 이주민의 행렬을 따라 압록강을 넘어 신의주로 온 것으로 보인다.[39] 해방 직후의 신의주는 만주에서 피난 온 사람들로 붐볐다.

38　위의 책, 9면.

39　1945년 일제의 패망과 만주국의 붕괴로 인하여 만주국에서 귀환자가 속출하는데, 일제 패망 당시 약 170만 명에서 200만 명 정도이었던 한인의 귀환자 규모는 대략 80만 명으로 약 20만 명은 연변 지방에서, 나머지 60만 명은 안동 지방에서 귀환한 것으로 알려져 있다. 김기훈, 「韓人의 滿洲移民史 연구의 현황과 과제」, 『백산학보』 76호, 백산학회, 2006,

염상섭의 소설 「三八線」을 보면 허준의 「殘燈」처럼 해방 직후 어수선한 귀환 과정이 생생하게 펼쳐진다.

안동에 남겨둔 짐을 차져가지고 오려니까 시가지를 다 빠져나오기전부터 압록강철교쪽에서 총소리가 팽 팽 끊일새없시 났었다. 어떨까하는 염려가 있으면서도 하여간 맞 다닥드려 보리라하고 철교이편 세관에까지 가보니 소련병들이 만주인세관사람과 조선인회 출장원들과 떠들면서 강물속에다 대이고 장총으로 산양하듯이 쏘으는것이었다. 피난민이 통과한뒤라 철교우에는 어리친 개새끼도 내뒤를 딸는사람도없다. 그좁은 철교의 통로를 빠져나가야 할터인데 총은 여전히 쏜다. 짐을 조사하는 세관이나 두서넛 있은 조선인측 보안부사람이나 얼굴빛은 이상하였다. 그러나 가족이 신의주에 있으니 되도라설수 없거니와, 소용없는 일인의 총탄(銃彈)으로 기룽들을 하는것 같기도하고 위협사격 같기도하야 그대로 철교안으로 쓱 들어서보았다. 여전히 귀밑에서는 팽, 팽소리가 났다.(중략)그후에는 거리에서, 혹은 길가로 난 내방밑에서 열시후면 거이 않든는 날이 없는 총소리가 귀에 익게되었다. 새벽 두시 세시나 밝을역에 줄달어나는 총소리에 잠을 소스라쳐 깨는때도 한두번이 아니었었다.[40]

안동에서 해방을 맞은 염상섭은 당시 무정부 상태와 같은 어수선한 체험을 단편소설 「解放의 아들」, 「混亂」, 「謀略」, 「三八線」 등에서 묘사하고 있다. 「三八線」에서는 해방을 맞아 만주에서 귀환하는 만주인,

601면.

40   염상섭, 「三八線」, 『廉想涉全集』 10, 민음사, 1987, 67~68면.

일본인, 한국인과 소련군이 뒤엉켜 있다. 다른 한편으로는 일본인과 친일 분자를 색출하느라 국경 도시는 온통 혼란스럽기만 하다. 이런 혼란 속에서 만주인들은 인민 자치 등으로 질서를 지키는 반면에 일본인은 일제의 패망으로 숨어 지내야 하는 처지로 전락하고 한국인은 이도저도 아닌 혼란스러운 상황을 맞는다. 이를 보고 염상섭은 "아무런 보호도 없고 통제도 없이 굴레벗은 말처럼 날뛰기만 하는 우리 민족"[41]이라며 상황에 대처하는 한국인의 태도를 꼬집고 있다.

해방 정국은 불안정한 정세에서 새로운 국가 건설을 해야 하는 과제가 주어진 상황이었다. 이러한 상황은 만주로 이주해 정착한 대다수 농민들과 다르게 단순히 일자리를 찾아 떠났던 지식인에게는 곤혹스러운 일이 아닐 수 없다. 그들에게 해방은 실직을 의미하며 새로운 일자리를 찾아야 하는 문제이기도 하다. 더 이상 만주에 남아 있을 명분이 없기 때문이다. 그러기에 만주국은 물론이고 일본 국책회사 등에서 일을 한 조선 지식인의 귀환은 해방의 기쁨보다는 앞날에 대한 불안이 더 클 수밖에 없다. 허준의 「殘燈」과 염상섭의 「三八線」은 바로 이러한 지식인의 불안과 복잡한 마음을 귀로의 여정을 통해 보여주고 있다. 백석도 예외는 아니었을 것이다. 그가 1942년 이후 안동에 있다가 해방 직후 귀환 과정에서 머물렀던 신의주에서 쓴 것으로 보이는 「南新義州柳洞朴時逢方」에서 해방은 기쁨보다는 슬픔이, 얻은 것보다는 잃은 자의 모습이 짙게 나타난다.

---

41   염상섭, 「混亂」, 위의 책, 155면.

어느 사이에 나는 아내도 없고, 또,

아내와 같이 살던 집도 없어지고,

그리고 살뜰한 부모며 동생들과도 멀리 떨어져서,

그 어느 바람 세인 쓸쓸한 거리 끝에 헤매이었다.

바로 날도 저물어서,

바람은 더욱 세게 불고, 추위는 점점 더해 오는데,

나는 어는 木手네 집 헌 삿을 깐,

한 방에 들어서 쥔을 붙이었다.

이리하여 나는 이 습내 나는 춥고, 누긋한 방에서,

낮이나 밤이나 나는 나 혼자도 너무 많은 것 같이 생각하며,

딜옹배기에 북덕불이라도 담겨 오면,

이것을 안고 손을 쬐며 재우에 뜻 없이 글자를 쓰기도 하며,

또 문 밖에 나가디두 않구 자리에 누어서,

머리에 손깍지 벼개를 하고 굴기도 하면서,

나는 내 슬픔이며 어리석음이며를 소 처럼 연하여 쌔김질하는 것이었다.

내 가슴이 꽉 메어 올 적이며,

내 눈에 뜨거운 것이 핑 괴일 적이며,

또 내 스스로 화끈 낯이 붉도록 부끄러울 적이며,

나는 내 슬픔과 어리석음에 눌리어 죽을 수 밖에 없는 것을 느끼는 것이
　　　이었다.

—「南新義州柳洞朴時逢方」 부분(『學風』 창간호, 1948.10)⁴²

42　이 시의 창작 시기에 대해서 해방 이전과 해방 이후라는 이견이 있다. 필자는 이 작품이
　　해방 이후에 창작된 것으로 본다. 백석이 해방 후에 발표한 작품은 「南新義州柳洞朴時逢

이 시에는 해방 직후 만주 이주 시기를 정리하고 귀환하는 백석의 감회가 드러나 있다. 우선 이 시에 흐름을 따라가 보자. 그에게 해방은 기쁨보다는 "어느 바람 세인 쓸쓸한 거리 끝"에 도달한 "어는 木手네 집 헌 샅을 깐", "습내 나는 춥고, 누긋한 방"의 이미지가 크다. 여기에 도달하기까지 그는 아내도 가족도 집도 없이 "바람 세인" 거리에서 "추위"에 시달리다, 겨우 의지할 곳이란 자신의 몸을 데울 수 있는 "딜옹배기"에 담아온 "북덕불"이 전부다. 그 방에는 그는 "내 슬픔이며 어리석음이며 소처럼 연하여 쌔김질"을 하는 누추하고 비루한 자신의 삶을 되새김질한다. 그의 앞에 놓인 것은 간난(艱難)한 자의 죽음의 이미지다. 모든 것을 잃은 자가 절망하며 죽음으로 치닫는 장면이 아닐 수 없다. 왜일까? 도대체 죽을 만큼의 지독한 자책은 어디에서 연유할까? 만주에서의 생활과 그의 시에서 그 답을 찾을 수 있을 것이다.

백석에게 만주는 '드림'의 땅이 될 수 없었다. 1939년 제2차 세계대전이 발발하고, 조선인 징발령이 떨어진 1941년에 들어와서는 일제는 태평양전쟁을 비롯하여 동아시아 전역에 걸쳐 전쟁을 확전시킨다. 암흑기로 돌변한 고국을 떠나 일자리를 찾아 이주한 백석이었지만 만주국에서 생활은 곤란의 연속이었다. 얻은 일자리조차 얼마 못 가서 잃고

方」을 포함하여 모두 네 편이다. 이중 「적막강산」,(『新天地』 11・12 합병호, 1947.12), 「마을은 맨천 구신이 돼서」,(『新世代』 3권 3호, 1948.5), 「七月 백중」(『文章』 3권 5호, 1948.10)은 "戰爭前부터 내가 간직하여두었던 것을 詩人에게 묻지않고 敢이 發表한다"라는 허준의 부기(附記)가 붙어 있다. 하지만 「南新義州柳洞朴時逢方」의 경우 이러한 단서가 붙어 있지 않다. 「南新義州柳洞朴時逢方」은 1948년 10월에 발간된 『學風』 창간호에 게재되었는데, 이 책의 편집인 조풍연(趙豊衍, 1914~1991)은 편집 후기 끝에 "소설은 想變이 썼고 시는 申石艸와 白石의 해방 후 新作을 얻었다"고 밝히고 있다. 따라서 이 글은 「南新義州柳洞朴時逢方」을 해방 후 창작된 작품으로 본다. 이와 같은 논의로는 이숭원, 『백석 시의 심층적 탐구』(태학사, 2006, 143~144면) 참조.

근근이 번역 일 등을 하면서 이주자로서의 궁핍한 생활을 해야만 했다. 게다가 만주국이 내세운 '오족협화'와 '왕도낙토'의 허구와 환상은 더 이상 그를 신경에 머물게 하지 않았다. 다시 일자리를 찾아온 안동에 서의 생활도 그리 넉넉한 것은 아니었다. 어쩌면 징용에 끌려가지 않 는 것만으로 만족해야 했는지 모른다. 동시대 프랑시스 잠과 라이너 마리아 릴케를 사랑했던 윤동주(尹東柱, 1917~1945)의 삶과 비교하면 호 사(豪奢)가 아닐 수 없다. 그에게 해방은 느닷없이 찾아온 추방령이었 는지 모른다. 그러기에 「南新義州柳洞朴時逢方」은 어딘지 모르게 한 편의 비장한 자기 부정에 의한 최후의 진술서처럼 느껴진다.

그런데 그 최후의 진술서는 정주-경성-일본-함흥-경성-만주-신의 주로 떠돌며 암울한 시대를 살았던 한 인간이 도달한 세계로서는 다분 히 개인적으로 보이는 것은 무슨 이유일까? 왜 해방을 맞은 기쁨이 아 닌, 개인사적 침통이 그 자리를 대신하고 있는 것일까? 이는 해방을 맞 아 격렬하게 당시의 회오(悔悟)를 노래한 오장환의 「病든 서울」과 비교 하면 더욱 확연하다.

八月 十五日 밤에 나는 病院에서 울었다.

너희들은, 다 같은 기쁨에

내가 운 줄 알지만, 그것은 새빨간 거짓말이다.

일본 天皇의 放送도,

기쁨에 넘치는 소문도,

내게는 고지가 들리지 않았다.

나는 그저 病든 蕩兒로

홀어머니 앞에서 죽는 것이 부끄럽고 원통하였다.

(…중략…)

그렇다. 病든 서울아,

지난날에 네가, 이 잡놈 저 잡놈

모도다 술취한 놈들과 밤늦도록 어깨동무를 하다싶이

아 다정한 서울아

나도 미천을 털고 보면 그런 놈 중의 하나이다.

나라 없는 원통함에

에이, 나라 없는 우리들 靑春의 反抗은 이러한 것이었다.

反抗이어! 反抗이어! 이 얼마나 눈물나게 신명나는 일이냐

(…중략…)

그러나 나는 이처럼 살았다.

그리고 나의 反抗은 잠시 끝났다.

아 그 동안 슬픔에 울기만 하여 이냥 질척거리는 내 눈

아 그 동안 독한 술과 끝없는 비굴과 절망에 문드러진 내 쓸개

내 눈깔을 뽑아버리랴, 내 쓸개를 잡아떼어 길거리에 팽개치랴.

—「病든 서울」 부분[43]

---

43 오장환, 「病든 서울」, 『象牙塔』 창간호, 1945. 12, 3~4면.

해방의 기쁨을 격정적으로 노래한 오장환의 「病든 서울」은 과거의 자기를 청산하고 새로운 자기 갱신을 노래하고 있다. '병든 서울'에서 살았기 때문에 자신도 병들었다는 자기비판에서 시작하는 이 시는 해방을 맞아 새로운 출발을 각오하고 있다. 자기비판을 통해서 새로운 국가 건설에 참여하고자 하는 의지를 격정적인 어조로 개진하고 있는 것이다. 해방 직후 문인에게 자기비판 문제는 「文學者의 自己批判」에서 임화에 의해 "새로운 조선문학의 정신적 출발점"의 하나로 제기되었다.[44] 이는 작가로서의 온전한 명예 회복의 차원일 뿐 아니라 지식인으로서의 양심을 확인하는 이중적 의미를 지닌다. 즉 새 시대의 민족문학을 짊어지고 갈 역군으로서의 자격 심판이라는 외적인 요인뿐 아니라, 문인으로서의 양심의 점검과 반성, 그리고 회복이라는 실존적인 문제와 관련된 것이다. 물론 백석의 「南新義州柳洞朴時逢方」에는 격정적인 참회와 회오가 보이지만 그 해결 방식은 다르다. 오장환은 새로운 국가 건설에 대해 격정적인 어조로 적극적인 의사를 개진하고 있다면 백석은 만주 이주 시기에 형성된 쓸쓸한 비애미가 동반된 자기 부정과 갱신의 초극을 그리고 있다.

그런데 이상하리만큼 백석의 자기비판은 역사적이지 않다. 해방 이후 펼쳐질 새로운 국가 건설이라는 과제에 복무해야만 하는 상황을 백석 또한 모르지 않았을 것이다. 하지만 백석은 서울이나 평양을 선택

44　「文學者의 自己批判」은 1945년 12월에 열린 봉황각(鳳凰閣) 좌담회 내용을 담고 있다. 이 좌담회에는 김남천, 이태준, 한설야, 이기영, 김사량, 이원조, 한효, 임화 등이 참석하였다. 부기(附記)에는 "이座談會가 열려진것은 昨年섯달그믐께다 그後印刷事情으로因하야 이러케 늦어졌"다라고 게재가 지연된 이유를 밝히고 있다. 김남천 외, 「文學者의 自己批判—座談會」, 『人民藝術』 2호, 1946.10, 44·48면.

하지 않고 신의주에 머무르며 지나온 삶에 대한 회오의 심정을 드러낸
다. 그만큼 그의 회오는 역사적이기보다는 개인사적이다. 아마도 그것
은 역사적 과제보다는 개인사적 과제가 더 큰 그의 삶에서 비롯된 자책
인 것으로 보인다. 어쩌면 그는 해방을 맞아 모든 것이 새롭게 변화하
듯 자기의 삶도 새롭게 출발하고 싶은 의지의 반영이었는지 모른다.
그의 불후의 절창이라고 불리는 「南新義州柳洞朴時逢方」은 이렇게 태
어났다. 그리하여 탕아의 귀환에 비교될 정도로 그에게는 지나온 삶에
대한 뼈저린 자책과 새로운 자기 갱신을 위한 신앙고백이 필요하지 않
았을까?

그러나 잠시 뒤에 나는 고개를 들어,

허연 문창을 바라보든가 또 눈을 떠서 높은 턴정을 쳐다보는 것인데,

이 때 나는 **내 뜻이며 힘으로, 나를 이끌어 가는 것**이 힘든 일인 것을 생각
　　　하고,

이것들보다 더 크고, 높은 것이 있어서, 나를 마음대로 굴려 가는 것을 생
　　　각하는 것인데,

이렇게하여 여러 날이 지나는 동안에.

내 어지러운 마음에는 **슬픔**이며, **한탄**이며, 가라앉을 것은 차츰 앙금이
　　　되어 가라 앉고,

외로운 생각만이 드는 때 쯤 해서는,

더러 나줏손에 쌀랑쌀랑 싸락눈이 와서 문창을 치기도 하는 때도 있는데,

나는 이런 저녁에는 화로를 더욱 다가 끼며, **무릎을 꿀어 보며,**

어니 먼 산 뒷옆에 바우 섶에 따로 외로이 서서,

어두어 오는데 하이야니 눈을 맞을, 그 마른 잎새에는,

쌀랑쌀랑 소리도 나며 눈을 맞을,

그 드물다는 **굳고 정한 갈매나무**라는 나무를 생각하는 것이었다. (강조는 필자)

—「南新義州柳洞朴時逢方」 부분(『學風』 창간호, 1948.10)

마음 속 심금(心琴)을 드러내고 있는 이 시는 마치 신앙고백을 하듯 종교적이다. 강조한 부분이 말해주듯이 절절(切切)하게 죄지은 자의 죄 사함과 진정한 회개를 노래하는 것으로 보인다. 가시면류관을 쓴 예수가 죄 사함을 통해 원상을 회복하려는 갈구는 "그 드물다는 굳고 정한 갈매나무"로 교차된다. 방에서 "무릎을 꿀어" 떠올리는 "굳고 정한",[45] "갈매나무"는 백석에게 생명의 구원이자 부활을 의미하는 상징이다. 또한 이 시는 그 이전에 쓴 시들과 다르다. 자책처럼 빈번하게 구사한 쉼표의 사용도 눈이 띄지만 무엇보다 결말부에 이르는 자기 초극의 장면은 그 이전에 시에서 볼 수 없는 종결 방식이다. 자각에 이르는 전 과정이 하나의 자기 고백적 자책이며, 소생과 치유, 부활을 꿈꾸는 신앙고백인 것이다.[46] 이 시의 형상에 감득(感得)하게 하는 이유이기도 하다.

---

45 여기에서 "굳고 정한"이라는 표현은 종교적 의미를 갖는다. 기독교에서 '굳게, 굳다, 굳센' 등의 표현은 "굳은 반석", "굳은 바위", "굳은 마음" 등과 '정(淨)하다'라는 표현은 「시편」 73∶13을 포함하여 잠언 20∶9절 등에 "정한 마음", "정한" 등의 표현으로 성경 곳곳에 나타난다. 이에 대해서는 이성호의 『성구대사전』(혜문사, 1969, 151∼152·1240∼1241면) 참조.

46 「南新義州柳洞朴時逢方」은 '속죄' 이미지가 있다. 이는 윤동주의 「自畵像」(1939.9), 「懺悔錄」(1942.1.24)과 이미지가 겹친다.

백석은 유난히 시인으로서의 자각이 컸다. 운명적일 만큼 백석에게 시인은 하눌[47](하느님)이 내린 높고 거룩하고 쓸쓸한 존재다. 그는 누구보다도 도연명과 마리아 릴케를 사랑했고, 가난하게 살도록 운명 지워진 시인을 사랑했다. 그에게 가난은 물질적인 가난만을 의미하지는 않는다. 자신의 무능과 한계, 그리고 부패함을 깨닫고 자신의 죄성(罪性)에 대해 철저히 절망하고 회개하는 것은 영적으로 가난한 자의 모습이기도 하다.

그런 의미에서 보자면 「南新義州柳洞朴時逢方」은 만주 이주로부터 계기된 그의 전(全) 삶에 대한 '쓸쓸한' 비애미를 동반하는 백석적인 참회록(懺悔錄)이라 할 수 있다. 그의 곡절 많은 삶의 회오이자 참회를 고백하는 한 편의 시편(詩篇, Psalms)과 같은 신앙고백인 것이다. 이처럼 종교적 구원이라는 자기 인식에 도달한 배경에는 그가 태어난 정주와 관련이 깊다. 그가 학창 시절에 접했을 종교적 체험과 무관하지 않다. 그렇기에 「南新義州柳洞朴時逢方」은 그간의 삶에 대한 치유와 소생을 갈구하고, 새로운 삶에 대한 부활을 꿈꾸는 자기 성찰이라 할 수 있다. 그의 만주 이주 시기에 쓴 시들에서 나타나는 쓸쓸한 비애미는 이러한 배

그리고 한 사나이가 있습니다. / 어쩐지 그 사나이가 미워져 돌아갑니다. // 돌아가다 생각하니 그 사나이가 가엾어집니다. 도로가 드려다 보니 사나이는 그대로 있습니다. // 다시 그 사나이가 미워져 돌아갑니다. / 돌아가다 생각하니 그 사나이가 그리워집니다. // 우물속에는 달이 밝고 구름이 흐르고 하늘이펼치고 파아란 바람이 불고 가을이 있고 追憶처럼 사나이가 있습니다.

—윤동주, 「自畫像」 부분
(왕신영 외 편, 『사진판 윤동주 자필 시고전집』, 민음사, 2002, 141~142면)

47 　백석의 초기 시 「定州城」, 「秋日山朝」, 「박각시 오는 저녁」 등에 쓰인 "한울"은 하늘을 의미하지만, 만주 이주 시기에 창작된 「흰 바람벽이 있어」의 "하눌"과 『호박꽃초롱』序詩」에서의 "한울"은 하느님으로도 해석이 가능하다. 이에 대해서는 '부록 5' 참조.

경에서 이해될 수 있다.

1940년 만주국으로 이주하기 전의 백석은 유년의 동심에 머물러 있었고, 두보나 이백과 같이 타향을 떠돌며 기행시초를 남겼다. 그의 만주국 이주는 느닷없이 찾아온 해방과 함께 실패로 끝났다. 그는 만주국에서 이주자로 살면서 진정한 자신과 맞대면한 것으로 보인다. 백석의 시가 주로 풍경을 그리던 이전의 시와는 달리 그의 만주 이주 시기에 쓴 시는 내면을 드러내는 구절이 많다. 이것은 파시즘으로 물든 1940년대 동아시아의 전체의 비극을 짊어지게 된 한 개인이 감당한 삶의 궤적이라 할 수 있다.

만주 이주 시기 백석은 자신의 "뜻"이며 "힘"으로는 어찌할 수 없는 절대자의 운명에 내맡기는 고독자의 길을 걸었다. 그래서인지 집도 가족도 없고 겨우 자신의 추위를 녹일 "북덕불"만이 전부인 귀환 이주자의 모습과 구원을 갈애하는 자의 모습이 그에게 어른거린다. 때문에 1945년 해방 직후 백석의 모습에 역사가 빠진 것은 우연이 아니다. 자신의 의지로는 어찌할 수 없는 세계에 대한 운명적 인식이 그가 도달한 자각이었기 때문이다. 그리하여 죄 사함으로 상징되는 그 굳고 정한 "갈매나무"만이 그의 영혼을 구원할 수 있었던 것이 아니었을까? 모든 이주자가 그렇듯이 백석 역시 이주의 출발인 자신의 고향으로 돌아가는 길을 택했다. 그렇기에 백석의 귀환은 역사의식이 빠진 채, 귀환하는 이주자의 회환만이 남아 있었던 것은 아니었을까?

백석의 생애사를 살펴보면 그는 종교 체험의 자장에서 성장했다. 그가 태어나 성장한 정주와 오산학교, 그리고 일본 아오야마학원, 그가 교원으로 일한 영생고보 또한 개신교에서 세운 학교라는 점에서 공통성을 갖는다.

　해방을 맞아 일자리를 찾아 떠난 만주국에서 귀환하는 과정에서 창작했을 것으로 추측되는 「南新義州柳洞朴時逢方」은 왠지 모르게 이전의 시와 사뭇 다른 고백조의 참회와 회오가 그려져 있다. 백석은 왜 이 시를 썼을까?

　이 시에 나타난 운명적인 자기 고백을 이해하기 위해서는 무엇보다도 해방을 전후로 백석이 처한 상황에 대한 검토가 필요하리라 본다. 이는 백석 시의 변모 과정에서 눈에 띄게 보인 자기 고백과 개인의 구원이 자리하게 된 연유가 어디에 근원하고 있는지 검토가 필요하기 때문이다. 필자는 만주 이주 시기 백석의 시적 변모에는 그의 내면에 종교성이 자리 잡고 있다고 보고 있다. 그 이전에 보여준 고향의 어린 시절, 기행시들에서 보여준 과거 회상과 관조적 태도를 넘어 자기 고백적 태도가 두드러지게 나타나기 때문이다. 물론 이러한 배경에는 앞서 밝혔듯이 만주국으로의 이주와 관련이 깊다고 할 수 있다. 이와 관련해서는 면밀한 검토가 필요하겠지만, 여기에서 필자는 이 시기 백석이 맞닥뜨린 것 중에 하나가 자기 구원이라는 종교적 태도가 아니었는가 추측해본다. 그런 면에서 보자면 백석의 절창이라고 알려진 「南新義州柳洞朴時逢方」은 그간의 삶에 대한 일종의 고백과 참회시라고 할 수 있다. 만주 시기에서 얻은 체험과 시련이 그로 하여금 이 시를 창작하게 된 배경으로 작용했으리라 본다.

　그렇기 때문에 정주에서 발원(發源)하여 일본-경성-만주국-다시 정주로 이어지는 그의 유랑은 '환고향(還故鄉)'이라 할 수 있다. 본래의 자리로 돌아가는 '원시반본(原始反本)'의 '환원(還元)'인 것이다. 홍경래의 의기가 살아 숨 쉬는 고장, 남강 이승훈과 고당 조만식의 고향이자, 선배 문인인 이광수, 안서, 소월의 고향이기도 하다. 어렸을 적부터 남다른 자부심을 가졌던 고향 정주로의 귀환은 그래서 더욱 착잡한 마음의 회오가 자리하고 있었는지 모른다.

그가 잠시 머뭇거리며 머물렀던 남신의주 "어느 목수네 집 헌 삽을 깐, 한 방에"서 그가 그토록 간절하게 갈구했던 것은 무엇이었을까? 어쩌면 그 공간에서 백석은 지금까지 삶을 회오하고 구원과 부활을 꿈꾸지 않았을까? 그에게 만주국에서의 생활은 「흰 바람벽이 있어」에서 보여주듯 자신과 맞대면 할 수 있었던 고투의 공간이었다면, 그의 절창으로 알려진 「南新義州柳洞朴時逢方」은 필연 '자기 구원으로서의 시혼(詩魂)'으로, 그가 도달하고자 한 시적 자유와 구원이 그 안에 신앙고백처럼 온축(蘊蓄)된 것으로 보인다.

지금까지 시인 백석이 평안도 정주에서 태어나 서북이라는 지방적 전통에서 성장했다는 점에 주목하여, 그의 시 형성의 내적 맥락을 살펴보고 시대와 삶을 통해 도달한 시세계를 검토해보았다. 기존의 연구에서 백석은 눌박(訥樸)한 방언의 세계로 토속적이고 민속적 습속(習俗)을 펼쳤으며, 북방적 상상력을 기반으로 민족 공동체의 시원을 밝힌 시인으로 평가받아왔다. 필자가 판단하기에 백석만큼 자기 체험을 바탕으로 로컬리티적 특성을 자신의 시세계의 자양분으로 삼은 시인도 드물다.

서북은 일찍이 한국 근대문학의 주요 문인인 이광수·김억·현상윤·김소월·주요한·주요섭·김동인·전영택의 고향이자, 백석의 정신적 고향이다. 백석이 태어난 평안도 정주의 '로컬리티 전통'은 '서북인의 혼'이 배어 있는 서북발(發) 민족의식의 진원지(震源地)였다. 조선시대 이래 서북인의 차별과 배제 속에서 성장해온 이들 서북인들에게는 홍경래의 의기를 분수령으로 하여 정신적 연대의식이 강하게 자리하고 있다. 국경 지방의 관문이라는 이점을 이용해서 활발하게 상업 활동을 했으며 교육을 통해 자신들의 입지를 타개하기 위해 분투했다. 서북인들은 서구 문화의 유입에 따른 개신교와 천주교, 동학 등 종교적 세례를 받아 더욱 적극적으로 문명개화와 교육계몽 등에 나섰다. 남강 이승훈과 도산 안창호 등은 서북 지방의 구심 역할을 하면서 자강론과 실력양성론을 내세운다. 하지만 식민지 현실은 제국과 식민지의 사이에 가로놓여 있는 현실만큼이나 식민지 지식인의 고뇌 또한 깊어간다. 식민지 현실에 대한 자각과 강박 사이에서 분열하면서 제국 주체를 꿈꾸거나 피식민 주체로 유폐된 채 살아갈 수밖에 없는 처지에 놓일 수밖에 없다. 제국 주체와 피식민 주체라는 분열된 이 한 쌍의 날개로 비상을 감행하는 것이 식민지 지식인의 비극적인 자기 운명이라 할 수 있다.

주지하다피시 한국문학은 지방과의 상동 관계 속에서 형성되어왔다. 문학과 지방의 이러한 상동 관계는 여전히 중요하다. 백석이 문학 활동을 한 일제강점기는 삶의 장소인 지방이 해체되고 제국과 식민지라는 위계질서로 재편되었다. 그 결과 동아시아 차원에서 광범위한 이주(移住)와 이산(離散)을 낳았다. 그리하여 1930년대 문학은 이향(異鄕) 문학이라고 할 정도로 고향을 떠나거나 상실한 이주자의 정체성이 작품 세계에 나타난다. 곧 삶의 터전을 떠난 이향적 존재로서의 정체성이 작품에 투영된다. 서북 지방의 역사적 전통이라는 자장에서 성장하여 일본 아오야마학원으로 유학한 시인 백석 역시 예외가 아니다. 백석이 1930년『朝鮮日報』에「그 母와 아들」이라는 소설로 당선된 후 일본 아오야마학원으로 유학을 떠난 시기는 쇼와[昭和, 1926~1989] 시대 초기에 해당된다. 문학적으로는 다이쇼[大正, 1912~1926] 문학이 후기로 접어들고 그 당시 강력한 세력을 떨치고 있던 프롤레타리아 문학에 대해 예술파 혹은 모더니즘 문학이 대항마로 자리하면서 이른바 신감각파로 결집된 초기 쇼와 문학이 시작되고 있었다. 시 잡지로는 모더니즘을 극단으로 내세웠던『시와 시론[詩と詩論]』(1928~1931)이 제목을 바꾸어『문학(文學)』(1932~1933)으로 나오기 시작했고, 전통 서정의 부흥을 꿈꾸며 일본적인 것을 표방한『사계(四季)』등이 발간되고 있었다.『四季』의 경우 모더니즘시의 기법만을 무조건 수동적으로 모방하는 것이 아니라 그 속에 결여되어 있는 인간의 감정을 그들만의 독자적이고 주체적인 방법으로 작품 속에 투영하며 새로운 서정시의 확립을 목표로 활발한 시업을 펼쳤다. 여기에 사행시(四行詩) 등 하이쿠적 요소를 포함하는 전통과 모더니즘의 조화를 내세워 새로운 현대시의 가능성을 시도했다. 문인으로서 자의식이 강했던 백석이 모더니티를 품은 전통주의자로서의 면모를 갖게 되는 계기도 이와 무관치 않을 것이다.

1934년 아오야마학원에서 졸업하고 귀국하여『朝鮮日報』에 일자리를 얻은 백석은 서북인의 혼이라고 할 수 있는「定州城」을 제목으로 하는 시를 발표하면서 본격적인 문학 활동에 나선다. 이 시기 그의 시에서 나타나는 지방적인 특색과 조선적인 것의 발현에는 그가 체험한 쇼와 문학과 직접적인 연관이 있으며, 만주국 이주 시기 이후에 창작된 시세계에서 종교성이 드러난 것 역시 그가 태어나고 성장한 서북 지방의 전통과 기독민족주의와 개신교, 동학 등의 종교 체험과 무관하지 않다는 것이 필자의 문제의식이었고 이 글에서 이를 밝히고자 했다.

이에 이 글의 2장에서는 백석 시 형성의 정신사적 맥락을 고찰했다. 백석의 시세계에 영향을 미친 정주의 지방적 전통, 일본 아오야마학원 유학 시절 및 만주국 신경(新京) 이주 시기를 대상으로 하였다. 우선 서북 지방의 로컬리티(locality)와 역사성을 통해 서북인의 차별과 배제가 어떻게 그의 시세계에 영향을 미쳤는지 지방사적 맥락에서 살펴보았다. 홍경래의 난(1811)과 오산학교의 기독민족주의, 서북 지방의 동학 등의 자장에서 성장한 과정을 상술했다. 백석에게 서북 지방의 전통은 역사적으로나 종교적으로 보았을 때 그의 정신사적 맥락에 직접적인 영향을 준 것으로 보인다. 또한 그의 근대 체험이기도한 일본 아오야마 유학 시기에 주목했다. 이 시기는 쇼와 초기로 그의 일본 체험에 대하여 새롭게 발굴된 아오야마 재학시절 자료를 통해서 집중적으로 검토했다. 그의 학창 시절과 종교 체험, 영미 신비평, 아일랜드 문학 등이 그의 시세계에 어떠한 영향을 미쳤는지 살펴보았다. 이를 통해 백석 시에 나타난 모더니티와 지방색의 발현은 일본 쇼와 체험에서 직접적으로 영향을 받았다는 것을 알 수 있었다. 또한 일제에 의해서 국책(國策)사업으로 강행된 만주국 협화(協和) 이데올로기의 실체를 분석했다. 여기서 중요한 것은 백석을 이주자로 보고 그 시기에 제국과 식민지 사이에서 그가 지식인으로서 겪었던 자기 정체성의 문제를 확인할 수 있었다.

3장에서는 백석이 작품 활동을 시작한 1935년에서부터 만주 이주 시기 이전인 1939년까지 그의 시세계의 특징을 살펴보고자 했다. 백석의 첫 시집인 『사슴』(1936)과 이후 발표한 기행시편을 통해 로컬(local)적 장소애, 방언의 세계, 이향적 존재와 조선미의 재현이 백석 시의 특징이라는 것을 밝혔다. 여기에서 로컬리티적 장소성이란 이주와 이산이 빈번한 근대의 산물로, 고향을 떠난 이향적 존재가 위치한 삶의 기반이자, 장소 체험을 의미한다. 백석 시에서 흔히 나타나는 기행적 태도와 장소애는 탈향의식으로부터 형성된 이향적 태도와 관련되어 있다는 것을 밝혔다. 이 시기는 만주사변(1931)을 기점으로 일제의 파시즘이 강화되면서, 일제가 동아시아 전역에 걸쳐 본격적으로 지배 영토를 확장하던 때이다. 제국과 식민지라는 위계가 백석의 시세계 형성에 어떠한 영향을 미쳤는지 분석했다. 특히 그가 일본 유학 시기 직접 체험한 쇼와 문학이 그의 작품 세계에 어떻게 투사·투영되었는지 살펴보았다. 쇼와 문학이 지극히 일본적인 것을 추구했다면 이를 통해 백석은 지극히 조선적인 것을 추구한다. '모더니티를 품은 전통주의자'로서 백석의 시세계를 발견하게 된다. 일본 쇼와 초기 문학의 직접적인 수용자로서 그에게 모더니티는 일본적인 것을 조선적인 것으로 변용하고 창안해내는 것이었다. 『사슴』 시편에서 보여주는 이미지즘 계열의 짧은 서정시는 이른바 바쇼가 일찍이 보여준 사비의 세계와 통하는 바가 크다. 백석의 시세계에서 쓸쓸한 비애미의 경사(傾斜)는 식민지 시대에 유폐된 자의식을 말해주는 것이지만 동시에 일본적인 것에 대한 인정이 작동되었다는 것을 알 수 있다. 그것은 식민지인이 피식민지인으로서 위계질서 안에 편입된다는 것을 무의식적으로 말해준다. 따라서 백석에게 나타나는 기행적 태도와 조선적인 것의 창안에는 식민지 지식인으로서의 오리엔탈리즘적인 시선과 압박, 불안이 동시에 작용한 결과라고 할 수 있다. 그는 방언과 토속적이고 민속적인 지방색을 결합하면서 조선적인 것을 창안해낸다. 이러한 조선미는 식민지 조선을 여행하면서 쓴 기행 시초(詩抄)에서도 드러나는데 조선적인 것의 발견이 이 시기의 시세계라는 것을 밝히고자 했다.

4장에서는 만주 이주 시기와 해방 이후(1940~1948) 백석의 시의 변모와 시세계의 특징을 분석했다. 백석이 일자리를 찾아 만주국으로 이주한 이 시기는 일본제국주의의 전시(戰時) 동원 체제하에서 총동원령과 이주정책, 창씨개명 등이 국책으로 강행되었다. 동아시아 전역에 걸쳐 대동아공영권이 확대되고 태평양전쟁(1941)을 일으키면서 국가가 개인에게 희생을 강요했다. 이 시기에 백석의 시는 새로운 변모 양상을 보인다. 이른바 만주 이주 시기에 백석이 보여준 시세계에서는 그동안 은폐되어 있던 종교성이 드러나기 시작한다. 1945년 일본이 패망하면서 이주자로서 만주국에서 생활하던 백석은 전재민(戰災民) 신분으로 해방을 맞아 귀환하게 되는데, 이때 해방의 기쁨보다는 슬픔이, 얻은 것보다는 잃은 자의 모습이 짙게 나타난다. 지난 삶에 대한 회오(悔悟)와 자기비판이 신앙고백처럼 드러난다. 죄지은 자의 죄 사함과 진정한 회개(悔改)를 노래하면서 소생과 치유, 생명과 부활을 꿈꾼다. 이 시기에 창작된 「흰 바람벽이 있어」, 「南新義州柳洞朴時逢方」에서 나타난 백석 시의 종교성을 분석함으로써 그가 도달하고자 했던 시세계가 다름 아닌 '자기 구원으로서 시혼(詩魂)'이라는 것을 밝혔다.

필자는 백석이 유년시절에 접했을 샤머니즘과 무속의 세계를 포함하여 불교, 도교, 천주교, 기독교와 동학 등이 복합적으로 그의 정신세계 형성에 영향을 미쳤다고 보고 있다. 그가 접한 오산학교와 아오야마학원에서의 종교 체험은 특히 만주 이주 시기에 창작된 작품에서 본격적으로 드러났다는 것을 밝혔다. 이를 통하여 이 시기 백석 시의 정신사적 고갱이가 바로 자기 구원에 이르는 시혼이라는 종교적 구원에 있다는 것을 밝히고자 했던 것이 이 글의 핵심 논고이다.

이상의 논의를 마치며 이 글의 한계와 향후 과제에 대해서도 간략하게 지적해야겠다. 백석의 연구는 식민지 근대의 동아시아 상황과 밀접하게 연동된다. 조선, 일본, 중국 만주국을 떠돌던 그의 시혼을 심도 깊게 연구하기 위해서는 탈식민지성과 연계해서 제국-식민지 관계라는 측면에서 연구 영역을 넓혀 나갈 필요가 있다. 식민지 근대성이 일국적 차원이 아닌 동아시아 전역에 거쳐 발현되고 그 힘을 발휘한 만큼 백석론 또한 이러한 관점을 폭 넓게 확대시키는 것이 이후 중요한 백석 연구의 과제가 될 것이다. 또한 이 글은 백석의 재북 시기(1948~1996)를 검토하지 않았기 때문에 한계를 가지고 있다. 향후 백석 문학의 전체를 조망하기 위해서는 재북 시기 활발하게 펼친 번역과 아동시, 비평 영역까지 포괄하는 연구를 진전시켜야 할 것이다. 주체사상과 사회주의 국가주의에 입각하여 창작 활동을 수행한 백석에 대한 평가는 한국 문학사의 연속과 단절이라는 맥락에서 추후 활발한 논의가 이루어지길 기대한다. 또한 백석이 창작 활동을 한 북한 지역에 대한 현장답사를 확대하여 연구 영역이 넓혀지기를 고대한다.

백석이 살아온 시대와 삶을 통해서 확인되는 것은, 인간으로 하여금 왜곡되고 굴절된 삶을 살도록 강요하게 하는 비인간적인 괴물과 같은 시대상과 마주한다는 사실이다. 그의 시세계가 도달한 자기 구원은 이러한 시대상에서 억눌린 자기 안에 은폐된 절망과 부활이 동시적으로 작동된 기제라고 할 수 있다. 식민지 시대와 분단체제는 영혼이 찢긴 분열적인 삶과 인간을 탄생시킨다는 점을 고려할 때, 여전히 그 연장선에 있는 '지금 이곳'의 한국문학 역시 자유롭지 않다는 것을 가슴속 깊이 새기며 이 글을 마친다.

참고문헌

1. 기본 자료

『開闢』,『東亞日報』,『滿鮮日報』,『三千里』,『新天地』,『象牙塔』,『朝光』,『朝鮮日報』,『우리文學』,『人文評論』,『人民藝術』,『靑春』,『風林』,『學風』

오산학원편찬위원회,『五山百年史』, 학교법인 오산학원, 2007.
정주군지편찬위원회,『定州郡誌』, 정주군지편찬위원회, 1975.
통영군사편찬위원회,『統營郡史』, 통영군사편찬위원회, 1985.

『靑山文學』 통권 23~37호(1930~1934).
『靑山學報』(1920~1945).
靑山學院,「昭和九年 三月 英語師範科 卒業豫定者 一覽」, 1933.10.
________,「英語師範科課程」, 1933.10.
________,「靑山學院高等學部入學志願者心得」, 1929.
________,「靑山學院敎會週報」, 1930.6.22.
________,「靑山學院第五十一回 卒業證書授與式執行順序」, 1934.3.6.
________,『靑山學院 100年:1874~1974』, 學校法人 靑山學院, 1975.
________,『靑山學院 高等部 師範科會會員名簿』, 1932.5.
________,『靑山學院 高等部 英語師範 卒業記念』, 1931.
________,『靑山學院 高等部 英語師範 卒業記念』, 1932.
________,『靑山學院 學友會雜誌』, 1918.
靑山學院120年編集委員會,『靑山學報 120年:1874~1994』, 學校法人 靑山學院, 1996.
靑山學院大學五十年史編纂委員會,『靑山學院大學五十年史』, 靑山學院大學, 2010.
靑山學院五十年史編纂委員會,『靑山學院五十年史』, 靑山學院, 1932.

고형진,『정본 백석 시집』, 문학동네, 2007.
김문주・이상숙・최동호 편,『백석문학전집』2(산문), 서정시학, 2012.
김재용,『백석전집』(개정증보판), 실천문학사, 2011.
백석,『사슴』, 선광인쇄주식회사, 1936.
송준,『시인 백석』1・2・3, 흰당나귀, 2012.
송준 편,『백석 시 전집』, 흰당나귀, 2012.

이동순, 『白石詩全集』, 창작사, 1987.
이동순·김문주·최동호 편, 『백석문학전집』 1(시), 서정시학, 2012.

2. 단행본

강희안, 이병훈 역, 『양화소록』, 을유문화사, 2009.
고미숙, 『한국의 근대성, 그 기원을 찾아서-민족·섹슈얼리티·병리학』, 책세상, 2001.
고승제, 『한국이민사연구』, 어문각, 1973.
고형진 편, 『백석』, 새미, 1996.
고형진, 『백석 시 바로읽기』, 현대문학, 2006.
곽효환, 『가난한 내가 아름다운 나타샤를 사랑해서』, 교보문고, 2012.
김경일 외, 『동아시아의 민족이산과 도시-20세기 전반 만주의 조선인』, 역사비평사, 2004.
김도형 외, 『식민지시기 재만조선인의 삶과 기억』, 선인도서출판, 2009.
김용직, 『한국근대시사』 상, 학연사, 1998.
______, 『한국현대문학사』 2, 한국문연, 1996.
김욱동, 『대화적 상상력』, 문학과지성사, 1988.
김윤식, 『李光洙와 그의 時代』 1·2·3, 한길사, 1986.
金允植·김현, 『韓國文學史』, 민음사, 1973.
김자야, 『내 사랑 백석』, 문학동네, 1995.
김장선, 『위만주국시기 조선인문학과 중국인문학의 비교연구』, 역락, 2004.
김재권, 『성경 관용어 사전』, 생명의말씀사, 2005.
김재용 외, 『재일본 및 재만주 친일문학의 논리』, 역락, 2004.
김재용, 『협력과 저항-일제 말 사회와 문학』, 소명출판, 2004.
김재준, 『凡庸記』, 풀빛, 1983.
김재홍, 『한국현대시인 연구』 2, 일지사, 2007.
김준오, 『詩論』, 삼지원, 1982.
______, 『현대시의 방법론과 모더니티』, 새미, 2009.
김지하, 『김지하전집』 1, 실천문학사, 2002.
김진균·정근식 외, 『근대주체와 식민지 규율권력』, 문화과학사, 1997.
김학동 편, 『백석전집』, 새문사, 1990.
김형효, 『하이데거와 화엄의 사유』, 청계출판사, 2002.
김호일·윤희택·이동진·임성모, 『동아시아의 민족이산과 도시-20세기 전반 만주의 조선인』, 역사비평사, 2004.
남창룡, 『만주제국 조선인』, 신세림, 2000.
대한성서공회 편집부, 『성경전서』(표준새번역 개정판), 대한성서공회, 2001.
圖說蹴球大事典編纂室, 『圖說 蹴球大事典』, 예문관, 1973.

모던일본사, 『일본잡지 모던일본과 조선 1940 – 영인 『모던일본』 조선판 1940년』, 어문학
    사, 2009.

문일평, 이한수 역, 『문일평 1934년 – 식민지 시대 한 지식인의 일기』, 살림, 2008.

文一平, 『花下漫筆』, 三星文化文庫, 1972.

민족문학연구소, 『일제말기 문인들의 만주체험』, 역락, 2007.

박태일, 『한국근대시의 공간과 장소』, 소명출판, 1999.

박혜숙, 『백석』, 건국대 출판부, 1995.

방인근, 『黃昏을 가는 길 – 人生懺悔 60년』, 삼중당, 1963.

백철, 『新文學思潮史』, 신구문화사, 1989.

___, 『朝鮮新文學思潮史 現代篇』, 백양당, 1949.

___, 『한국신문학발달사』, 박영사, 1975.

부산대 한국민족문화연구소 편, 『로컬리티, 인문학의 새로운 지평』, 혜안, 2009.

___________________, 『탈근대 탈중심의 로컬리티』, 혜안, 2010.

사나다 히로코[眞田博子], 『最初의 모더니스트 鄭芝溶』, 역락, 2002.

서울특별시사편찬위원회, 『서울六百年史』(文化史蹟篇), 서울특별시, 1987.

___________________, 『서울特別市史』(제2권), 서울특별시, 1978.

소래섭, 『백석의 맛』, 프로네시스, 2009.

孫春日, 『滿洲國』의 在滿朝鮮人에 대한 土地政策研究』, 國學資料院, 2004.

송준, 『남신의주 유동 박시봉방 – 백석 일대기』 1 · 2, 지나, 1994.

송준 편, 『백석시전집』, 학영사, 1995.

______, 『백석 번역시 전집』 1, 흰당나귀, 2013.

염상섭, 『廉想涉全集』 10, 민음사, 1987.

오수창, 『朝鮮後期 平安道 社會發展 研究』, 일조각, 2002.

오양호, 『일제강점기 만주조선인 문학연구』, 문예출판사, 1996,

吳天錫, 『외로운 城主』(吳天錫教育思想文集 10), 광명출판사, 1975.

운허 용하, 『불교사전』, 동국역경원, 1961.

유옥희, 『바쇼 하이쿠의 세계』, 보고사, 2002.

유종호, 『다시 읽는 한국 시인』, 문학동네, 2002.

______, 『한국근대시사 1920~1945』, 민음사, 2011.

______, 『非純粹의 宣言』, 신구문화사, 1962.

윤영천, 『서정적 진실과 시의 힘』, 창비, 2002.

______, 『형상과 비전』, 소명출판, 2008.

李敦化, 『天道教創建史』 제3편, 천도교 중앙 종리원, 1933.

이만열, 『한국 기독교와 민족의식』, 지식산업사, 1991.

이석호 역, 『東國歲時記(外)』, 을유문화사, 1969.

이성호, 『성구대사전』, 혜문사, 1969.

이숭원 주해, 이지나 편, 『원본 백석 시집』, 깊은샘, 2006.

이숭원, 『백석 시의 심층적 탐구』, 태학사, 2006.

______, 『백석을 만나다』, 태학사, 2008.

______, 『갈매나무의 시인, 백석』, 살림, 2012.

______, 『한국 현대시 감상론』, 집문당, 1996.

이지나, 『백석 시의 원전비평』, 깊은샘, 2006.

李孝德, 박성관 역, 『표상 공간의 근대』, 소명출판, 2002.

전영택, 『전영택 전집』 3, 목원대 출판부, 1994.

정선태 편, 『백석 번역시선집』, 소명출판, 2012.

정재정, 『일제침략과 한국철도 1892~1945』, 서울대 출판부, 1999.

정지용, 『白鹿潭』, 백양당, 1946.

정한숙, 『한국현대문학사』, 고려대 출판부, 1982.

정효구, 『백석』, 문학세계사, 1996.

조동일, 『한국문학통사』 5, 지식산업사, 2005.

조선일보 80년社史편찬실, 『朝鮮日報80年史』 上, 조선일보사, 2000.

최동호·방민호·윤해연 편, 『백석 문학전집』 4(고요한 돈 1), 서정시학, 2013.

______________________, 『백석 문학전집』 5(고요한 돈 2), 서정시학, 2013.

최동호·최유찬·방민호 편, 『백석 문학전집』 3(테스), 서정시학, 2013.

최두석, 『시와 리얼리즘』, 창작과비평사, 1996.

______, 『리얼리즘의 시정신』, 실천문학사, 1992.

최삼룡·허경진 편, 『만주 기행문』, 보고사, 2010.

최원식, 『문학』, 소화, 2012.

최유리, 『일제말기 식민지 지배정책 연구』, 국학자료원, 1997.

하용조 편, 『비전성경사전』, 두란노, 2001.

학교법인 인제학원, 『선각자 백인제』, 창작과비평사, 1999.

한국축구백년사 증보판 편찬위원회, 『한국 축구 100년사』(증보판), 대한축구협회, 2003.

허준, 『殘燈』, 을유문화사, 1946.

玄圭煥, 『韓國流移民史』, 語文閣, 1967.

황민호, 『일제하 만주지역 한인사회의 동향과 민족운동』, 국학자료원, 2005.

______, 『일제하 식민지 지배권력과 언론의 동향』, 경인문화사, 2005.

3. 논문

김기훈, 「일제하 '滿洲國'의 移民 政策 研究 試論 — 일본인 移民 「奬勵」·朝鮮人 移民 「統制」 정책 형성의 배경」, 『아시아문화』 18호, 한림대 아시아문화연구소, 2002.

______, 「韓人의 滿洲移民史 연구의 현황과 과제」, 『白山學報』 76호, 백산학회, 2006.

강내희, 「식민지시대 영어교육과 영어의 사회적 위상」, 『안과 밖』 18호, 영미문학연구회, 2005.

고형진, 「白石詩 研究」, 고려대 석사논문, 1983.12.

＿＿＿＿, 「용례 색인으로 본 백석시의 어석」, 『현대문학이론연구』 27호, 현대문학이론학회, 2006.

곽봉재, 「백석 문학 연구」, 경희대 박사논문, 1999.

곽효환, 「백석 기행시편 연구」, 『한국근대문학연구』 18호, 한국근대문학회, 2008.

＿＿＿＿, 「백석 시의 북방의식 연구」, 『批評文學』 45호, 한국비평문학회, 2012.

구인모, 「植民地詩人의 民謠發見과 「故鄕」으로의 歸還」, 『근대의 문화지리 '고향'의 창조와 재발견』, 동국대 한국문학연구소·통합인문학특성화사업단, 2006.

김명인, 「백석 시에 나타난 기행」, 『한국시학연구』 27호, 한국시학회, 2010.

＿＿＿＿, 「白石詩考」, 『牛步全炳斗博士華甲記念論文集』, 牛步全炳斗博士華甲紀念論文集編纂委員會, 1983.

김문주, 「백석 문학 연구의 현황과 문학사적 균열의 지점」, 『批評文學』 45호, 한국비평문학회, 2012.

김민숙, 「백석 시에 나타난 장소성 연구」, 『批評文學』 46호, 한국비평문학회, 2012.

김병구, 「고전부흥의 기획과 '조선적인 것'의 형성」, 『'조선적인 것'의 형성과 근대 문화담론』, 소명출판, 2007.

김숙이, 「백석 시에 나타난 문화소(文化素)의 특성－연작시 '남행시초(南行詩抄) 「통영(統營)」·「고성가도(固城街道)」·「삼천포(三千浦)」'를 중심으로」, 『동북아 문화연구』 26호, 동북아시아문화학회, 2011.

김영익, 「백석 시문학 연구」, 충남대 박사논문, 1998.

김윤미, 『日帝의 '滿洲開拓' 政策과 朝鮮人 動員』, 『한일민족문제연구』 17호, 한일민족문제학회, 2009.

김윤식, 「『문장』지의 세계관」, 『한국근대문학사상비판』, 일지사, 1984.

＿＿＿＿, 「백석론－허무의 늪 건너기」, 『백석』, 새미, 1996.

＿＿＿＿, 「주요한론－근대시 형성의 내면풍경」, 『(속)한국근대작가론고』, 일지사, 1981.

김은석, 「백석 시의 '무속성'과 식민지 무속론－백석 시의 '무속적 상상력' 재고」, 『國語文學』 48호, 국어문학회, 2010.

김응교, 「백석 시 「가즈랑집」에서 평안도와 샤머니즘－백석의 시 연구 (2)」, 『현대문학의 연구』 27호, 한국문학연구학회, 2005.

＿＿＿＿, 「백석·일본·아일랜드－백석 시 연구 (3)」, 『민족문학사연구』 44호, 민족문학사학회, 2010.

＿＿＿＿, 「신경(新京)에서, 백석 「흰 바람벽이 있어」－시인 백석 연구 (4)」, 『人文科學』 48호, 성균관대 인문과학연구소, 2011.

＿＿＿＿, 「백석의 일본기행시와 환상－백석 시 연구 5」, 『한민족문화연구』 44집, 한민족문화

학회, 2013.

김재용, 「근대인의 고향상실과 유토피아의 염원」, 『백석전집』(증보판), 실천문학사, 2003.

______, 「만주 시절의 백석과 현대성 비판」, 『만주연구』 14호, 만주학회, 2012.

______, 「백석 문학 연구―1959~1962년 삼수시절을 중심으로」, 『현대북한연구』 14권 1호, 북한대학원대학교, 2011.

김재홍, 「민족적 삶의 원형성과 운명애의 진실미, 백석―월북 실종시인연구 8」, 『한국문학』 192호, 1989.

______, 「백석, 민족적, 삶의 원형성과 운명애」, 『한국현대시인 연구』 2, 일지사, 2007.

김종철, 「30年代 시인들」, 임형택·최원식 편, 『韓國近代文學史論』, 한길사, 1982.

김춘선, 「1880~1890년대 청조의 '移民實邊'정책과 한인이주민 실태 연구―북간도 지역을 중심으로」, 『한국근현대사연구』 8, 한국근현대사연구회, 1998.

김태준, 「근대의 심상공간으로서의 고향」, 『근대의 문화지리 '고향의 창조와 재발견'』, 동국대 한국문학연구소·통합인문학특성화사업단, 2006.

김학동, 「鄕土의 俗信的 '삶'과 운명관―白石論」, 『현대시인연구』 1, 새문사, 1995.

나리타 류이치[成田龍一], 「'고향'이라는 이야기·再說―20세기 후반의 '고향'과 관련하여」, 『근대의 문화지리 '고향의 창조와 재발견'』, 동국대 한국문학연구소·통합인문학 특성화사업단, 2006.

나병철, 「한국문학과 탈식민」, 『상허학보』 14호, 상허학회, 2005.

남기혁, 「백석 시에 나타난 풍경과 시선, 그리고 여행의 의미」, 『우리말 글』 52호, 우리말글 학회, 2011.

박태일, 「'백석'시의 공간 인식」, 『국어국문학』 21권, 부산대 국어국문학과, 1983.

______, 「1940년대 시의 표현에 나타난 공간인식의 문제」, 부산대 석사논문, 1984.

______, 「백석과 신현중, 그리고 경남문학」, 『지역문학연구』 4호, 경남부산지역문학회, 1999.4.

박혜숙, 「평북 정주 지역의 문학 풍토와 시인 연구」, 『국어국문학』 120호, 국어국문학회, 1997.

백승종, 「18세기 전반 서북 지방에서 출현한 정감록」, 『歷史學報』 164호, 역사학회, 1999.

사토 겐지[佐藤健二], 「민속학과 향토사상」, 고모리 요이치[小森陽一] 외, 『내셔널리즘의 편 성』, 소명출판, 2012.

서준섭, 「白石과 滿洲―1940년대의 백석 시 재론」, 『한중인문과학연구』 제19호, 한중인문 학회, 2006.

소래섭, 「백석 시에 나타난 음식의 의미 연구」, 서울대 박사논문, 2008.

신범순, 「백석의 공동체적 신화와 유랑의 의미」, 『분단시대』 4집, 학민사, 1988.

신용하, 「우리나라 最初의 近代學校 設立에 대하여」, 『韓國史研究』 10호, 韓國史研究會, 1974.

신주철, 「백석의 만주 체류기 작품에 나타난 가치 지향」, 『국제어문』, 국제어문학회, 2009.

심원섭, 「자기 인식 과정으로서의 만주 여정－백석의 만주 체험」, 『세계한국어문학회』, 2010.

양재훈, 「이원조의 횡단적 글쓰기 연구」, 인하대 석사논문, 2012.8.

여태천, 「방언과 무속의 언어로 기록된 민족지(ethnography)」, 『批評文學』 47호, 한국비평문학회, 2013.

오수창, 「19세기 초 평안도 사회문제에 대한 지방민과 중앙관리의 인식과 정책」, 『한국문화』 36호, 서울대 규장각한국학연구원, 2005.

오태영, 「朝鮮'로컬리티와 (탈)식민 상상력」, 『제국의 지리학, 만주라는 경계』, 동국대 출판부, 2010.

오태환, 「혼과의 소통, 또는 무속적 요소의 문학적 층위－김소월·이상·백석 시의 무속적 상상력」, 『국제어문』 42집, 국제어문학회, 2008.

와타나베 나오키[渡辺直紀], 「식민지 조선의 프롤레타리아 농민문학과 '만주'－'협화'의 서사와 '재발명된 농본주의」, 와타나베 나오키·황호덕·김응교 편, 『전쟁하는 신민, 식민지의 국민문학－식민지 말 조선의 담론과 표상』, 소명출판, 2010.

王艶麗, 「白石의 '滿洲'詩篇 研究－'滿洲'體驗을 中心으로」, 인하대 석사논문, 2010.8.

유임하, 「지상의 쓸쓸한 삶과 생명에의 자비－백석의 시와 불교의 훈습」, 『한국문학과 불교문화』, 역락, 2005.

윤병석, 「한인(조선인)의 간도 이주 개척과 『間島開拓史』」, 『白山學報』 79호, 백산학회, 2007.

尹輝鐸, 「'滿洲國'의 2等國(公)民－그 實像과 虛像」, 『歷史學報』 169호, 역사학회, 2001.

은정태, 「대한제국기 '간도문제'의 추이와 '식민화'」, 『역사문제연구』 17호, 역사문제연구소, 2007.

이경수, 「백석의 기행시편에 나타난 장소의 심상지리」, 『민족문화연구』 53호, 고려대 민족문화연구원, 2010.

______, 「백석 시 전집 출간 및 어석 연구의 현황과 과제」, 『한국근대문학연구』 27호, 한국근대문학회, 2013.

______, 「백석 시에 나타난 문화의 충돌과 습합－여행·음식·종교를 중심으로」, 『한국시학연구』 23호, 한국시학회, 2008.

李光麟, 「改化期 關西地方과 改新敎－改新敎 收容의 一事例」, 『한국기독교연구논총』 1집, 숭실대 한국기독교문화연구소, 1983.

이근화, 「1930년대 시에 나타난 식민지 조선어의 위상－김기림·정지용·백석을 중심으로」, 고려대 박사논문, 2008.

이동순, 「무너진 시대의 모국어와 공동체의식」, 『백민전재호박사화갑논총』, 형설출판사, 1985.

이명찬, 「백석 시집 『사슴』의 시편을 읽는 또 하나의 방법」, 『한국시학연구』 34호, 한국시학회, 2012.

李丙燾, 「洪景來亂과 定州城圖」, 『백산학보』 3호, 백산학회, 1967.

이상숙, 「백석 번역시 연구를 위한 시론(試論) - 북한 문학 속의 백석 Ⅲ」, 『批評文學』 46호, 한국비평문학회, 2012.

______, 「북한문학 속의 백석 Ⅰ」, 『근대문학연구』 17집, 한국근대문학회, 2008.

______, 「분단 후 백석시의 분석과 평가를 위한 제언」, 『어문논집』 66호, 민족어문학회, 2012.

이세순, 「아일랜드 신화와 예이츠의 시」, 『한국예이츠저널』 22, 한국예이츠학회, 2004.

이숭원, 「백석 시와 샤머니즘」, 『서정시학』 31호, 2006년 가을.

______, 「백석 시의 난해 시어에 대한 연구」, 『인문논총』 8호, 서울여대 인문과학연구소, 2001.

______, 「백석의 시적 지향과 표현방법」, 『批評文學』 45호, 한국비평문학회, 2012.

______, 「풍속의 시화와 눌변의 미학 - 백석론」, 『한국시문학비평』, 삼지원, 1983.

______, 「백석 시 연구의 현황과 전망」, 『한국시학연구』 34호, 한국시학회, 2012.

이승희, 「쇼와(昭和)現代 抒情詩의 開拓者 미요시 다쓰지(三好達治) - 『詩と詩論』(『시와시론』)에서 『四季』로」, 인하대 석사논문, 2000.8.

______, 「조선문학의 내셔널리티와 아일랜드」, 민족문학사 연구소 기초학문연구단 편, 『탈식민의 역학』, 소명출판, 2006.

이진구, 「한국 개신교 수용의 사회문화적 토대에 관한 연구 - 평안도 지역을 중심으로」, 『종교와 문화』 2집, 서울대 종교문제연구소, 1996.

임성모, 「만선일보」, 『한국독립운동사사전』, 독립기념관, 2004.

______, 「滿洲國協和會의 對民支配政策과 그 實態 - 「東邊道治本工作」과 관련하여」, 『동양사학연구』 42호, 동양사학회, 1993.

장영우, 「만주기행문 연구」, 동국대 문화학술원 한국문학연구소 편, 『제국의 지리학, 만주라는 경계』, 동국대 출판부, 2010.

장유승, 「조선 후기 서북 지역 문인 집단의 성격 - 평안도와 함경도의 지역 정체성 차이를 중심으로」, 『진단학보』 101호, 진단학회, 2006.

______, 「朝鮮後期 西北地域 文人 研究」, 서울대 박사논문, 2010.

전형철, 「백석 시에 나타난 '무속성' 연구」, 『우리어문학연구』 32집, 우리어문학회, 2008.

정주아, 「'殉教者'像의 形成과 受容 - 春園과 五山의 유대 관계에 대한 고찰」, 『어문연구』 38권 3호, 한국어문교육연구회, 2010.

______, 「한국 근대 서북문인의 로컬리티와 보편지향성 연구」, 서울대 박사논문, 2011.

진영섭, 「신약성서에 나타난 가난한 자」, 『기독교사상』 34권 5호, 대한기독교서회, 1990.

최동호, 「백석 문학의 전체성에 대하여」, 『批評文學』 46호, 한국비평문학회, 2012.

최두석, 「1930년대 시의 표현에 관한 고찰」, 서울대 석사논문, 1982.8.

______, 「백석의 시세계와 창작방법」, 『우리시대의 문학』 6집, 문학과지성사, 1987.

최정례, 「백석 시의 근대성 연구」, 고려대 박사논문, 2005.

최원식, 「해빈수첩(海濱手帖) 해제-새로 찾은 백석의 산문시」, 『민족문학사연구』 22호, 민족문학사학회, 2003.

한경희, 「한국 현대시에 나타난 시적 자아의 내면 연구-이상, 백석, 윤동주 시를 중심으로」, 한국정신문화연구원 박사논문, 2002.

한세정, 「백석 시의 창작 기법에 나타난 아일랜드 문학의 영향-예이츠와 싱을 중심으로」, 『한민족문화연구』 30집, 한민족문화학회, 2009.

허동범, 「예술의 정치성 함의-아일랜드 문예부흥기 작가들의 경우」, 『제임스 조이스 저널』 5집, 한국제임스조이스학회, 1999.

홍종필, 「'滿洲事變' 이후 朝鮮總督府가 間島地方에 건설한 朝鮮人 集團部落에 대하여」, 『명지사론』 7호, 명지사학회, 1995.

______, 「滿洲(中國東北地方) 朝鮮人移民의 展開過程 小考」, 『明知史論』 5호, 명지사학회, 1993.

홍정선, 「민족의 시원을 향한 시인의 눈길」, 『제국의 추억, 식민의 기억-식민지시대 동아시아의 언어 문학 종교』, 동아시아한국학 국제학술회의 발제문, 2009.12.

황민호, 「만주지역 친일언론 「재만조선인통신」의 발행과 사상통제의 경향」, 『한민족문제연구』 10호, 한일민족문제학회, 2006.

황종연, 「1930년대 고전부흥운동의 문학사적 의의」, 『한국문학과 근대성의 형성』(동국대 한국문학연구소 편), 아세아문화사, 2001.

______, 「한국문학의 근대와 반근대-1930년대 후반기 문학의 전통주의 연구」, 동국대 박사논문, 1991.

4. 국외 논저

1) 번역서

C. 노르베르크 슐츠, 민경호 외 역, 『場所의 魂』, 태림문화사, 1996.

가라타니 고진[柄谷行人], 박유하 역, 『일본근대문학의 기원』, 민음사, 1997.

고마고메 다케시[駒込武], 오성철·이명실·권경희 역, 『식민지제국 일본의 문화통합-조선·대만·만주·중국 점령지에서의 식민지 교육』, 역사비평사, 2008.

나리타 류이치[成田龍一], 『고향이라는 이야기』, 동국대 출판부, 2007.

나카무라 미쓰오[中村光夫], 고재석·김환기 역, 『일본 메이지 문학사』, 동국대 출판부, 2001.

마르틴 하이데거, 오병남·민형원 역, 『예술 작품의 근원』, 예전사, 1996.

미요시 유키오[三好行雄], 정선태 역, 『일본문학의 근대와 반근대』, 소명출판, 2002.

미하일 바흐찐, 이덕형·최건영 역, 『프랑수아 라블레의 작품과 중세 및 르네상스의 민중문화』, 아카넷, 2001.

스즈키 사다미[鈴木貞美], 김채수 역, 『일본의 문학개념』, 보고사, 2001.

슬라보예 지젝, 김서영 역, 『시차적 관점』, 마티, 2009.
에드워드 W. 사이드, 박홍규 역, 『문화와 제국주의』, 문예출판사, 2005.
__________________________, 『오리엔탈리즘』, 교보문고, 2007.
에드워드 렐프, 김덕현·김현주·심승희 역, 『장소와 장소상실』, 논형, 2005.
엘리스 K. 팁튼·존 클락 편, 이상우·최승연·이수현 역, 『제국의 수도, 모더니티를 만나다-다이쇼 데모크라시에서 쇼와 모더니즘까지』, 소명출판, 2012.
오카베 마키오[岡部牧夫], 최혜주 역, 『만주국의 탄생과 유산-제국 일본의 교두보』, 어문학사, 2009.
와쓰지 데쓰로[和辻哲郎], 박건주 역, 『풍토와 인간』, 장승, 1993.
요네타니 마사후미[米谷匡史], 조은미 역, 『아시아 / 일본 : 사이(間)에서 근대의 폭력을 생각한다』, 그린비, 2010.
우스이 요시미[臼井吉見], 고재석·김환기 역, 『일본 다이쇼 문학사』, 동국대 출판부, 2001.
이-푸 투안, 이옥진 역, 『토포필리아』, 에코리브르, 2011.
이에나가 사부로[家永三郎], 연구공간 '수유+너머' 일본근대사상팀 역, 『근대 일본 사상사』, 소명출판, 2006.
자크 데리다, 남수인 역, 『환대에 대하여』, 동문선, 2004.
조르조 아감벤, 박진우 역, 『호모 사케르-주권 권력과 벌거벗은 생명』, 새물결, 2008.
테리 이글턴, 김명환·정남영·장남수 역, 『문학이론입문』, 創作社, 1986.
프란츠 파농, 이석호 역, 『검은 피부 하얀 가면』, 인간사랑, 1998.
프래신짓트 두아라, 한석정 역, 『주권과 순수성 만주국과 동아시아적 근대』, 나남, 2008.
허버트 빅스, 오현숙 역, 『히로히토 평전, 근대 일본의 형성』, 삼인, 2010.
호쇼 마사오[保昌正夫] 외, 고재석 역, 『일본 현대 문학사』 상, 문학과지성사, 1998.
히라노 겐[平野謙], 고재석·김환기 역, 『일본 쇼와 문학사』, 동국대 출판부, 2001.

2) 중국·일본어

氣賀健生, 『本多庸一 : 信仰と生涯』, 敎文館, 2012.
鈴木貞美, 『日本の「文學」槪念』, 作品社, 1998.
蘇崇民, 『滿鐵史』, 中華書局出版, 1990.
孫春日, 『中國朝鮮族移民史』, 中華書局, 2009.
若菜正, 『滿洲の記憶』, 集英社, 1995.
遠山茂樹 外, 『新版 昭和史』, 岩波新書, 1985.
遠山茂樹·今井清一·藤原彰, 『昭和史』新版, 岩波新書, 1985.
田中冬二, 『田中冬二 全集』第1卷 詩1, 筑摩書房, 1984.
佐藤今朝夫, 『目でみる 昔日の朝鮮』(上·下), 國書刊行會, 1986.
川村湊, 『異鄕の昭和文學 : 「滿洲」と近代日本』, 岩波新書, 1990.

<h1 align="center">[부록1] 백석 연보[1]</h1>

1912년(1세)	평안북도(平安北道) 정주군(定州郡) 갈산면(葛山面) 익성동(益城洞)에서 수원(水原) 백(白)씨 백시박(白時璞)과 단양 군수 딸인 이봉우(李鳳宇) 사이에 3남 1녀 중 장남으로 태어남. 본명 백기행(白夔行). 평안도 유림(儒林)인 수원백씨 정주파 44세손 임. 백석의 부친은(백용삼(白龍三), 백영옥(白榮鈺) 등으로 개명)은 『조선일보』 사진반장으로 근무했으며, 오산고보 대강당 건립 기금 마련을 위해 황해도 일대 모금책으로 활동한 바 있다.
1918년(7세)	오산소학교(五山小學校) 입학.
1924년(13세)	오산소학교를 졸업하고 오산학교에 입학.
1929년(18세)	오산고등보통학교(五山高等普通學校) 2회 졸업(오산학교 통산 18회).
1930년(19세)	『조선일보』 신춘문예에 소설 「그 母와 아들」 당선. 계초 방응모 장학금으로 일본 도쿄 소재 기독감리교계 아오야마학원[青山學院] 고등부 영어사범과에 학교장 추천으로 무시험 전형 입학.
1931년(20세)	아오야마학원[青山學院] 내 교회에서 세례. 주일 예배에 참가.
1932년(21세)	5월 도쿄부[東京府] 센다가야정[千駄ヶ谷町] 167, 조일옥(朝日屋)에서 거주.
1934년(23세)	3월 아오야마학원 영어사범 51회 졸업. 영어교사 자격 취득. 「柿崎의바다」, 「伊豆國湊街道」, 「海濱散策」은 이즈반도[伊豆半島] 체험을 바탕으로 씀. 귀국 후 『조선일보』 교정(校正) 부원으로 입사함.
1935년(24세)	『조선일보』에 「定州城」 발표 시단 등단. 조선일보사에서 창간한 『조광(朝光)』 편집 일을 함. 아오야마학원 창립50주년기념 기금 50엔 기부. 통영 취재 여행.
1936년(25세)	1월 20일 시집 『사슴』(선광인쇄주식회사, 100부 한정판)[2] 간행. 2년간 근무한 『조선일보』 사직 후 4월 함흥 영생고보(永生高普) 영어교사 부임.
1937년(26세)	함흥에서 김자야(金子夜)를 만남. 10월에 「함주시초(咸州詩抄)」 발표.
1938년(27세)	12월 영생여고보 교사직 사임. 서울로 이주하여 김자야와 해후.
1939년(28세)	『조선일보』 출판부 재입사 『여성』지 편집 일을 함. 경성부외(京城府外) 서독도리(西纛島里) 656번지 주거. 평안도 지방 여행 「서행시초(西行詩抄)」 발표.
1940년(29세)	1월 만주 신경(新京)으로 이주. 신경시(新京市) 동삼마로(東三馬路) 시영주택(市營住宅) 황씨방(黃氏方)에 주거. 만주국 국무원 경제부에서 근무. 토마스 하디의 장편소설 『테스』 번역.
1941년(30세)	『朝光』, 『文章』, 『人文評論』 등에 만주 '이주' 시편 발표.
1942년(31세)	만주국 안동(安東)소재 안동세관(지금의 丹東海關) 근무. 12월 러시아계 만주 작가 N. 바이코프의 「密林有情」을 번역해서 『朝光』에 발표.
1945년(34세)	해방 직후 신의주를 거쳐 고향 정주로 귀환.
1946년(35세)	고당 조만식 통역 비서.
1947년(36세)	10월 문학예술총동맹 제4차 중앙위원회 외국문학분과원 소속. 러시아 작가 시모노프의 『낮과 밤』 번역 출판. 솔로호프의 『그들은 조국을 위해 싸웠다』 번역 출판.

1948년(37세)	『學風』 창간호에 「南新義州柳洞朴時逢方」 발표. 파데예프의 『청년근위대』 번역.
1949년(38세)	이사코프스키의 시집 번역 출판. 9월에 솔로호프의 『고요한 돈강 1』 번역 출간.
1950년(39세)	『고요한 돈강 2』 번역 출간.
1953년(42세)	1월 파블렌코의 『행복』 번역 출간.
1954년(43세)	3월 『이싸꼽쓰끼시초』(중국 길림성 연변교육 출판사)에 번역 작품 12편 발표.
1956년(45세)	5월 「동화문학의 발전을 위하여」 산문 발표. 9월 「나의 항의 나의 제의—아동시와 관련하여, 아동문학의 세 분야와 관련하여」 발표. 10월 제2차 작가대회에서 『문학신문』 편집위원 역임.
1957년(46세)	4월 동화시집 『집게네 네형제』(조선작가동맹출판사) 출판. 『아동문학』 4월호에 「멧돼지」 외 3편의 동시를 발표하면서 아동문학 논쟁을 촉발시킴. 「아동문학의 협소화를 반대하는 위치에서」 발표.
1958년(47세)	8월 「사회주의적 도덕에 대한 단상」 발표.
1959년(48세)	1월 양강도 삼수군 관평리 국영협동조합에서 일함. 시 「이른 봄」 등 7편 『조선문학』에 발표.
1960년(49세)	12월 『조선문학』에 시 「전별」 등 2편 발표.
1961년(50세)	12월 『조선문학』에 시 「돌아온 사람」 등 3편 발표.
1962년(51세)	5월 『아동문학』에 「나루터」 발표. 10월 북한의 문화계 전반에 내려진 복고주의에 대한 비판과 연관되어 창작 활동 중단.
1996년(85세)	2월 사망.[3]

1   백석 연보 제작에는 고형진, 김재용, 이동순, 이숭원, 송준, 최동호 등의 선행 연보를 참고로 새로 발굴된 아오야마학원 재학 시절 일본 거주지와 졸업 직후 백석의 행적 등을 삽입하여 새롭게 작성되었다. 연보 선행연구로는 ① 이동순, 『白石詩全集』(창작과비평사, 1987), ② 정효구, 『白石』(문학세계사, 1996), ③ 이숭원, 『백석 시의 심층적 탐구』(태학사, 2006), ④ 고형진, 『정본 백석 시집』(문학동네, 2007), ⑤ 백석, 『백석전집』(개정증보판)(김재용 편, 실천문학사, 2011), ⑥ 이동순·김문주·최동호, 『백석문학전집』 1(시)(서정시학, 2012), ⑦ 송준, 『시인 백석』 3(흰당나귀, 2012) 등이 있다.

2   이동순의 『白石詩全集』(창작사, 1987)과 김자야의 『내 사랑 백석』(문학동네, 1995), 박혜숙의 『백석』(건국대 출판부, 1995)에는 각각 200부 한정판으로, 김재용의 『백석전집』(증보판, 실천문학사, 2003)에서는 100부 한정판임을 밝히고 있다. 1936년 1월 25일자 『동아일보』에는 『사슴』을 '정가 2원 백 부 한정판'으로 발간되었다는 소개가 실려 있다.

3   백석의 사망 년도에 대해 김재용은 『백석전집』(실천문학사, 2009) 증보판에서는 1995년에 사망한 것으로 했다가, 개정증보판(2011)에서는 1996년 1월 사망한 것으로 수정했다. 송준 역시 『동아일보』 5월 1일자에 북의 유족으로부터 백석이 1995년 1월에 사망한 것으로 밝혔다가 『시인 백석』 3(흰당나귀, 2012)에 실린 「백석 연보」에서 1996년 2월 경 함경도 관평리에서 사망한 것으로 정정하고 있다.

[부록 2] 백석의 도쿄 주소가 수록된 『青山學院 高等部 師範科會會員名簿』(1932.5)[4]

現住所	本籍地	出身學校	姓名
東京市芝區白金三光町三六六、山口方	靜岡縣駿東郡原町	靜岡縣立沼津中學校	旭太四郎
靑山學院中學部寄宿舍	長野縣長野市西長野町	長野縣立長野中學校	五明芳房
埼玉縣入間郡三芳村六七七	埼玉縣入間郡三芳村六七七	埼玉縣立川越中學校	池上武雄
平塚市須賀町一二三番地	同	神奈川縣立湘南中學校	神保元資
東京市赤坂區靑山高樹町十一、伊藤方	靜岡縣榛原郡相良町波津	東京市立京橋商業學校	宮崎喜七
府下落合町下落合三十九	愛知縣名古屋市南區熱田傳馬町三丁目六十三番地	靑山學院中學部	小川順吉
市外千駄ケ谷町四二九、宮城館內	鹿兒島縣日置郡田布施	沖繩縣立第二中學校	本山繁隆
東京府千駄ケ谷町一六七、朝日屋	朝鮮平安北道定州郡葛山面益城州	五山高等普通學校	白夔行
澁谷町綠岡靑山學院中學部寮	靜岡市北番町	靜岡中學校	石井次郎
麻布區市兵衞町二ノ四三	靜岡縣庵原郡富士川町	山梨縣身延中學校	芦澤俊夫

一九

4　1932년 5월에 발간된 『青山學院 高等部 師範科會會員名簿』에는 1~4학년까지 영어사범과에 재학 중인 학생들의 현주소, 본적지, 출신학교, 성명이 수록되어 있다. 회원 명부에 한국인 학생이 1·2·3학년에 각각 1명씩이 재학 중에 있었다. 백석은 3학년에 본명 백기행(白夔行)으로 현주소 '東京府 千駄ケ谷町 167, 朝日屋', 본적지 '朝鮮 平安北道 定州郡 葛山面 益城州', 출신학교 '五山高等普通學校'로 기재되어 있다.

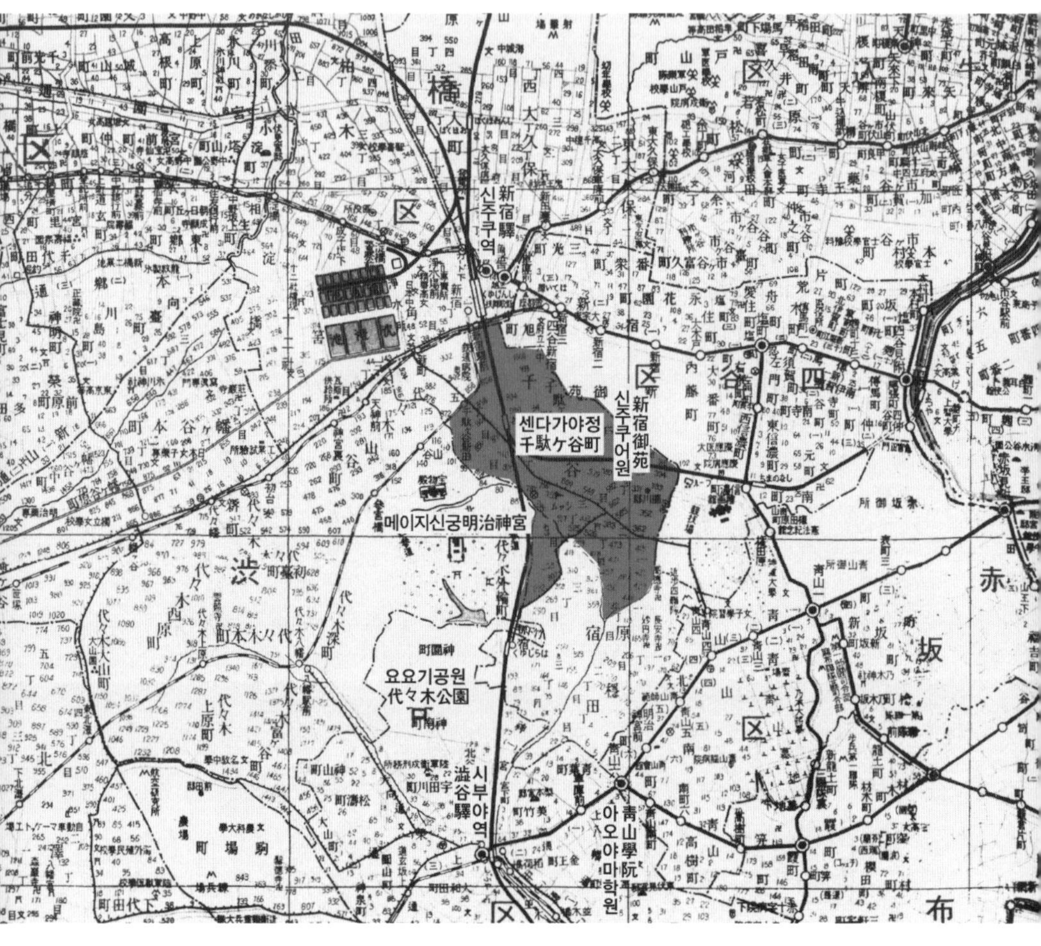

5 　백석이 거주했던 센다가야[千駄ケ谷町]는 오늘날 시부야구[澁谷圖]에 속한다. 센다가야는 교통의 요
지인 신주쿠역[新宿驛]에서 가깝고 신주쿠 남쪽 경계와 하라주쿠[原宿] 사이에 위치한다. 센다가야는
1목(目)에서 4목까지 있으며, 백석이 거주하던 당시 주소는 센다가야 167번지로 되어 있다. 센다가야
정을 중심으로 오른쪽에 신주쿠어원[新宿御苑]과 왼쪽에 요요기[代々木]공원, 메이지신궁[明治神宮]
이 있고, 인근에 센다가야역과 국립경기장도 가깝다. 도보로 30분이면 아오야마학원에 갈 수 있는 곳
에 위치한 비교적 한적한 주택가이다. 학교는 시부야역에서 걸어서 10분 거리에 있다. 도쿄 지도는
1927년과 1932년에 각각 발행되었는데, 이 지도는 1932년 10월에 발간된 것으로 당시(1932. 10) 지번(地
番)이 새롭게 부여되면서, 백석이 거주하던 센다가야 167번지(1932년 5월 현재)를 확인할 수 없었다.

[부록 4] 「靑山學院 英語師範科課程, 學則要項, 敎職員, 卒業豫定者一覽」(1933.10)[6]

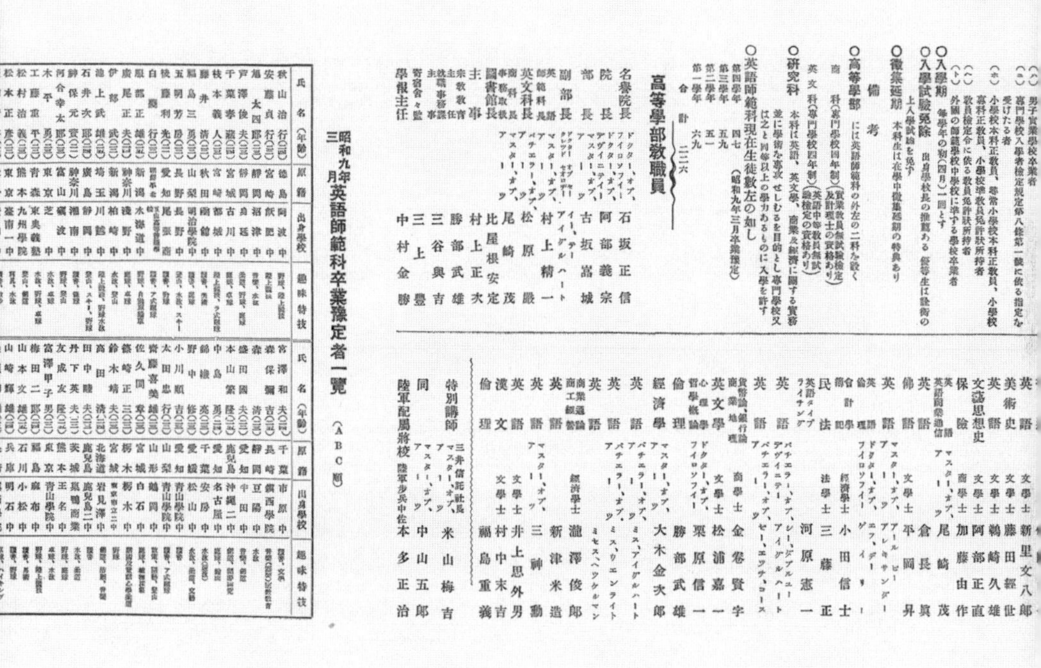

---

6 쇼와 8년 10월(1933.10)에 발행된 「靑山學院 英語師範科課程, 學則要項, 敎職員, 卒業豫定者一覽」에 쇼와 9년 3월 영어사범과 졸업 예정자에 백기행이 있으며, 취미 특기란에 독서(讀書)와 축구ア式蹴球로 기재되어 있다. 또한 학칙 요강에는 입학 자격과 입학기, 입학시험 면제, 비고, 영어사범과 현재 재학생 수 등이 수록되어 있다. 출신 학교장의 추천과 우등생인 경우 입학 전형시 입학시험이 면제되었으며, 재학 중에 징집 면제 특전이 있었다. 비고(備考)란을 보면 졸업시 영어중등교원 무시험검정 자격이 주어졌다. 당시 영어사범 재학생은 1학년 69명, 2학년 51명, 3학년 59명, 4학년 49명으로 총 226명이 있었다.

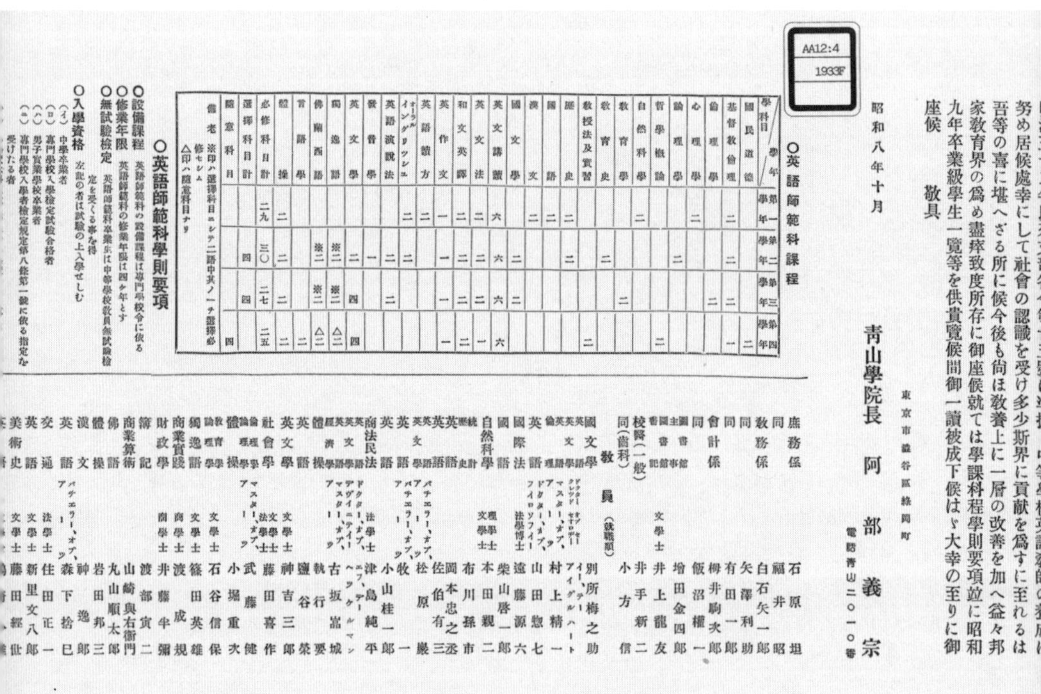

……努め居候處幸にして社會の認識を受け多少斯界に貢献を爲すに至れるは吾等の喜に堪へざる所に候今後も尙ほ教養上に一層の改善を加へ益々邦家教育界の爲め盡瘁致度所存に御座候就ては學課程學則要項竝に昭和九年卒業級學生一覽等を供貴覽候間御一讀被成下候はゞ大幸の至りに御座候

敬具

昭和八年十月

青山學院長　阿部義宗

東京市澁谷區稔岡町　電話青山二〇一〇番

○英語師範科課程

學年	國民道德	基督教倫理	倫理學	心理學	論理學	哲學概論	自然科學	教育學	教育史	教授法及實習	歷史	國語	漢文	國文學
第一學年	二	二		二			二				二	二	二	
第二學年	二	二			二			二		二				二
第三學年		二	二						二					二
第四學年	二	一				二				二				二

學年	英文講讀	英文法	和文英譯	英作文	英語讀方	オーラルイングリツシュ	英語演說法	發音學	英文學	獨逸語	佛蘭西語	言語學	體操	必修科目計	選擇科目計	隨意科目計
第一學年	六	二	二	一	二	二							二	二九		
第二學年	六	二	二	一		二	二	一	二	※二	※二		二	三〇	四	
第三學年	六	二	二	一		二			四	※二	※二		二	二七	四	
第四學年	六	一	二	一					四	△二	△二	二	二	二五	四	

備考　※印ハ選擇科目ニシテ二語中其ノ一ヲ選擇必修セシム　△印ハ隨意科目ナリ

○英語師範科學則要項

○設備課程　英語師範科の設備課程は専門學校令に依る

○修業年限　英語師範科の修業年限は四ヶ年とす

○無試驗檢定　英語師範科卒業生は中部學校教員無試驗檢定

○入學資格　左記の者は試驗の上入學せしむ
　（イ）中學卒業者
　（ロ）専門學校入學檢定試驗合格者
　　　　男子實業學校卒業者
　　　　専門學校入學者檢定規定第八條第一號に依る指定なる學校を卒業し受けたる者

庶務係
同
敎務係
同
同
會計係
同
圖書館主事
書記
　文學士
校醫（一般）
同（齒科）

敎員（就職順）
別所梅之助　イーグルハート　アイグルハート
井上龍友
井手新二信
小方信二
增田金四郎　文學士
飯沼權一郎
栩井權一郎
有田駒次郎
矢澤利一郎
白石矢一郎
福井矢一郎
石原坦

村上精一　バチエラー・オブ・アーツ　マスター・オブ・アーツ　フイロソフイー　法學博士　文學博士
山田惣七
遠藤源六
柴山親二郎　理學士
本川孫市
布川忠之丞
岡本有三
佐伯三丞
松原要城
小山桂一郎　バチエラー・オブ・アーツ　デヴィニチー　マスター・オブ・アーツ
牧一郎
津島純平
坂城嵓　法學士　文學士
古行嚴
執吉要
神田榮三
鹽谷三
藤吉三
武藤健　法文學士
小堀重保
石谷信作　文學士
篠田英雄　文學士
渡田規　商學士
井藤半彌
渡部寅二
山與右衛門
丸山順太郎
岩下拾巳
森逸郎
神田邦三
藤田郡一
新里文八郎
住田正一　法學士　文學士

美術史　文學士
交通　法學士
英語　バチエラー・オブ・アーツ　文學士
演文
體操
佛語
商業算術
簿記
商業實踐
財政學
獨逸語　文學士
敎育
體操
論理學
社會學
英文
英語
英語　バチエラー・オブ・アーツ　マスター・オブ・アーツ　法學士
商法民法　法學士

[부록 5] '한울'이라는 시어가 사용된 용례

발표 연도	작품명	발표지	표기	의미
1935.8.30	定州城	『조선일보』	한울빛	하늘 의미 *신령스러움의 의미
1935.11	나와 지렁이	『朝光』 1권 1호	한울	하늘 의미
1936.1.20	定州城	시집 『사슴』	한울빛	하늘 의미
1936.1.20	秋日山朝	시집 『사슴』	한울	하늘 의미
1936.1.20	머루밤	시집 『사슴』	밤한울	밤하늘 의미
1936.1.20	여우난곬	시집 『사슴』	한울	하늘 의미
1938.10	大山洞	『朝光』 4권 10호	한울	하늘 의미
1938.10	박각시 오는 저녁	『朝鮮文學讀本』	한울	하늘 의미
1940.7	北方에서―鄭玄雄에게	『文章』 2권 6호	한울	하늘 의미
1940.11	許俊	『文章』 2권 9호	한울	하느님 / 하늘 의미 (*하늘 표기도 있음)
1941.1	『호박꽃초롱』 序詩	『호박꽃 초롱』	한울(*4회)	하늘 / 하느님 의미 (중의적 의미) 강소천의 동시집
1941.4	흰 바람벽이 있어	『文章』 3권 4호 (폐간호)	하눌	하늘 / 하느님 의미 (중의적 의미)
1941.4	촌에서 온 아이	『文章』 3권 4호 (폐간호)	하눌	하늘 / 하느님 의미 (중의적 의미)

[부록 6] '사랑'이라는 시어가 사용된 용례

발표 연도	작품명	발표지	원문	설명
1940.11	許俊	『文章』 2권 9호	① 사랑하는 어린것에게	지시적 의미
1941.1	『호박꽃초롱』 序詩	『호박꽃 초롱』	① 병아리를 사랑한다 ② 돌우래를 사랑한다 ③ 시인을 사랑한다 ④ 버슷을 사랑한다 ⑤ 조개를 사랑한다 ⑥ 시인을 사랑한다 ⑦ 흰구름을 사랑한다 ⑧ 개울물을 사랑한다 ⑨ 시인을 사랑한다 ⑩ 우리들속에 있는것을 더욱 사랑하는데	하느님의 사랑 의미
1941.4	흰 바람벽이 있어	『文章』 3권 4호 (폐간호)	① 또 내 사랑하는 삶이 있다 ② 내 사랑하는 어여쁜 사람이 ③ 사랑으로 슬픔으로 가득찬다 ④ 가장 귀해하고 사랑하는 것들은 ⑤ 사랑과 슬픔속에 살도록	①, ②는 지시적 의미의 사랑 ③, ④, ⑤는 하느님 사랑 의미
1941.4	촌에서 온 아이	『文章』 3권 4호 (폐간호)	하눌이 사랑하는 시인이나	하느님의 사랑 의미